Titre de l'édition originale : *Wish I May*

Ouvrage dirigé par Isabelle Solal
Édition en langue française : *Si seulement…, Unbreak Me* (T.2)
Traduit de l'anglais (États-Unis) par Marie-Christine Tricottet
Graphisme et photographie de couverture : Raphaëlle Faguer /
© Plainpicture / Beyond
Mise en page intérieure : Ariane Galateau / Studio Hugo
Collection New Romance® créée par Hugues de Saint Vincent,
dirigée par Arthur de Saint Vincent
Collection Hugo Poche dirigée par Franck Spengler

34-36, rue La Pérouse
75116 – Paris
www.hugopublishing.fr

ISBN : 9782755662993
Dépôt légal : décembre 2022
Imprimé en Espagne par CPI Blackprint

Si seulement…

UNBREAK ME 2

DU MÊME AUTEUR

Romans parus et à paraître dans la collection
« Hugo New Romance » :

Série « Unbreak Me »
Unbreak Me tome 1, *La fêlure*
Unbreak Me tome 2, *Si seulement...*
Unbeak Me tome 3, *Rêves volés*

Littérature sentimentale pour adultes
Text Appeal
Accidental Sex Goddess

Série « Stiletto Girls »
Stilettos, Inc.
Flirting with Fate

Série « Decadence Creek » (nouvelles et novellas)
Just One Night
Just the Way You Are

DEUXIEME VOLET DE LA TRILOGIE

Si seulement…

UNBREAK ME 2

LEXI RYAN

Roman

Traduit de l'anglais (États-Unis)
par Marie-Christine Tricottet

Hugo Poche

NEW ROMANCE®

À mes grandes sœurs,
Kim et Deb

AVANT-PROPOS

Quand j'étais enfant, je faisais des vœux en regardant les étoiles.

Mon père m'a appris à croire… au destin, à la magie et aux lendemains qui chantent. Les rêves étaient ma bible et le ciel étoilé mon temple. Puis ma mère a cessé de croire, elle l'a quitté en nous emmenant avec elle. À l'âge de seize ans, j'ai vendu mes rêves pour payer le loyer, j'ai mis mon destin au clou pour que mes sœurs ne soient pas séparées.

Maintenant, sept ans plus tard, je reviens chez moi, pleurant la mort de ma mère, pour réinstaller mes sœurs dans la vie qu'elle-même avait rejetée. Je n'ai pas prévu de rester. Je ne veux rien avoir à faire avec mon père, si impliqué dans le monde spirituel qu'il en oublie le monde réel. Je ne veux pas affronter William Bailey, dont le regard me renvoie à l'image de la fille que j'étais et me rappelle les choses que j'ai faites autrefois et l'avenir que j'ai perdu.

Tout serait plus facile si William me détestait. En fait, je dois enfouir mes secrets pour qu'ils ne lui fassent pas encore plus de mal qu'ils ne m'en ont fait à moi. Mais il veut faire partie de ma vie. Il veut ce que je ne peux me résoudre à lui avouer avoir vendu. Il me veut, moi.

Je contemple mes étoiles une fois de plus… et je me demande si je peux oser formuler encore un vœu.

PROLOGUE

WILLIAM

Sept ans plus tôt

Cally lève la tête vers le ciel nocturne dépourvu d'étoiles, comme pour recevoir un baiser.

– Je ne vois pas les étoiles.

Elle plisse les yeux, dans un effort pour les apercevoir à travers les épais nuages d'orage qui menacent. Je prends son visage dans mes mains et le tourne vers le mien pour déposer des petits baisers sous son oreille, puis le long de son menton, jusqu'à ce qu'elle se laisse aller dans mes bras.

– Nous n'en avons pas besoin ce soir, je lui assure, tout en sachant que ce n'est vrai que pour moi.

Cally a toujours éprouvé le besoin de se rassurer, tablant sur les pouvoirs de ses rêves et du destin – une des conséquences de sa vie dans une famille merdique avec un père complètement marteau. Et ce soir, c'est plus vrai que jamais.

– Elle ne pense qu'à elle en nous emmenant vivre loin d'ici. En m'emmenant loin de toi.

Cette conversation, nous l'avons eue une bonne centaine de fois depuis que sa mère lui a annoncé, le mois dernier, qu'elles allaient déménager. Je sais déjà ce qu'elle va dire et je ne veux pas la laisser s'engager sur cette voie. Pas ce soir.

– Ne sois pas si pessimiste, dis-je d'une voix dure.

Je fais attention à ne pas la serrer trop fort, mais je sens qu'elle m'échappe.

– Elle peut t'obliger à partir avec elle, mais elle ne peut pas nous séparer. Tu es à moi. Que ce soit à New Hope, dans le Nevada ou à Tombouctou, tu seras toujours à moi.

En roulant sur elle, je m'appuie sur mes coudes et j'entoure son visage de mes mains. Du pouce, je caresse la ligne de sa mâchoire à la peau si pâle, le rouge de ses joues et le rose vif de ses lèvres gonflées par nos baisers. Elle passe les doigts dans mes cheveux et attire mon visage vers le sien pour y déposer des baisers.

– Tu crois vraiment que notre amour survivra à une relation à distance ? murmure-t-elle.

– Elle ne sera à distance que lorsque nous serons séparés. Tu reviendras pour le bal de fin d'année. Nous nous verrons cet été.

– Le bal de fin d'année…

Je passe la main sur son ventre et caresse le dessous de ses seins.

– Le bal de fin d'année. Exactement comme nous l'avons prévu. Puis, à la rentrée, tu me rendras visite à l'internat.

– Tu mérites mieux que ça, dit-elle.

Sous moi, elle écarte les jambes pour permettre à mon genou de se glisser entre elles. Je l'entends gémir dans mon cou.

– Il n'y a rien de mieux que toi, dis-je en passant ma langue sur son oreille.

En m'écartant, je vois des larmes briller dans ses yeux.

– Je ne veux pas attendre jusqu'au bal de fin d'année. Je suis prête maintenant.

Depuis un an que nous sommes ensemble, nous nous sommes abstenus d'avoir des relations sexuelles parce que Cally n'était pas prête. Elle craignait, si elle faisait l'amour trop tôt, de devenir comme sa mère. Même si cette crainte n'était pas totalement rationnelle, je la comprenais.

– Tu es sûre ?

Elle change de position et croise les jambes autour de ma taille si bien que seuls nos vêtements nous séparent. Une poussée d'adrénaline augmente mon excitation à l'idée de lui faire l'amour. Mais une larme roule sur sa joue et je comprends que ce n'est pas possible.

– Pas ce soir, je murmure. Tu es trop triste.

De nouveau, elle lève les yeux vers le ciel chargé de nuages.

– C'est ce qu'on ressent quand on se dit adieu.

– Non, dis-je en grognant.

Le regret que je lis dans ses yeux me brise le cœur.

– Nous devons nous dire au revoir, dit-elle dans un murmure. Je m'en vais dans quelques heures.

J'essuie les larmes qui coulent sur ses joues.

– Nous n'allons pas nous dire adieu parce que ce n'est pas la fin de notre histoire. Elle ne fait que commencer.

Elle ferme les yeux. Les larmes continuent de rouler dans ses cheveux et il n'y a rien que je puisse faire si ce n'est les sécher de mes baisers. Je déteste ce sentiment d'impuissance qui m'envahit.

– Si nous ne nous disons pas adieu, alors que disons-nous ?

– Regarde-moi.

J'attends pour parler que ses grands yeux bruns se fixent sur les miens.

– Ceci n'est pas un adieu.

– Nous ne pouvons pourtant pas faire comme si rien n'allait changer.

– *Bonjour* Cally.

– William…

– Les choses peuvent changer. Je t'aime et je te dis *bonjour*.

J'ai l'impression que ma poitrine est sur le point d'exploser, mais je maîtrise mes émotions, je sais que c'est à moi qu'il revient de nous empêcher de nous écrouler.

– Bonjour Cally.

Elle m'entoure de ses bras et m'attire contre elle. Une larme qui ne tombe pas de ses yeux vient s'écraser sur sa joue. J'enfouis mon visage dans son cou pour dissimuler mes propres craintes et, dans un souffle, elle dit :

– Bonjour.

CHAPITRE 1

CALLY

– Continuez pendant cinquante mètres, puis tournez à gauche dans Dreyer Avenue, dit la voix de mon GPS.

À la recherche d'un croisement, je me penche en avant et je scrute à travers mon pare-brise la pelouse parfaitement entretenue qui borde la rue sur ma gauche. Mais je ne vois que de l'herbe.

– Je recalcule l'itinéraire, dit la voix mécanique sur un ton qui suggère une certaine frustration devant mon incapacité à suivre les indications les plus simples. « Dans cinquante mètres, faites demi-tour puis tournez à droite dans Dreyer Avenue. »

– Il n'y a pas de Dreyer Avenue, bon sang.

Je tambourine sur le volant. C'est la cinquième fois, depuis que je suis revenue dans ce désert de foutus champs de maïs d'Indiana, que cette bon Dieu de machine essaie de me faire entrer dans une cour privée. Rien qu'une demi-heure plus tôt, elle m'a ordonné à plusieurs reprises de foncer droit dans la rivière. J'ai été bien inspirée de déposer les filles à l'hôtel dès notre arrivée en ville, comme ça elles n'auront pas à assister aux pulsions meurtrières de leur grande sœur envers un gadget électronique.

En tournant le volant avec une violence inutile, je me gare et je me mets au point mort. J'ai la poitrine serrée et je sens les larmes me brûler les paupières. Je m'étais pourtant juré de ne pas pleurer. J'ai tenu tout le mois sans verser une larme. Je ne vais pas m'y mettre maintenant.

Comme si ça ne suffisait pas d'en être réduite à ça ! Avoir à compter sur un père que je n'ai pas vu depuis des années. Avoir à dénicher ce satané hippie trop parano pour avoir un téléphone portable. Et pourtant je suis là.

– *Tu ne devrais pas le détester autant*, m'avait dit ma mère il y a six mois. *Il n'a pas eu la vie facile.*

– *Je ne le déteste pas. J'ai des sentiments partagés à son égard.*

Mais c'était avant qu'elle ne fasse une « crise cardiaque » (l'expression codée pour « *overdose* », que mes sœurs ont peut-être gobée). C'était avant les obsèques et le chagrin et les factures impayées. C'était avant que ma vie ne se désintègre comme un château de sable.

Je suis épuisée, une de mes sœurs me déteste, l'autre refuse de parler, et j'ai les fesses en compote à force d'être assise dans cette voiture.

J'ai besoin de prendre l'air. Ensuite je retournerai vers l'autoroute et je demanderai de l'aide dans une station-service.

Je détache ma ceinture et je descends de voiture. Bon sang, que ça fait du bien de s'étirer !

Je n'en reviens pas de voir à quel point tout est *vert*. C'est comme si j'avais oublié les couleurs de la nature. L'odeur de l'herbe fraîchement coupée est presque aussi revigorante qu'une bonne nuit de sommeil. L'air est chaud et poisseux, et des enfants s'amusent dans les jets d'eau sur une pelouse, en bas de la rue.

Je me rappelle que je faisais ça quand j'étais enfant. Avant le déménagement. Avant la fin du monde que nous étions en train de vivre. Est-il encore possible de donner à mes sœurs une chance de connaître cette enfance-là ?

Le doute me serre la gorge.

– Est-ce que je peux vous aider ?

Je sursaute et je redresse la tête.

– Non, merci, tout va bien. Je…

En découvrant le visage du propriétaire de la voix, je reste interdite.

– Nom de Dieu !

L'adonis surgi de mon passé plisse les yeux, incrédule.

– Cally ?

Cette voix qui prononce mon nom me fait faire un bond dans ma vie d'avant. Soudain, j'ai de nouveau seize ans, ses draps de coton sont doux sur ma peau et, du bout des doigts, il dessine l'ovale de mon visage, le creux de ma nuque, la courbe de ma hanche. J'ai seize ans et je lèche du vin de fraises sur ses lèvres.

Le temps qui passe s'est montré clément avec William Bailey. Son torse nu luit de sueur, il a un iPod attaché à son biceps impressionnant et son t-shirt est coincé dans la ceinture de son short de jogging. Il est plus costaud qu'il n'était à dix-huit ans, plus baraqué, ce qui n'est pas rien si l'on songe qu'il était à l'époque la star montante de l'équipe de foot du lycée de New Hope. Mon regard descend le long de sa poitrine et reste scotché sur ses abdos sculpturaux et la ligne de poils blonds qui plonge sous la ceinture de son short.

Doux Jésus !

Il s'éclaircit la voix, ce qui a pour effet de me faire relever les yeux pour le regarder en face.

– Regardez-moi ça. Tu es devenue une grande personne maintenant.

Il sourit et mes jambes se mettent à flageoler. Comment ai-je pu oublier l'effet que le sourire de cet homme produit sur mes jambes ?

– Je pourrais en dire autant de toi.

Je me mords les lèvres. J'espère que je n'ai pas bavé.

Le sourire qui me coupe les jambes s'élargit. Je suis cuite.

Je ne m'attendais pas à ça. Non que j'aie attendu quoi que ce soit de William. J'*espérais* seulement réussir à passer ces quelques jours ici sans tomber sur lui mais, bien sûr, ç'aurait été trop beau. Il est là. Et, en plus, il a l'air réellement content de me voir alors qu'il devrait me détester.

– Tu habites ici ? Je veux dire dans le coin…

Merde. Comment vais-je parvenir à construire une phrase cohérente si je continue à regarder son torse nu ? Sans parler des souvenirs qui affluent à mon esprit rien qu'à le regarder. Je n'ai jamais fait l'amour avec lui, d'accord, mais j'ai suffisamment de souvenirs de tout ce que nous avons fait ensemble pour nourrir les fantasmes les plus créatifs.

Et ça ne s'arrange pas quand je plonge de nouveau dans son regard d'un bleu profond. Une fille n'oublie pas des yeux comme ceux-là posés sur elle tandis que leur propriétaire lui glisse la main entre les jambes pour la première fois.

En baissant les yeux, je fais un geste de la main dans la direction où la fameuse avenue Dreyer ne se trouve décidément pas.

– Je cherche la maison de mon père.

– Tu t'es trompée de quartier.

Sa voix possède cette tonalité de basse qui me liquéfie le sang.

Quand je m'enhardis à lui jeter un coup d'œil en douce à travers mes cils, je m'aperçois qu'il m'observe d'un air appréciateur. Je ne me fais pas d'illusion sur ce qu'il voit. Nous venons de passer deux jours sur la route, en ne s'arrêtant que pour prendre de l'essence et pour aller aux toilettes. On a fait une étape dans le Kansas hier soir pour que je dorme quelques heures et on est reparties à quatre heures du matin pour une journée complète en voiture. Je qualifierais mon accoutrement de « chic de voyage » ! Je porte un caleçon de yoga noir qui s'arrête juste au-dessous du genou avec un t-shirt sur lequel on peut lire *Peanut butter jelly time !* Pour couronner le tout, je suis chaussée de tongs du plus bel orange vif et je n'ai pas retouché ma queue de cheval depuis ce matin. C'est exactement le genre de tenue que je n'aurais *jamais* envisagé de porter le jour où j'allais revoir mon premier amour.

Je me penche dans la voiture pour y prendre le bout de papier sur lequel est notée l'adresse de mon père et je le lui fourre dans la main.

– Tu peux me dire où c'est ?

Au lieu de regarder le papier, il me fixe, incrédule.

– Tu es vraiment perdue ? À New Hope ?

Le ton de sa voix suggère que je me noie dans un verre d'eau. Bon, c'est vrai, New Hope est *vraiment* petit, mais ça fait sept ans que j'en suis partie et la ville a beaucoup changé. Les quartiers chic semblent être à l'abandon, les usines ont fermé et les grands espaces au bord de la rivière ont été bâtis et recouverts de résidences si prétentieuses qu'on n'a aucun mal à imaginer les crédits astronomiques que leurs propriétaires se sont mis sur le dos.

– Mon GPS s'obstine à vouloir me faire foncer dans la rivière.

Ma remarque parvient à effacer l'air soucieux de son visage.

– Ouais, les GPS ont du mal à s'adapter au rythme des programmes immobiliers dans le coin !

Quand il se frotte la nuque, les muscles de son bras et de son épaule se gonflent. Entre sa peau luisante de sueur et les images qui me reviennent en mémoire, l'excitation me gagne.

Je m'éclaircis la gorge en m'empressant d'observer le sol de nouveau. C'est vraiment si difficile de remettre son t-shirt ?

– Tu n'as qu'à m'indiquer le chemin et je disparaîtrai de ta vie. Je suis sûre que je suis la dernière personne que tu avais envie de rencontrer aujourd'hui.

Le grondement qu'il pousse m'incite à relever les yeux. Ces yeux bleus, ces folles boucles blondes. Cette bouche.

– Cally…

Je me mords la lèvre inférieure quand nos regards se croisent. Il fait un pas vers moi et il est si près que je dois lever le menton pour garder les yeux dans les siens et croiser les mains pour ne pas le toucher. Il est en sueur, massif et si canon, putain !

J'attends. Je sais qu'il va me dire tout le mal qu'il pense de moi après ce que je lui ai fait, qu'il va me demander pourquoi je l'ai fait. Je ne sais pas ce que je vais lui répondre. Il est si difficile d'imaginer qu'à cette époque-là, le fait de quitter New Hope, de quitter William, me semblait être ce qui pouvait m'arriver de pire. Je me trompais lourdement.

Mais il ne me demande rien, ne s'écarte pas de moi non plus. Ses yeux se posent sur mes lèvres une fraction de seconde, et la façon dont mon corps réagit à sa proximité, même après toutes ces années, même après… tout ce qui est arrivé… ne fait que confirmer ce que je soupçonnais.

Au bout de sept ans. Après la rupture la plus lamentable qu'on puisse imaginer. Après lui avoir brisé le cœur en restant sourde aux appels du mien, je lui appartiens *toujours*.

***

WILLIAM

Cally.

J'oublie de respirer. Mon cerveau se désintéresse d'un détail aussi trivial que l'oxygène, occupé qu'il est à détailler le moindre de ses traits, à me remettre en mémoire la nuance exacte de ses yeux moka, à combattre la colère et le regret qui ont resurgi d'un coup comme s'ils n'étaient qu'en sommeil au fond de moi.

Je ne pensais jamais la revoir. Je ne pensais pas le vouloir, d'ailleurs.

À l'instant où je m'approche d'elle, je me rends compte de mon erreur. Être près d'elle, c'est comme verser une gorgée d'eau sur des lèvres desséchées par le soleil du désert. Cela réactive quelque chose en moi – les souvenirs, le désir, le premier amour. *Le cœur brisé.* Elle avance les lèvres vers les miennes et, l'espace d'une putain de seconde, je pense effectivement que je vais l'embrasser, que j'en ai envie. Que je serais capable de ravaler mon orgueil et de lui pardonner, juste pour pouvoir retrouver le goût de ses lèvres.

Je fais un pas en arrière avant de céder à mon impulsion, et ses joues s'empourprent, la rendant encore plus mignonne. C'est tout à fait le mot qui lui convient : mignonne. Avec son sourire doux et sa queue de cheval, elle est assurément mignonne.

Mais il y a son cul. Son cul n'appartient pas au même champ sémantique que le mot « mignonne », et son petit pantalon collant ne fait rien pour dissimuler ses courbes généreuses. Et ses seins. Il n'y a décidemment rien de mignon dans la façon dont son t-shirt moule leur rondeur. Ou encore ses jambes interminables. Sans parler de l'étroite bande de peau qui apparaît entre l'ourlet de son t-shirt et le haut de son legging. Il me suffit de regarder ce simple centimètre de peau sous son nombril pour avoir sur la langue le goût du vin de fraises.

Au clair de lune. Sa peau si chaude sous ma langue. Son gémissement lorsque ma bouche descend plus bas. Le souvenir s'empare de mes sens et ne veut plus les lâcher.

Putain ! À quoi bon me mentir ? *Rien* chez elle n'est *mignon.* Tout en elle évoque le sexe. Et me dit qu'elle est *à moi.*

– Le chemin ? demande-t-elle. Pour aller chez mon père ?

– On peut y aller à pied, si tu veux. Ce n'est pas loin.

Je regrette instantanément cette impulsion. Je ferais mieux de lui indiquer le chemin, de la remettre dans sa voiture et de la rejeter de ma vie. Mais j'ai envie d'être près d'elle encore un petit moment, juste pour me prouver que j'ai tourné la page après une rupture merdique qui date de sept ans.

Ou alors je veux me prouver qu'elle est plus qu'un rêve.

Elle titille sa pulpeuse lèvre inférieure de ses dents, il me semble évident qu'elle essaye de me torturer. Comment se fait-il que j'aie tellement envie d'elle alors que j'étais persuadé la détester ?

– Je ne mords pas, Cally.

Elle marmonne quelque chose d'inaudible. C'est du genre « vraiment dommage, putain », mais je n'en suis pas sûr parce qu'elle attrape son sac en évitant mon regard.

– Tu comptes rester longtemps ? je demande alors que nous commençons à marcher.

L'espoir qui perce dans ma voix est bien trop évident, et je m'en veux, mais quelles sont les probabilités pour qu'elle revienne de sitôt vivre ici, et en plus qu'elle perde son chemin juste en face de chez moi ?

Je me raisonne. *Elle est venue voir son père.*

Cela n'a rien de surprenant en soi, mais autant que je sache, c'est la première fois qu'elle revient depuis son déménagement.

– Non. Pas trop longtemps. Peut-être un jour ou deux. Je… ma mère est morte, et je dois m'occuper d'installer mes sœurs qui vont venir vivre avec mon père.

Je m'arrête et me tourne vers elle, toute amertume et toute rancœur évanouies.

Elle a les yeux baissés et son front a repris son air soucieux. Je saisis sa main et je la serre.

– Je suis désolé.

Je ne lui demande pas ce qui est arrivé. Ayant perdu mes deux parents quand j'étais enfant, je sais combien cette question perd vite de son actualité.

– Moi aussi.

Nous savons tous les deux qu'il n'y a pas grand-chose à dire de plus, alors nous continuons à marcher en silence. Elle me suit et nous traversons mon jardin jusqu'au chemin pavé qui mène vers la rivière. Je résiste à la tentation de lui montrer ma maison, de lui montrer comme j'ai réussi. De toute manière, ce serait en grande partie un mensonge.

– Alors, comme ça, tu vis toujours à New Hope ? demande-t-elle doucement.

– Je suis revenu après ma licence.

– Qui d'autre est resté dans le coin ?

Je plisse les yeux. Est-ce qu'elle est déjà au courant de mes démêlés avec la famille Thompson, ou la question est-elle sincère ?

– Quelques-uns des mecs de la bande – Max, Sam, Grant. Et toutes les filles Thompson, sauf

Krystal. Elle est partie vivre en Floride avec son petit ami, le mois dernier.

À la mention de ses anciennes amies, son visage s'illumine, un sourire apparaît sur ses lèvres et je retrouve la Cally d'avant.

– Lizzy et Hanna sont là ?

– Tu devrais essayer de les voir, je suis sûr qu'elles en seraient ravies.

Elle ne répond pas, mais quelque chose change dans son visage qui me dit qu'elle ne va rien faire pour les rencontrer. J'aimerais bien savoir pourquoi, et cela m'ennuie. Cally ne voulait pas partir quand sa mère a décidé de déménager. Elle ne voulait pas quitter ses amis ni son entourage. Elle ne voulait pas changer de vie. Elle était bien décidée à rester en contact avec nous tous, elle parlait même de revenir pour s'inscrire à l'université ici. Mais à peine deux mois après son départ, tout a changé, soudain elle n'a plus voulu rien avoir affaire avec aucun d'entre nous. Même pas moi.

La baraque où vit Arlen Fischer se trouve au bord de la rivière, juste à côté de New Dreyer Avenue. La route d'origine a été fermée pour laisser la place à des espaces verts publics pour les nouvelles habitations. Ce qui, bien sûr, était un moyen déguisé de mettre une certaine distance entre les anciens quartiers difficiles et les nouveaux quartiers chic.

Quand je lui montre la maison d'Arlen, son visage s'assombrit.

– C'est vraiment… petit.

Son père vit à la dure. Une vie d'ascète, dans une bicoque au milieu des arbres, juste en deçà de la zone inondable. La maison est petite, d'une extrême simplicité, et elle menace de s'écrouler.

– Tu as l'air nerveuse ?

Elle a ralenti le pas, consciemment ou non.

– Je ne l'ai pas vu souvent depuis que nous sommes parties.

Je suis surpris. Je sais qu'elle n'est pas venue le voir, dans notre petite ville tout se sait, mais j'imaginais que son père se rendait régulièrement dans le Nevada pour voir ses trois filles.

– Ah bon ?

Elle hausse les épaules.

– Ce n'est pas ce qui était prévu au départ, mais les choses ne se sont pas passées comme on l'imaginait. Tu connais mon père, il a d'autres priorités.

Je me rappelle vaguement un homme qui aimait les livres et qui étudiait des textes religieux. Il aimait consacrer du temps à la méditation et son argent à rendre visite à des médiums et à des guides spirituels.

– Ça craint.

– Ça marche dans les deux sens, dit-elle.

Je ne sais pas si elle pense à sa propre responsabilité dans leur relation ou à celle de son père.

– Et tes sœurs, que disent-elles à la perspective de revenir vivre ici ?

Elle se penche pour ramasser un bout de bois noueux. Il est aussi long que ses jambes, et ses nœuds contrastent avec la peau lisse de ses mains. Je regrette de ne pas avoir mon appareil photo.

– Il m'a envoyé mes chaussons de danse, dit-elle doucement. Après l'annonce de la mort de maman. Je ne savais même pas qu'il les avait, et un jour je les reçois dans un colis – ces petits chaussons minuscules que ma mère et moi avions achetés ensemble avant mon premier cours de danse.

Ses lèvres esquissent un sourire.

– Je n'avais que cinq ans, reprend-elle, et je le revois me dire : « Si tu veux devenir ballerine, il te suffit d'y croire et tu le deviendras. » C'était aussi simple que ça pour lui.

À une époque, c'était comme ça pour Cally aussi. Elle m'avait attiré par cet optimisme indéfectible qui l'animait. Pour moi qui avais passé toute mon enfance avec une grand-mère aussi cynique que la mienne, Cally était une bouffée d'air frais.

Je lève les yeux vers la maison. Le soleil se couche et la petite baraque a l'air lugubre dans la pénombre sous les arbres.

– Tu es prête ?

– Je crois.

– Tu veux que je t'attende ici ?

Une nouvelle fois, je me surprends moi-même. Je devrais être impatient de m'éloigner d'elle, quand je pense à ce qu'elle m'a fait, mais cela semble si loin et si peu important après la pression des deux années horribles que je viens de passer.

Et en comparaison avec la mort de sa mère, ma vieille rancœur semble vraiment insignifiante.

Elle pousse un profond soupir en baissant les épaules. Elle a le trac.

– Merci.

Elle avance à travers les arbres et monte le raide escalier de bois qui mène à la maison. Elle frappe deux fois à la porte et attend en tournant nerveusement le bout de bois dans ses mains. Moi, je suis resté sous les arbres. C'est curieux que je ne me sente pas plus mal à l'aise. Elle frappe de nouveau en se penchant pour jeter un coup d'œil par la fenêtre. Finalement, elle abandonne et redescend les marches.

– C'est Fischer que vous cherchez ? crie une voix au moment où Cally me rejoint.

Cally redresse la tête.

– Oui. Vous savez quand il va rentrer ?

Je reconnais Madame Svenderson, je l'ai vue au salon de coiffure où va ma grand-mère. Elle écarte des moucherons de la main en s'approchant de nous.

– J'n'en sais rien, dit-elle. Il vient juste de partir, alors je pense que ce ne sera pas avant quelques jours. C'est ce qu'il fait généralement.

J'observe Cally digérer la nouvelle. Des sentiments variés se succèdent sur son visage – la déception, le chagrin, la frustration ; finalement, c'est la colère qui s'installe sur sa mâchoire et dans ses yeux.

– Merci, c'est gentil de me prévenir.

– J'aurais cru que vous ne trouviez pas votre vieux père assez bien pour venir lui rendre visite, dit Madame Svenderson. Qu'est-ce qui vous amène tout d'un coup ?

Cally lui sourit poliment mais ne répond pas à la question. Par ici, les vieilles femmes ne tournent pas autour du pot. Je suppose qu'elles pensent que la vie est trop courte et elles ne se gênent pas pour demander directement ce qu'elles veulent savoir.

– Ravie de vous avoir rencontrée, dit Cally sans s'offusquer de l'insulte. Merci pour votre aide.

Quand elle revient près de moi, nous tournons les talons et reprenons le chemin qui borde la rivière.

– Tu l'avais prévenu de votre arrivée ?

– Oui.

De nouveau, la colère brille dans ses yeux, il semble que ce soit un sentiment que Cally éprouve souvent. La fille que j'ai connue n'était pas comme ça, mais beaucoup de choses peuvent changer en sept ans.

– Tu as un endroit où dormir ? Où sont tes sœurs ?

– Je les ai déposées au petit motel près de l'autoroute. Je voulais m'assurer que mon père nous attendait. Elles ont eu assez de surprises comme ça, ces derniers temps.

Quel motel près de l'autoroute ?

– Attends, tu veux dire le *Cheap Sleep* ?

Elle hausse les épaules.

– Ouais, je crois que c'est ça.

Cally et ses sœurs ne doivent pas rouler sur l'or si elles sont descendues là-bas.

– Tu sais que les gens ne vont pas dans cet endroit pour dormir ?

Elle se met à rire. J'aime le son de ce rire. Ce n'est plus celui qu'elle avait quand elle était plus jeune, mais ce n'est pas non plus le rire étudié d'une adulte. Il est doux. Gentil. Sincère.

– Ça ira bien. C'est juste pour quelques nuits. Jusqu'au retour de mon père. Ensuite, je les installerai chez lui.

Nous marchons en silence quelques instants, on n'entend que le bruit de la rivière et nos pas sur les pavés du chemin.

– Tu habites dans le coin ou en ville chez ta grand-mère ? demande-t-elle.

Quand nous traversons mon jardin pour rejoindre sa voiture, je fais un signe de tête vers la maison.

– C'est chez moi.

C'est étrange de regarder ma maison avec les yeux de Cally. Je suis fier du foyer que je me suis construit – un monstre en brique de deux étages avec un superbe patio dallé à l'arrière –, mais quand je vois l'expression de son visage, je suis presque gêné de tant d'opulence. Elle et sa famille n'ont jamais possédé grand-chose. En réalité, la plupart du temps ils manquaient de tout. Et, aujourd'hui, elle a pris une chambre au *Cheap Sleep* et son père vit dans cette vieille baraque à moitié en ruine. Les choses n'ont pas beaucoup changé.

Elle a un sourire forcé.

– C'est magnifique. Je suis très contente pour toi.

Elle fait un pas en arrière, mais je la retiens vivement par la main.

– Cally.

Elle tourne vers moi ses grands yeux bruns et ses lèvres roses parfaitement dessinées.

Il y a mille raisons pour lesquelles je ne devrais pas vouloir avoir affaire avec elle, mais je n'ai que deux, peut-être trois jours devant moi avant qu'elle ne disparaisse de nouveau de ma vie. Pour de bon, cette fois, sans doute. J'ai du mal à supporter l'idée que les choses se terminent comme ça et je ne vais quand même pas la laisser dans cet hôtel merdique, putain !

– Pourquoi ne venez-vous pas chez moi, tes sœurs et toi ?

– Tu n'as sûrement pas assez de place pour nous *en plus* de ta femme et de tes enfants, réplique-t-elle avec dérision.

– Pas de femme. Pas d'enfants. Il n'y a que moi et beaucoup plus de place qu'il ne m'en faut.

Elle secoue la tête.

– C'est gentil de le proposer, mais nous serons très bien. Tu as déjà fait plus que beaucoup n'auraient fait.

Elle se dirige vers sa voiture, se glisse sur le siège et démarre sans un regard, me laissant seul avec mes souvenirs de vin de fraises.

CHAPITRE 2

CALLY

Le vin de fraises.

J'en ai pratiquement le goût dans la bouche en quittant Will pour rentrer au motel. C'est le goût de mon ancienne vie. Le goût de l'adolescence insouciante et rebelle et du premier amour. Des nuits étoilées sur le quai derrière le vieil entrepôt, sur Main Street. William et moi nous asseyions sur le ciment et nous sirotions du vin de fraises qu'il fauchait dans la cave à vin de sa grand-mère (une collection impressionnante de cinq cents bouteilles venant de la ferme de Boone). On regardait la lune qui se reflétait dans l'eau et on buvait à la bouteille. Quelquefois, nous nous contentions de nous regarder. Les soirs où le ciel était couvert, on ne se voyait presque pas et nous laissions nos mains faire les repérages – son pouce dessinant mes lèvres, descendant le long de mon cou, puis sous mon t-shirt.

C'est là que je lui ai dit que je l'aimais pour la première fois. Quand il a renversé du vin sur mon ventre et qu'il s'est penché sur moi pour le lécher. C'est là qu'il a déboutonné mon jean pour la première fois et qu'il a déposé des baisers le long de mon corps jusqu'à presser ses lèvres – chaudes et humides et si lentes que j'ai cru mourir – juste sur le coton humide de mes sous-vêtements. Et la veille du jour où il m'a fallu grimper dans le camion de déménagement avec ma mère et mes deux petites sœurs, c'est là, sur le quai, qu'il m'a embrassée délicatement, comme si j'étais une petite chose fragile qu'il craignait de briser. Il a effleuré mon cou de ses lèvres et pris mon visage dans ses mains et il a murmuré « Bonjour Cally ».

Le vin de fraises, William Bailey et une vie tellement plus simple.

En arrivant au motel, je trouve Drew, ma sœur de quinze ans, étalée sur un des deux lits jumeaux, en train de bricoler sur son iPod, les écouteurs dans les oreilles. Elle porte un débardeur blanc et un short en coton qui porte derrière l'inscription « Tu peux courir ! » et qui montre plus de son cul qu'il n'en cache. Ses longs cheveux noirs tombent sur son visage comme un rideau, dissimulant des traits qui rappellent tellement ceux de maman.

– Tu l'as trouvé ? demande-t-elle en relevant la tête et en retirant un écouteur. Papa a intérêt à vivre dans une méga baraque, avec une cuisinière à domicile et un spa.

– Compte là-dessus, Princesse ! dis-je en ricanant.

– Ce soi-disant *hôtel* est dégoûtant. Je suis pratiquement sûre qu'ils louent les chambres à l'heure ici, Cally.

Si la rouspétance était un sport, on pourrait dire que ma sœur Drew a passé le mois qui vient de s'écouler à s'entraîner pour le championnat du monde.

Elle accuse le coup depuis la mort de maman. C'est quelque chose que je me répète en permanence. Plutôt que de dépenser des milliers de dollars que nous n'avons pas en séances chez un psy qui nous dirait que c'est sa façon d'exprimer son chagrin, je m'efforce de l'accepter. Il faut que je sois patiente jusqu'à ce que ma sœur d'avant, toujours aussi râleuse mais un peu plus supportable, reprenne le dessus.

– Il n'est pas en ville, dis-je.

Ce n'est pas la peine de lui dire qu'il n'est pas équipé pour recevoir des invités, et certainement pas pour accueillir ses deux plus jeunes filles et s'occuper d'elles. Je n'ai pas très bien vu à travers la petite fenêtre, mais le peu que j'ai aperçu du vieux séjour m'a suffi pour comprendre qu'il n'y avait pas grand-chose à voir. Pas même un putain de canapé.

On verra bien. C'est un mantra que j'ai souvent utilisé pendant ces sept dernières années.

– Tout va bien se passer.

Seigneur ! Le son de ma voix n'est pas du tout convaincant. Même *moi*, je ne suis pas sûre que mon plan soit bien raisonnable. Mais qu'est-ce que je peux faire d'autre ? Les prendre dans mon petit appart de merde à Las Vegas avec mes trois colocs ? Laisser Johnny montrer à Gabby comment rouler un joint tout en faisant un cours à Drew sur le prix exact d'un petit sac de marijuana ? Ou pire encore, supplier Brandon de me reprendre afin qu'il s'occupe de nous trois ? *Impossible, putain.*

– Maman s'est tuée au boulot pour nous sortir de ce trou de merde, dit Drew.

– Ah bon ! Tu réécris l'histoire, maintenant ?

– Tu crois vraiment qu'elle aurait voulu que tu nous ramènes ici ?

Je ne prends pas la peine de lui répondre. J'en ai marre qu'elle en fasse la martyre qu'elle n'était pas, marre de défendre ma décision de rechercher notre père, marre d'essayer d'expliquer qu'il n'y a pas d'argent à récupérer pour lui permettre de continuer à vivre comme avant.

– Oh ! ça va, c'est bon.

Elle met fin à la conversation en levant les yeux au ciel, replace son écouteur dans son oreille et attrape son téléphone sur la table. Ses doigts courent sur l'écran, elle écrit probablement des SMS à ses amies pour leur dire quelle horrible garce je suis.

Si la maternité ressemble à ça, je veux bien que Dieu me frappe de stérilité sur-le-champ !

J'aperçois Gabby dans un coin, assise sur une chaise en bois défoncée. Elle regarde par la fenêtre, vers le parking en bas. Elle a dix ans, mais elle est née prématurée et elle paraît plus jeune, comme si son corps et son visage de bébé n'avaient jamais réussi à rattraper leur retard. Elle lève les yeux vers moi et me sourit tristement, comme pour excuser Drew.

Mon cœur se serre si fort que ma poitrine et mes poumons me font mal. J'ai besoin d'une bonne crise de larmes suivie du sommeil sans rêves qui l'accompagne. J'ai eu tellement de choses à régler après la mort de ma mère que j'ai résisté à la tentation depuis l'enterrement. Pleurer est un luxe que je me réserve pour un moment où je serai tranquille.

– Et si on commandait une pizza pour dîner ? dis-je avec un enthousiasme forcé.

– On a déjà mangé de la pizza à midi, dit Drew en se mettant sur le dos sans lever les yeux de son téléphone.

Elle a raison. Pour essayer de leur remonter le moral, je me suis arrêtée chez Pizza Hut. Ça a échoué lamentablement.

Sans tenir compte de son objection – la pizza, ce n'est pas cher et elles en mangent toutes les deux –, je me tourne vers Gabby.

– Pizza donc, et après on pourrait peut-être louer un film en VOD, qu'en penses-tu ?

Gabby hoche la tête et retourne son attention vers la fenêtre et le parking en bas. Qu'attend-elle ? Ou qui ?

Le médecin a dit que Gabby n'avait aucun problème physiologique. « *Elle peut parler, mais elle choisit tout simplement de ne pas le faire.* » Puis elle a recommandé une psychothérapie. Une fois de plus.

Je sors mon portefeuille de mon sac et je compte les billets, même si je sais parfaitement combien j'ai. Ou, plus exactement, combien je n'ai pas. Je n'avais pas prévu que mon père ne serait pas là et je n'ai plus d'argent. Tout ce que j'ai, c'est deux billets d'un dollar, deux pièces de vingt-cinq cents, deux cartes de crédit qui ont pratiquement atteint la limite et un compte en banque vidé par les frais d'obsèques. Dans l'état actuel des choses, je vais devoir demander à mon père de payer l'essence pour rentrer chez moi.

Je sors la Visa et j'attrape l'annuaire.

– *Où tu es, papa, putain ?*

***

WILLIAM

Le soleil matinal est déjà chaud quand je frappe à la porte de la chambre 132, au *Cheap Sleep*, en retenant mon souffle. Qu'est-ce que je fais là ? Cally ne veut plus entendre parler de moi, en plus elle repart dans quelques jours. Je ferais mieux d'appeler Meredith, la fille de la meilleure amie d'enfance de ma grand-mère. Meredith a tout pour elle – une carrière, une famille, une personnalité. De plus elle est carrément belle, et – à en juger par certains des textos qu'elle m'a envoyés – plutôt coquine, dans le bon sens du terme.

Mais je n'appelle pas Meredith. Je n'ai même pas répondu à son sexto d'hier soir – une description bien tournée et prometteuse de ce qu'elle me ferait si je venais chez elle. Non. Au lieu de cela je suis ici, à la poursuite de Cally. Une fois de plus.

Tout à coup, la porte s'ouvre brutalement, interrompant le cours de mes pensées. Elle apparaît, vêtue d'un jean coupé et d'un débardeur, et ses cheveux sont attachés sur sa nuque.

Elle se fige en me voyant.

– Qu'est-ce que tu fais là ?

Je lui montre la boîte en carton que je tiens à la main.

– Des donuts ?

– Oh, Dieu soit loué, s'écrie une voix derrière Cally. Un sandwich au peanut butter de plus, et j'allais vomir.

Une version adolescente de Cally apparaît à ses côtés et m'arrache le carton des mains. Elle a les mêmes cheveux bruns que Cally et elle est bien trop peu vêtue. Son minishort et son débardeur révèlent plus de sa personne qu'ils n'en cachent. Je suis tenté de lui proposer ma chemise pour protéger sa pudeur.

– Ne sois pas grossière, Drew ! s'exclame Cally.

Je hausse un sourcil.

– Drew ? Pu… naise !

Évidemment, je ne pouvais pas m'attendre à ce que les sœurs de Cally soient toujours les petites filles qu'elles étaient lorsqu'elles sont parties, mais c'est tout de même un choc. Drew était à l'école primaire à l'époque, maintenant elle a un décolleté qui déborde de son t-shirt.

– Vous pouvez dire putain, nous ne sommes plus des bébés, dit Drew d'un ton hautain.

– Drew ! gronde Cally.

Sans prêter attention à sa grande sœur, elle ouvre le paquet de donuts.

– Gabby ! le petit ami de Cally a apporté des donuts, appelle-t-elle.

– Ce n'est pas mon petit ami, dit Cally en attrapant au passage un donut glacé dans la boîte. N'en mangez pas trop, vous allez vous rendre malade.

– Vous allez vous rendre malade, répète Drew en parodiant sa sœur.

Les yeux de Gabby s'illuminent quand elle regarde dans la boîte et en sort un croissant au chocolat.

– Vraiment, tu n'aurais pas dû, dit Cally.

La petite fille tourne vers moi ses yeux bruns ravageurs, si semblables à ceux de sa grande sœur, elle me sourit, et je sais que même si je le voulais, je ne pourrais pas regretter mon impulsion de ce matin.

– Bien joué, sister. On n'est là que depuis hier et tu as déjà trouvé le temps de draguer. Ma sœur est une allumeuse, mon vieux. Vous ne pourrez pas dire que je ne vous ai pas prévenu, dit Drew en levant les mains au ciel.

– Drew, s'écrie Cally tout en mordant dans son donut. Ça va comme ça, sérieux !

Elle sort de la chambre et referme la porte derrière elle. Elle porte les doigts à sa bouche en mastiquant et elle déglutit.

– Il faut l'excuser, elle cherche à attirer l'attention.

– Ça ne fait rien. Je suis ravi d'avoir pu lui éviter l'horreur d'un nouveau sandwich au beurre de cacahuète pour le petit déjeuner.

Elle me sourit. Elle a une trace de sucre glace sous la lèvre inférieure.

– Pourquoi es-tu venu, réellement ?

Instinctivement, je tends la main pour essuyer le sucre glace et l'espace entre nous se charge soudain d'une tension palpable. Elle pointe la langue pour se lécher les lèvres et frôle mon pouce au passage.

– Nous ne pouvons pas faire ça.

– Pourquoi pas ?

Je m'avance d'un pas, réduisant considérablement la distance entre nous, et je glisse les doigts sous ses cheveux, prenant son visage dans ma main. Cela semble si normal de la toucher comme ça. C'est peut-être stupide. Je ferais peut-être mieux de me tenir à l'écart. Mais je n'y arrive pas. En fait, je n'en ai pas envie.

– Sors avec moi ce soir, Cally.

– Tu sais bien que ce n'est pas une bonne idée, murmure-t-elle.

– Tu vas repartir, j'ai bien compris. Je te demande juste une soirée. Toi, moi – je souris parce qu'elle tourne déjà son visage dans la paume de ma main, aussi enivrée de souvenirs que moi – et du vin de fraises.

CHAPITRE 3

CALLY

Je ne devrais pas accepter l'invitation de William Bailey. Rien de bon ne peut en sortir.

Je ne sais pas combien de fois je me suis répété ces phrases depuis qu'il s'est pointé à notre hôtel ce matin. Hier, il a suffi que je le voie pour passer en une seconde et demie de zéro à dix sur l'échelle de ma libido. Mais j'ai mis ça sur le compte de son physique – en sueur, torse nu, terriblement appétissant, quoi !

Je n'avais pas la même excuse ce matin quand j'ai ouvert la porte. Il avait l'air si respectable, avec son pantalon beige et son polo du même bleu profond que ses yeux. Rasé de près, ses boucles folles encore humides après la douche, il sentait le savon et l'after-shave. Pourtant, ma petite culotte ne faisait pas le poids.

En d'autres termes, il m'attire toujours. Et je l'attire toujours aussi. Mais cela ne retire rien à ce que j'ai fait. Et ce n'est pas une raison suffisante pour sortir avec lui.

C'est ce que je me répète inlassablement tout en poussant mon chariot vers le rayon fruits et légumes du supermarché. Et je me le répète encore en me tenant la joue qu'il a touchée ce matin, tout en buvant le café offert par la maison.

– Ce n'est pas vrai ! Cally Fisher, c'est vraiment toi ?

Je commence à en avoir assez de cette réaction des gens du coin que je rencontre par hasard, mais j'affiche un grand sourire en me retournant vers la voix féminine qui pose la question. Dès que j'aperçois les boucles blondes bondissantes, mon sourire devient sincère et je pousse un cri strident.

– Lizzy !

Je tends les bras et nous courons l'une vers l'autre pour nous embrasser comme les meilleures amies que nous étions dans le temps. Elle me serre dans ses bras minces et crie d'une voix suraiguë.

– Je croyais que je ne te reverrais jamais, putain ! Tu avais carrément disparu de la surface de la Terre, ma vieille.

Ma gorge se serre et je ravale des larmes inattendues. Pour ce qui est de ma vie d'avant, il est clair que je l'ai quittée pour un tas de raisons toutes plus mauvaises les unes que les autres.

– Je sais, je suis nulle.

Lizzy recule et secoue la tête.

– Ne dis pas ça. Tu avais le droit de vouloir vivre ta vie. Tu avais besoin de couper les ponts pour aller de l'avant.

Elle est probablement la seule à voir les choses de cette façon. Je parcours le magasin du regard, scrutant les visages dans les allées.

– Hannah n'est pas là, explique Lizzy qui a compris que je cherche sa sœur jumelle. Mais je suis impatiente de voir sa tête quand elle te verra. On devrait lui faire la surprise.

– Bonne idée !

Une fois de plus, j'avale ma salive et j'ai une sensation de brûlure inquiétante derrière les paupières. J'ai eu tort de croire que les filles m'en voudraient de n'avoir pas donné de mes nouvelles plus souvent. Les filles Thompson sont les amies les plus sincères – le genre de personnes qui ne m'ont jamais fait me sentir moins bien qu'elles, qui n'ont jamais exigé que je paye ce que je devais, qui ne m'ont jamais rien demandé, en réalité.

Une lueur s'allume dans les yeux verts de Lizzy.

– Tu seras encore là la semaine prochaine ? On donne une méga teuf pour la fin de l'été chez Asher Logan. Ça va déchirer.

Je m'étrangle avec mon café.

– Pas LE célèbre Asher Logan, quand même ?

Elle hausse les sourcils et sourit.

– Si. Le *seul et unique* Asher Logan.

– Il habite ici ? À New Hope ?

– C'est le voisin de ma mère, parole de scout, dit Lizzy en levant quatre doigts.

Je replie son petit doigt et elle glousse.

– Bon sang, je l'avais bien dit à ma mère que New Hope n'était pas un trou perdu où il ne se passait jamais rien, je marmonne.

– Et ce n'est pas tout. Maggie sort avec lui. Ils vivent pratiquement ensemble, en fait, même si elle a gardé son appart à côté du campus.

– Maggie sort avec Asher Logan ?

– Je te jure que c'est vrai ! Et c'est seulement parce qu'elle mérite vraiment son petit cul sexy que nous ne lui en voulons pas à mort !

– Vas-y, Maggie…

Mais mon sourire s'efface quand je vois Drew venir vers nous, les bras croisés et le visage sombre.

– Drew, tu te souviens de Lizzy ?

– Vaguement, dit-elle sur un ton d'ennui profond.

Lizzy reste bouche bée en voyant ma belle petite sœur.

– Drew ? Ce n'est pas croyable ! Qu'est-ce que tu as grandi !

Drew lève les yeux au ciel, elle en a visiblement par-dessus la tête d'entendre tous ceux que nous rencontrons lui dire toujours la même chose.

– Ils n'ont même pas de burgers végétariens dans ce trou paumé !

– Ne soit pas impolie, Drew, dis-je sur un ton de reproche.

Lizzy écarte mon inquiétude d'un signe de main.

– Tu n'es pas au bon endroit. Si tu veux un bon rayon de produits végétariens, il vaut mieux aller chez Horner, du côté du campus. Tu trouveras tout ce que tu cherches. Les trucs branchés pour une fille branchée.

Je fais une grimace. Il est clair que ma sœur, si difficile, préfèrerait l'épicerie huppée des quartiers chic, mais je suis venue ici exprès. Pour tout dire, je n'ai pas d'argent à gaspiller pour des burgers végétariens de luxe. Je suis aussi venue parce qu'ils offrent le café, mais surtout pour les prix.

– Dieu merci, souffle Drew en jetant un coup d'œil dans le magasin d'un air pincé.

Elle est devenue tellement snob ces dernières années. C'était une chose quand maman était là pour lui passer tous ses caprices, mais moi j'en ai assez de faire comme si elle avait vécu une espèce de vie bourgeoise alors que cela n'a jamais été le cas. Dans les circonstances actuelles, j'ai du mal à encaisser son attitude. Et quand je pense aux sacrifices que je fais pour qu'elle puisse continuer à avoir ce qu'elle avait avant – la nourriture, les vêtements, un toit au-dessus de sa tête –, j'ai envie de la gifler.

Heureusement pour elle, je suis assez mauvaise pour y penser mais pas assez pour le faire. Je sais qu'elle est trop jeune pour appréhender notre situation. Et pour être honnête, je pense que c'est mieux comme ça.

– Oh mon Dieu, s'écrie Lizzy de sa voix aiguë. Ce ne serait pas notre petite Gabriella que je vois là ?

Gabby se faufile à côté de moi en se tenant à l'écart de Lizzy.

– Je te gardais quand tu étais petite, espèce de petite pisseuse ! s'exclame Lizzy en tapant des mains. Bon sang, tu es devenue si brune et si magnifique, c'est flippant ! Où est votre mère ? Comment va-t-elle ? Vous êtes de passage ou vous revenez pour de bon ? On a tellement de temps à rattraper. On devrait…

Soudain, Lizzy semble remarquer l'expression horrifiée sur les visages de mes sœurs et elle s'interrompt brusquement.

– Maman est décédée le mois dernier, lui dis-je doucement. Je suis revenue pour installer les filles avec notre père.

– Gabby veut aller attendre dans la voiture, dit Drew en jetant à Lizzy un regard mauvais tout en attrapant sa petite sœur par la main, je l'emmène.

– Bon sang, souffle Lizzy alors qu'elles s'éloignent. J'étais loin d'imaginer. Vous allez bien, toutes les trois ? Je veux dire, étant donné les circonstances.

– Ça a été très soudain.

Ce qui est vrai. Maman avait réussi à contrôler sa vie. Je ne dirais pas qu'elle pouvait se passer de ses précieux petits flacons orange, mais dans les dernières années, elle était devenue ce qu'on pourrait appeler une toxico fonctionnelle. On n'a pas vu venir l'overdose.

– Elles ont du mal à s'en remettre. Le déménagement n'arrange pas les choses.

Lizzy se mordille la lèvre inférieure en regardant mes sœurs passer la double porte vers le parking.

– Je me sens complètement stupide. Je suis là à parler de rock stars et de fêtes alors que vous venez de perdre votre mère.

J'essaie de respirer profondément, mais le poids douloureux sur ma poitrine m'en empêche.

– Ça fait du bien de parler de choses légères pour une fois.

– Eh bien, c'est dans une semaine. Sérieux, tu peux venir avec tes sœurs si tu veux. Ou tu peux venir seule et boire pour t'abrutir. Les deux me vont.

C'est tentant. Ce serait sympa de faire comme si j'étais une fille normale de vingt ans et quelques. Je n'ai jamais connu ça.

– Passe-moi ton téléphone.

Elle se sert dans la poche de mon jean. Avant que je comprenne ce qu'elle est en train de faire, ses doigts courent sur l'écran puis elle me le rend.

– Je me suis envoyé un message. Comme ça, on pourra se joindre.

– Super, dis-je faiblement.

Je sais que je la vexerais en essayant de lui expliquer pourquoi j'hésite à le faire. Reprendre contact avec les gens de mon ancienne vie ne fera que me rappeler toutes les choses qui me sont aujourd'hui inaccessibles. Tous mes échecs. Je n'aime pas trop m'étendre sur ce sujet.

– Il faut que je fasse mes courses et que j'aille rejoindre les filles.

En partant, je l'entends qui m'appelle.

– N'oublie pas la fête !

J'empile mes modestes achats sur le tapis de la caisse – du beurre de cacahuètes et du pain complet sans marque, du riz et des haricots, des spaghettis, de la sauce, des bananes et des pommes. S'il y a une chose que mes parents m'ont apprise quand j'étais enfant, c'est bien la façon de manger pour pas cher. J'ai craqué sur les fraises fraîches parce qu'elles étaient en promotion et que Gabby avait ce regard triste et rêveur quand elle les a vues.

Je vais devoir payer avec la carte de crédit, mais cela devrait être la dernière grosse dépense avant le retour de mon père. Bon sang, j'aimerais bien entrer dans cette maison avant elles. Il est évident qu'elle doit avoir besoin d'un bon nettoyage, et il est probable que des piles de notes sur la nature de l'univers ou je ne sais quoi dans le genre s'entassent un peu partout.

J'ai déjà fait une longue liste de tout ce que je vais devoir vérifier chez lui avant de repartir. J'ai apporté le maximum de choses que je pouvais – des draps propres pour les lits des filles, des ustensiles de cuisine de base, tous leurs vêtements et leurs affaires personnelles. On ne peut pas dire qu'elles menaient la grande vie avec maman, donc ça a été vite fait.

Alors que la caissière scanne mes articles, j'entends une voix qui m'appelle, une fois de plus. Cette fois je sais qui c'est et je me retourne pour apercevoir un William Bailey tout sourires. Ses yeux partent de mes sandales compensées et remontent lentement le long de mes jambes nues.

En général je ne supporte pas les hommes qui vous détaillent ainsi en public. Alors, comment expliquer que quand c'est Will qui le fait, ça me donne envie de faire un strip-tease juste pour lui, et plutôt deux fois qu'une ?

J'essaie de prendre l'air dégagé – de faire comme si son regard me laissait de marbre –, mais je crois que nous savons tous les deux à quoi nous en tenir.

– Tu n'as pas l'habitude que les filles te résistent, ou je me trompe ? je demande en esquissant un sourire.

Il pousse un grognement.

– Tu serais étonnée.

Puis il sort quelque chose de sa poche.

– J'ai vu Granny en ville, et elle m'a dit où tu pourrais trouver ton père. Voici le numéro du Centre. J'allais te le déposer à l'hôtel quand j'ai vu ta voiture.

Je saisis le bout de papier qu'il me tend et je regarde fixement le numéro qui va me permettre d'entrer en contact avec le foldingue oublieux – entre autres défauts – qui me sert de père.

– Oh ! Merci.

Que penser du fait que je suis déçue que Will ne soit pas là juste pour me persuader de sortir avec lui ? Absolument ridicule.

– C'est quoi, le Centre ?

– C'est un centre spiritualiste, à environ une centaine de kilomètres d'ici.

– Un centre spiritualiste ? Évidemment.

Derrière moi, la caissière s'éclaircit la voix pour attirer mon attention.

– Oh !

Je fouille dans mon sac pour chercher ma carte bleue.

– Tenez.

La femme prend ma carte et je me retourne vers Will.

– Ta grand-mère connaît le numéro d'un centre spiritualiste ?

Il secoue la tête.

– Non, pas ma grand-mère. Granny, la grand-mère des filles Thompson.

Je comprends mieux. Je me souviens vaguement que mon père allait voir cette femme de temps en temps, pour des sortes de séances de lecture.

– En tout cas, c'est gentil.

– Votre carte ne passe pas, dit la caissière sur un ton d'excuse. Vous voulez que j'essaie encore ?

Je ferme les yeux. Ça devait finir par arriver.

– Essayez celle-ci.

Je lui tends ma deuxième et dernière carte de crédit et je retiens mon souffle pendant qu'elle la passe dans le lecteur.

– Tu veux de l'argent, Cally ? demande Will doucement.

La femme se mord les lèvres. Elle se tourne vers moi sans dire un mot. Pas la peine. Son visage parle pour elle : carte refusée.

Je n'arrive pas à regarder Will. Le rouge de l'humiliation monte le long de mon cou et me met le feu aux joues.

– Je te rembourserai, dis-je mortifiée.

Je ramasse mes trois sacs de courses tandis que Will paie pour moi. Je voudrais disparaître dans un trou, sous un rocher, de la surface de la Terre, enfin tout ce genre de clichés à la fois. Will prend le ticket de caisse et je me dirige vers la sortie, mais il m'arrête et me prend les sacs des mains.

– Je vais le faire.

– Je peux encore porter mes sacs de courses.

– Bien sûr, mais dans ce cas-là je ne pourrai pas faire étalage de mon charme et de la puissance de mes muscles.

Seigneur ! Il est vraiment trop sympa, et sexy, et je suis gravement atteinte du syndrome dit du « *je veux ce que je ne peux pas avoir* ».

***

La sonnerie de mon téléphone rompt le silence tendu qui règne dans notre chambre d'hôtel. Un rapide coup d'œil à l'écran m'informe que c'est un numéro inconnu.

– Allô ?

– Cally ?

Je reconnais la voix rauque et grave de mon père. J'ai appelé le centre spiritualiste et j'ai demandé qu'on lui dise de me contacter. Je suis impressionnée que cela lui ait pris moins de deux heures.

– Papa ? Pourquoi n'es-tu pas ici ?

– Tu peux lui dire qu'il a gagné l'Oscar du plus mauvais père de l'année, dit Drew.

Je lui fais les gros yeux et je sors de la chambre pour qu'elle ne vienne pas ajouter son grain de sel à notre conversation.

Mon père s'éclaircit la voix.

– Où êtes-vous ?

Je ferme les yeux. Comment peut-il être si distrait ?

– Nous sommes à New Hope. Tu as oublié ?

– Je croyais que vous arriviez le dix.

– On est le onze, papa.

– Mais non. On est le… oh !

Il s'éclaircit la gorge de nouveau.

– Tu vas bien ? Comment s'est passé le voyage ?

– Ça va. Quand est-ce que tu rentres ?

J'attends, alors que le silence s'éternise. Mon père est un homme réfléchi. Presque trop. Quand j'étais enfant, il m'arrivait de lui poser une question et juste quand je me disais qu'il n'avait pas entendu, il finissait par me répondre.

– J'ai un cours ce soir. Est-ce que c'est embêtant si je rentre tard ? Il y a un conférencier de Seattle et je ne voudrais pas le manquer, si c'est possible.

– Ça ira. Mais, papa, es-tu sûr d'être prêt à assumer tout ça ? Élever deux filles ? Les accueillir chez toi ? Être responsable d'elles ?

J'attends. J'écoute. J'attends encore un peu. J'entends sa respiration et je me demande ce qu'il pense.

Finalement il dit :

– Je n'ai jamais eu l'intention de fuir cette responsabilité. Je suis heureux que mes filles reviennent chez moi.

Ma poitrine se gonfle d'une tendresse débordante, même si la colère continue à bouillir au creux de mon estomac. Les deux sentiments s'entrechoquent en une réaction d'impuissance enfantine. Parce qu'en dépit de tous ses défauts, il n'en reste pas moins mon père et je l'aime. Il veut bien faire, même s'il n'y parvient pas toujours. Je dois ravaler mon émotion pour continuer à parler.

– On se voit demain, alors ?

– Oui. Je suis désolé de n'avoir pas été là, Cally. Cela ne se reproduira plus. Je te promets que tout va bien se passer.

– Je suis contente de te l'entendre dire, je murmure.

Et que j'aie raison ou non, dans un sens je le crois.

***

– Bon sang, papa. On n'est plus en 1972 !

À l'intérieur, comme à l'extérieur, la maison est dans un état pitoyable. Mais mon père trouve une excuse pour tout. De la moquette verte râpée qui a besoin d'être remplacée (« *je l'ai fait nettoyer par un professionnel avant d'emménager* ») jusqu'aux gouttières bouchées qui menacent de tomber (« *avec la pente du toit, on peut se passer de gouttières* ») en passant par la cuisine, pratiquement inutilisable (« *c'est à ça que sert la plaque chauffante* »).

Après avoir installé les filles au motel devant un film et des trucs à grignoter, j'ai retrouvé mon père chez lui en milieu de matinée afin de pouvoir préparer leur chambre.

Après que maman l'a quitté pour s'envoler vers « une vie meilleure » (quelle ironie !), mon père a laissé tomber son poste à l'université de Sinclair, vendu la maison où j'avais passé mon enfance et entrepris de vivre une vie du genre « *mange, prie, aime* ». Les filles étaient petites, donc je ne pense pas qu'elles regretteront l'ancienne maison, mais je suis sûre qu'elles ne seront pas d'accord pour vivre dans le taudis d'un fou.

– As-tu au moins fait quelque chose pour préparer leur venue ? je demande, en jetant un coup d'œil dans la chambre qu'elles sont censées partager. Ça fait un mois que tu sais qu'elles vont venir vivre avec toi.

– Que veux-tu dire ?

Sa question est suivie d'une longue quinte de toux. La troisième depuis que je suis arrivée il ya dix minutes.

– Il faut sortir cette bibliothèque de la chambre. Les petites filles n'ont que faire de la *Bible de Sri*

Ramakrishna ou du *Tao te Ching*, ou je ne sais quels autres livres empilés dans ces vieilles étagères.

– C'est ma collection de textes religieux dédicacés par des chefs spirituels du monde entier. Il y a plus de deux cents volumes avec des autographes. Je suis sûr qu'elles seront ravies.

Je le regarde, ébahie. *Complètement barré* !

« Tu ne crois pas ? »

J'attrape un livre au hasard pour lui monter que j'ai raison. *Apprendre de vos vies passées* : *L'instruction par la méditation profonde*. Ouais, c'est super comme lecture avant de dormir !

Les mains sur les hanches, je le fusille du regard. Il est secoué par une autre quinte de toux, mauvaise et violente.

– D'accord, d'accord, dit-il quand la quinte s'estompe et qu'il reprend son souffle. Je peux les monter au grenier.

– As-tu vu un médecin pour cette toux ?

Il hoche la tête.

– Un guérisseur.

Sa toux reprend de plus belle.

Je suis sidérée.

– Un guérisseur ? Pas un *vrai* médecin ?

– Je n'aime pas la médecine occidentale, tu le sais bien.

– Tu ne *l'aimes* pas ? On a l'impression que tu vas cracher tes putains de poumons, mais tu ne *l'aimes* pas ?

– Je travaille avec un guérisseur très compétent. Il me faut juste un peu de temps pour méditer sur notre mantra et…

– Stop ! Arrête ça tout de suite. Tu ne vas pas confier ta santé à un putain de mantra !

Il fait la grimace en m'entendant prononcer le mot putain pour la deuxième fois, mais je m'en fiche. Je veux qu'il m'écoute.

– Bon Dieu, papa, tu as la responsabilité de deux filles, maintenant. Tu comprends ce que ça signifie ? Elles ont *besoin* de toi.

– Je vois que tu as fini par te laisser gagner par le scepticisme de ta mère.

Ces mots font tressaillir la petite fille qui vit toujours quelque part au fond de moi. Il fut un temps où j'étais vraiment spéciale pour mon père, parce que je croyais aux mêmes choses magiques que lui. Comme lui, je croyais que chaque événement avait une cause, que les souhaits se réalisaient et que le bien triomphait toujours du mal.

Une partie de moi cherche encore à être cette princesse unique, même maintenant. Et même si je ne crois plus à ces conneries, cette partie de moi-même veut y croire juste pour que mon père soit fier de moi.

Putain de bordel de merde.

– Je veux que tu voies un médecin lundi avant que je reparte. Je veux que tu…

– D'accord.

– … prennes soin de toi. Qu'est-ce que tu as dit ?

– J’ai dit *d’accord*, dit-il doucement.

Je ferais peut-être mieux de charger la voiture et de ramener les filles à Vegas avec moi. Si j’étais sûre de pouvoir les entretenir, je le ferais sans doute, mais je vois dans ses yeux que mon père est prêt à assumer ses filles. Et je sais bien que New Hope est un endroit bien plus adapté pour elles que ne le sera jamais le monde dans lequel je vis désormais.

– Merci, dis-je d’une voix douce.

Puis j’attrape un carton et je commence à le remplir des livres à monter au grenier. Ce soir, j’appellerai ma patronne pour lui dire que je ne reviendrai pas avant la fin de la semaine. Si je veux rendre cette maison habitable pour les filles, j’ai du pain sur la planche.

CHAPITRE 4

CALLY

Au lieu de retourner à l'hôtel comme je devrais le faire, je suis assise sous le porche de la maison de mon père et je regarde les étoiles à travers les arbres en écoutant le murmure de la rivière qui coule un peu plus loin. Il est vrai que la maison est merdique, mais je dois reconnaître qu'elle est bien située.

Quand mon téléphone se met à sonner, je suis tellement sûre que c'est Drew qui appelle pour me demander quand je rentre que je ne regarde même pas l'écran avant de répondre.

– Je te manque ? dis-je en souriant.

– Plus que tu ne peux l'imaginer.

Ce n'est décidément pas la voix de Drew.

Une angoisse sourde me traverse quand je reconnais la voix profonde et familière.

– Brandon ? C'est toi ?

– Je plaide coupable.

Bordel. J'avale ma salive et me prépare à gérer ça avec circonspection.

– Ça, c'est une surprise. Comment as-tu eu mon numéro ?

– Bébé, tu sais bien que tu ne peux pas m'échapper.

– Ce n'était pas mon intention.

Ce qui n'est pas complètement faux.

– Tu me manques, susurre-t-il avec cette voix de basse sensuelle qu'il employait quand nous étions au lit.

Quatre ans ont passé, mais je n'ai pas oublié.

– Tu as probablement trouvé quelqu'un de mieux que moi depuis tout ce temps, dis-je en affichant un sourire forcé comme s'il pouvait me voir.

Son sifflement sourd s'insinue dans mon oreille le long de la ligne téléphonique, et soudain j'entends un claquement brutal comme s'il venait de lancer un objet contre un mur.

– Bon Dieu, Cally. Tu sais bien que je ne veux personne d'autre que toi.

Sa voix se radoucit, sa colère est retombée aussi vite qu'elle était venue.

– Tu es ma femme.

Je ne réponds pas. Tout ce que je pourrais dire ne ferait que le contrarier.

– Je pensais que tu ferais appel à moi quand ta mère est morte. Je sais que tu as besoin d'argent. Tes sœurs ont besoin d'argent. Laisse-moi t'aider.

À quel prix ?

– Nous avons tout ce qu'il nous faut, dis-je, même si ce n'est pas vrai.

– C'est de la faute de ce qu'on t'a enseigné à l'université, on t'a fait croire que c'était indigne pour une femme d'accepter de l'argent de son homme.

Tu n'es pas mon homme, ai-je envie de crier. Mais ça ne fait rien. Brandon n'est revenu à Vegas que depuis deux mois. Bientôt, il se rappellera que je ne suis plus son « genre » et il trouvera quelqu'un qui l'est davantage. D'ici là, il me suffit de lui laisser croire que c'est lui qui décide.

– As-tu vraiment tout ce dont tu as besoin ? demande-t-il gentiment. Que tu sois avec moi au pas, je veux que tu ne manques de rien.

– Tu as déjà fait beaucoup.

– Je ferais plus encore. Pour toi…

De nouveau, cette voix de basse.

– Bon sang, ce que tu peux me manquer !

– Et Quinn ? Elle ne te manque pas ?

Je bénis cette fille. Quand j'ai découvert qu'ils se voyaient, j'ai eu une excuse toute trouvée pour couper les ponts pendant qu'il était parti. Tout du moins autant que j'ai osé le faire.

– Cally, bébé, s'il te plaît.

Je regarde les étoiles. Quand est-ce que j'ai perdu la mienne de vue ? Mon père m'a appris à croire à la magie, aux vœux, à la beauté du destin. Et tout à coup la vie est devenue merdique et le destin est passé au deuxième plan, il fallait avant tout arriver à s'en sortir.

– Passe me voir quand tu rentreras. On parlera de ce qu'on peut faire pour tes sœurs. On parlera de nous.

– D'accord, dis-je sans le penser le moins du monde.

Je n'ai pas l'intention de me remettre avec lui. Pas si je peux faire autrement. Mais si je lui dis non, il croira que je veux me faire désirer et cela ne fera que l'encourager.

– Bonsoir, Brandon.

Je raccroche sans lui laisser le temps de répondre.

Je reprends mon souffle dans l'obscurité en essayant de faire redescendre l'adrénaline et de calmer les battements de mon cœur. Le seul son de sa voix me donne envie de prendre une douche et de me frotter au gant de crin. Ou tout simplement du contact d'un homme qui ferait partir la laideur.

Je fais dérouler les messages envoyés pour trouver le numéro de Lizzy. Je clique dessus et je retiens mon souffle en attendant qu'elle réponde.

– Cally !

L'enthousiasme que je perçois dans sa voix me réchauffe le cœur.

– Hé, Liz. Tu n'aurais pas le numéro de William Bailey par hasard ?

***

Le gymnase est pratiquement vide ce soir. Il n'y a que Max qui s'entraîne aux appareils et Sam qui me regarde essayer de passer ma frustration sur les haltères.

Mon téléphone vibre et j'ouvre le dernier texto de Meredith qui détaille avec précision ce qu'elle fera avec sa langue sur certaines parties de mon anatomie.

Nos grands-mères respectives ont fait tout ce qu'elles pouvaient pour qu'on sorte ensemble, et je commence à me dire que j'ai fait une erreur monumentale en couchant avec elle. Je croyais que nous voyions les choses de la même façon, que nous voulions tous les deux une relation passagère, sans conséquences. Simplement prendre du bon temps. C'est ce que je croyais. Mais ses textos deviennent de plus en plus fréquents et quand j'étais chez elle la semaine dernière, elle s'est coupée en me demandant dans combien de temps j'aimerais avoir des enfants.

Au moment où je m'apprête à reposer mon téléphone, il vibre de nouveau et c'est encore un message qui vient d'elle.

– C'est Meredith ? demande Sam.

– Qui d'autre ? je maugrée.

Je tape une rapide excuse et je rejette mon téléphone.

– Pourquoi ce manque d'intérêt pour elle, tout à coup ? Elle est super sexy. Et intelligente. Et elle est indépendante.

– Ça devient trop sérieux. J'ai l'impression qu'elle va bientôt vouloir une relation… durable.

Sam hausse un sourcil.

– C'est le roi de l'engagement qui dit ça !

– Ferme-la ! Ce n'est pas ce que je recherche pour le moment.

– Hé les mecs, j'ai entendu dire que Cally Fisher est revenue, crie Max de derrière sa machine.

– Cally Fisher ? Tu déconnes ! s'exclame Sam.

Je saisis une paire d'haltères de vingt kilos.

– Non, c'est vrai. Je l'ai rencontrée.

Max pousse un grognement.

– Tu lui as dit d'aller se faire voir ?

Je repose les poids et je me tourne vers lui.

– Arrête ça.

Max lève les mains en signe de reddition.

– Message compris, mec, mais ne me dis pas que tu as oublié la façon dont elle t'a jeté ?

Comment pourrais-je oublier ?

– Ça n'a plus d'importance maintenant. C'était il y a longtemps.

Sam ricane.

– Qui aurait pu croire qu'elle comptait encore pour toi ? Au bout de… quoi ? Six ans ?

– Sept ! Je me laisse retomber avec lassitude sur le banc, la tête dans les mains.

C'est incroyable comme ma tête n'a pas cessé de tourner depuis que je l'ai aperçue, cherchant son chemin juste devant chez moi.

– Tu tiens toujours à elle, dit Sam doucement.

La question ne se pose pas.

Max vient nous rejoindre.

– Elle va rester ?

– Sa mère est morte. Elle est venue pour installer ses sœurs chez leur père. Quand ce sera fait, elle repartira à Vegas.

– Ça craint, dit Max.

En voyant mon regard, Max recule.

– Bordel. Et moi qui pensais que tu étais toujours accro à Maggie !

Mon téléphone vibre de nouveau.

– C'est encore Meredith ? demande Sam.

– Probablement.

Avant que j'aie le temps de l'arrêter, Sam ramasse mon téléphone et lit le texto, en ouvrant de grands yeux.

– Ne te gêne pas, surtout !

En réalité je m'en fiche. La nature de ma relation avec Meredith n'est pas un secret. Mais quand Sam pousse un sifflement strident, je tourne les yeux vers lui.

– C'est Cally. Est-ce que ton invitation tient toujours ? lit-il.

Je lui arrache le téléphone des mains, pratiquement convaincu qu'il me fait marcher. Mais non, le message de Cally est bien là, sur l'écran. Sans hésiter, je clique sur le bouton d'appel.

– William ?

Je reconnaîtrais cette douce voix entre mille.

– Cally ?

– Ouais. J'espère que je ne te dérange pas. Lizzy m'a donné ton numéro, mais je ne voulais pas appeler au cas où le moment ne serait pas bien choisi.

Max sourit d'un air narquois, mais Sam et lui s'éloignent pour ne pas se montrer indiscrets. Je dois reconnaître que ces deux petits enfoirés sont quand même capables de délicatesse.

– Tu ne me déranges pas du tout. Est-ce que tout va bien ?

Le silence s'éternise et je regarde mon écran pour m'assurer qu'il n'est pas déconnecté.

– Si vraiment tu ne me détestes pas, j'aimerais dîner avec toi ce soir. Ce serait… génial, dit-elle finalement.

– Je viens te chercher dans une heure, ça te va ?

– D'accord.

– William ? poursuit-elle après un silence.

J'adore la façon dont elle fait rouler mon nom sur sa langue. Quand elle le prononce, mon prénom, si typiquement américain, prend une sonorité presque exotique.

– Ouais ?

– Pourrions-nous aller dîner en dehors de New Hope ? Je crois me souvenir que les gens ici parlent et je n'ai pas envie d'en faire les frais.

Je suis sûr qu'il n'y a pas que ça, mais je n'insiste pas. Pas maintenant.

– Je connais un endroit très bien. Je suis là dans une heure.

***

CALLY

– Tu fais vraiment vulgaire, dit Drew dans mon dos tandis que je regarde l'image brouillée que me renvoie le vieux miroir. T'as vraiment un rencart ou tu as l'intention de te planter au coin de la rue pour faire des passes à cinq dollars ?

Je me retourne vivement.

– Surveille ton langage, jeune fille. Tu crois que maman aurait aimé que tu parles comme ça ?

Elle hausse les épaules, pas le moins du monde impressionnée par ma colère, et reporte toute son attention sur son téléphone.

En poussant un profond soupir, je me retourne vers le miroir. Elle a raison, bien sûr, ce qui ne fait que me vexer encore plus. J'ai emporté des vêtements appropriés à ce que j'aurais à faire : nettoyer, vider des cartons, dormir. Mais rien pour un rencart avec l'homme le plus sexy que j'aie jamais rencontré. Et j'ai beau me répéter que ce n'est pas important, je n'en pense pas un mot. J'ai été contrainte d'ouvrir un des cartons contenant les affaires de Drew pour lui emprunter sa petite robe de coton noir – une « faveur » qu'elle n'a consenti à m'accorder qu'en échange de la promesse de lui envoyer de l'argent pour qu'elle s'en achète une autre. Mais Drew est plus petite que moi et moins ronde, alors quelque chose qui a l'air sympa et sophistiqué sur elle me donne un air de poufiasse qui montre plus de jambes et de décolleté qu'une danseuse de revue. Je suis tentée d'appeler Lizzy pour voir si elle n'aurait pas une robe à me prêter, mais Will va arriver d'une minute à l'autre et je n'ai plus le temps.

Quelqu'un me serre la main et je baisse les yeux, Gabby me fait un demi-sourire. Je ne crois pas l'avoir vu faire un seul vrai sourire depuis la mort de maman. Son sourire me manque, comme le son de sa voix.

Elle se hisse sur la pointe des pieds et, passant la main derrière ma tête, elle enlève l'élastique qui maintient mes cheveux sur ma nuque, libérant ma longue chevelure brune, puis elle pose la main sur ma joue et fait un signe de tête approbateur. Bien qu'elle ne parle pas, la plupart du temps, elle communique avec moi cent fois mieux que Drew.

Je la serre sur mon cœur et je perçois le doux parfum de chewing-gum de ses cheveux. Quand je la lâche, Drew a le regard fixé sur nous et pendant une fraction de seconde, avant qu'elle ne la dissimule à nouveau, je vois de la tristesse dans ses yeux.

– Vous êtes sûres que ça va aller, les filles ?

Gabby serre ma main et Drew fait un signe de tête, les yeux baissés.

– Tu as bien le droit de t’amuser un peu, toi aussi.

J’en reste bouche bée. L’envie de pleurer me reprend. *Bon sang*. Ce n’est pas le moment.

– Merci.

Drew hausse les épaules.

– Je vois bien qu’il te plaît. Je dois dire qu’il est plutôt sexy.

J’attrape un oreiller et le lui lance à la tête.

– Sexy et trop vieux pour toi !

Elle se met à rire et me renvoie l’oreiller.

– Ouais, mais laquelle de nous deux va habiter ici ?

– Il peut être aussi sexy qu’il veut, si jamais il te touche, je lui coupe les couilles.

Quelque chose passe dans son regard, un secret qui émerge d’un recoin enfoui de son esprit. Même si j’ai quitté la maison à seize ans, je suis restée la principale source de revenus de la famille et j’ai toujours été impliquée dans leurs vies. Mon rôle de mère de substitution ne date pas d’hier. Et pourtant je ne sais que peu de choses d’elle. J’aimerais pouvoir arranger ça, mais il y a une fracture entre nous et je ne suis pas sûre de pouvoir la réduire à distance.

Pour la plupart des gens, Gabby a l’air probablement plus inquiétante. Mais moi, c’est Drew qui m’empêche de dormir. Je ne me fais pas de souci pour Gabby, elle s’en sortira. Mais Drew, à l’âge qu’elle a, risque plus de mal tourner, si c’est ce qu’elle cherche.

J'avale ma salive avec difficulté en repoussant la peur et la tristesse à plus tard. Demain est un autre jour.

– Je vais attendre dehors. Mettez le verrou et la chaîne derrière moi. Je vous enverrai un texto quand je rentrerai et vous viendrez m'ouvrir.

Drew opine du chef en remettant ses écouteurs et Gabby m'envoie un baiser.

Je sors avant de changer d'avis et je me retrouve sous un ciel scintillant d'étoiles. À New Hope, les étoiles sont plus brillantes et plus nombreuses que partout ailleurs. Quand j'étais petite, je les regardais tous les soirs par la fenêtre de ma chambre, j'en choisissais une et je faisais un vœu. Mon père m'a appris à croire à la magie des souhaits et du destin, et je l'adorais tellement que ses paroles étaient ma bible et la voûte étoilée était devenue mon temple.

Quand nous sommes parties pour Vegas, Drew avait huit ans et elle a dit à maman qu'elle plaignait les gens qui vivaient là parce qu'il n'y avait pas assez d'étoiles pour tout le monde. Maman avait ri et avait dit que l'on n'avait plus besoin des étoiles une fois que ses souhaits s'étaient réalisés.

Elle croyait que Rick représentait son vœu devenu réalité. C'est pour cela qu'elle nous a emmenées là-bas, loin de notre père, loin de New Hope. Elle avait rencontré un mec sur Internet, l'avait retrouvé plusieurs fois tout en disant à papa qu'elle partait en « formation » pour son boulot. Puis elle a demandé le divorce et emmené ses filles vivre avec un complet inconnu dont elle pensait qu'il était tout pour elle.

Nous étions là-bas depuis moins d'un mois quand elle s'est rendu compte que Rick n'était pas l'homme dont elle avait rêvé. C'était un alcoolique autoritaire qui aimait balader ses mains sur ma mère et parfois sur moi, et même sur les petites. Nous avons fui sa maison à un million de dollars, on s'est retrouvées une fois ou deux sur le point d'être mises à la porte de notre logement, et même une fois on a atterri dans un refuge pour sans-abri, mais c'était la bonne décision. Ma mère a fait beaucoup d'erreurs, elle a pris beaucoup de décisions que je n'approuvais pas, mais je suis fière qu'elle ait quitté cet homme.

Une BMW noire se gare devant moi et William en descend, vêtu d'un pantalon noir et d'une chemise en oxford grise. Un simple regard posé sur lui allume un interrupteur dans mon corps et je me mets à vibrer instantanément.

– Salut beauté, dit-il doucement en promenant ses yeux sur moi, ce qui a pour effet de faire disparaître toutes mes inquiétudes au sujet de ma robe.

CHAPITRE 5

CALLY

Ce petit restaurant de tapas au nord d'Indianapolis est le décor parfait pour un rencart secret avec cet homme qui m'autorise à m'oublier moi-même. Il y a des bougies et de la musique douce, et nous sommes installés dans un box, l'un à côté de l'autre sur le siège incurvé d'une petite table ronde.

Nous mangeons du brie et des fruits, des steaks de thon rouge grillé et des mini crab-cakes, et nous avons déjà descendu une bouteille de vin.

– Alors, qu'est-ce que tu fais maintenant ?

Sa voix a pris une tonalité plus grave et rauque, et pendant un moment je suis tellement happée par la sensualité qui enveloppe ses paroles que leur sens m'échappe.

Je cligne des yeux en réalisant qu'il me regarde fixement dans l'attente d'une réponse.

– Oh ! je… je suis masseuse ?

Ma réponse me met mal à l'aise et je déteste ça. La plupart du temps, je suis fière de ce que je fais, mais William a connu ma mère autrefois. Je résiste à la tentation de me défendre en expliquant que même si elle m'a fait aimer son boulot, je ne perçois pas les gros pourboires qu'elle obtenait en faisant ce qu'elle faisait. Non que je me permette de la juger. J'ai aussi mes propres secrets.

– C'est une question ?

Je souris en haussant les épaules.

– Je ne sais pas. J'aime ce que je fais, mais il y a toujours des gens qui se font des idées.

Les gens de New Hope. Des gens qui se sont déjà fait une opinion sur moi et ma famille.

– Et toi ? Tu aimes toujours la photo ?

– Oui. Je l'enseigne à Sinclair.

– Tu es prof à la fac ? Sérieux ?

Il sourit.

– J'ai obtenu une bourse de post-doctorat après mon master de beaux-arts. J'aime bien enseigner, mais je préfèrerais être un vrai photographe plutôt que d'enseigner aux autres à le devenir.

– Tu as toujours eu beaucoup de talent, dis-je doucement. Je suis heureuse de savoir que tu n'as pas laissé tomber ça.

– Et toi ? Es-tu allée à la fac ?

– J'ai obtenu mon certificat de masseuse dans un centre universitaire et j'ai pris quelques cours depuis, mais je n'ai pas réussi à aller jusqu'au bout du diplôme.

Et ce n'est pas près d'arriver. Il faut que je travaille le plus possible pour envoyer de l'argent à mon père pour les filles.

William saisit ma main sur la table.

– Pourquoi m'as-tu appelé, Cally ? Qu'est-ce qui t'a fait changer d'avis ?

C'est une bonne question. Pourquoi *suis-je* ici ? Parce que j'ai envie de lui ? Parce que j'essaie d'oublier Brandon ? Parce que je suis terriblement seule et que j'avais besoin d'un adulte à qui parler ?

– J'imagine que c'est aussi mystérieux que la raison pour laquelle tu as voulu, toi aussi, être ici avec moi. Après… ne serait-il pas préférable de crever l'abcès et de parler de la façon dont je t'ai posé un lapin pour ton bal de fin d'année ?

Je pousse un soupir de soulagement, enfin j'ai réussi à prononcer ces mots à voix haute.

– Je suis désolée. J'ai toujours été désolée. J'espère que tu le sais.

Ses yeux se posent sur ma bouche.

– Viens là.

En me mordant les lèvres, je glisse sur la banquette pour être contre lui. Sous les lumières tamisées je discerne mal l'expression de son visage, mais cela ne m'empêche pas de sentir la chaleur entre nous. Est-ce mon imagination ? La ressent-il lui aussi ? Quelle qu'en soit la cause – les hormones, les souvenirs, la conscience que cette soirée n'aura pas de suite puisque je vais bientôt repartir –, il est évident que nous sommes attirés l'un vers l'autre comme par un aimant et je ne retirerai pas ma cuisse appuyée contre le doux tissu de son pantalon.

– Voilà qui est mieux, dit-il en me jetant un regard brûlant.

– Oui, tu as raison.

Il incline la tête et fait glisser ses lèvres sur mon cou en un mouvement si doux, si simple, que j'en ai le souffle coupé.

– Je devrais t'en vouloir à mort, murmure-t-il. Tu m'as brisé le cœur.

– Alors pourquoi ne m'en veux-tu pas ?

– Quand je t'ai revue, toute ma colère s'est envolée. J'ai trop envie de toi.

Sous la table, sa main se pose sur la face intérieure de mon genou et il dessine des petits cercles qui affolent mon cœur et me font fondre.

– Moi aussi.

Ses doigts remontent le long d'une ligne invisible à l'intérieur de ma jambe, instinctivement, je serre les cuisses en emprisonnant sa main.

– Tu veux que j'arrête ? murmure-t-il.

– Non, dis-je dans un souffle.

Bien au contraire, je m'efforce de me détendre et mes jambes s'écartent, laissant le champ libre à l'exploration de sa main.

– Tu es fantastique dans cette robe. J'adore la façon dont elle met tes jambes en valeur, mais ça ne fait qu'augmenter mon désir de les avoir autour de moi.

J'enfouis mon visage dans son cou et je gémis doucement en repensant à la façon dont il me caressait dans le temps. Il sent incroyablement bon et sa main qui effleure ma cuisse envoie des petits frissons de plaisir dans tout mon corps.

Elle poursuit son ascension jusqu'à l'ourlet de ma culotte. Je manque de serrer les jambes encore une fois – non parce que je veux qu'il arrête mais parce que je veux tellement que sa main reste là à me caresser, à m'explorer en glissant ses doigts en moi.

– Comment est-elle ? demande-t-il en promenant le bout des doigts sur l'entrejambe de ma culotte en satin Vannina Vesperini, mon seul luxe, une marque de lingerie française que m'ont fait découvrir Hanna et Lizzy.

Oh ! Seigneur. Par je ne sais quel miracle, je suis déjà prête à recevoir ses caresses. Je n'ai pas été si excitée, si vite depuis… depuis William.

Il passe les jointures de ses doigts sur moi, en appuyant le doux tissu contre mon clitoris gonflé.

Il entrouvre la bouche contre mon oreille et saisit mon lobe entre ses dents, le mordille, le suce. Je ferme les yeux un instant. J'ai envie de m'abandonner au plaisir qui tourbillonne comme un cyclone autour de chacune de mes terminaisons nerveuses, et la rapidité avec laquelle il me met dans cet état me fait presque peur. Instinctivement, je fais un va-et-vient sur sa main.

– Caresse-moi.

– Dis-moi, murmure-t-il en dessinant des petits cercles coquins sur ma culotte, à quoi ressemble-t-elle ?

Le désir qui me submerge est fou. À cet instant, je donnerais n'importe quoi pour qu'il glisse sous cette barrière entre nous.

– Elle est en satin noir.

– Mmm. Du satin. Il me semblait bien.

Il me récompense en faisant rouler ses doigts sur le tissu en question.

Bordel.

– Continue. Décris-la.

Sous la table, je m'accroche à son avant-bras comme si j'avais peur qu'il disparaisse.

– C'est un string brésilien avec des petits nœuds sur les hanches.

Lorsque sa main quitte le point douloureusement palpitant entre mes jambes pour explorer le lien sur ma hanche, je crois que je vais crier ou supplier ou les deux à la fois.

– Bon Dieu, je suis sûr que cette culotte te va à merveille. Si nous étions seuls, je m'agenouillerais devant toi vêtue seulement de cette culotte, et je la dénouerais avec les dents.

Oh oui ! je t'en prie, vas-y.

Je respire avec difficulté. J'ai envie qu'il fasse ce qu'il décrit. Et même plus.

– Tu as souvent pensé à te retrouver seul avec moi ?

Je recule un peu pour scruter son visage, ses yeux, dans l'attente de la réponse dont j'ai besoin.

– Cette pensée ne m'a pas quitté depuis que tu es apparue devant chez moi.

– Moi non plus. Et même avant ça.

Ses yeux s'embrasent. L'intensité de son regard m'effraierait si je n'avais pas depuis longtemps accordé ma confiance, totale et entière, à cet homme.

Il presse sa bouche sur la mienne et sa main reprend sa place entre mes jambes. Ce n'est pas un doux baiser. C'est un baiser dur – un baiser qui punit, qui exige – et qui me comble. Je pourrais me perdre là, dans ce baiser porteur à la fois de désir, de colère et de regret. Je pourrais oublier qui je suis, ce que j'ai fait, et devenir la caresse d'une langue contre une autre, devenir le plaisir de sa main qui s'active entre mes jambes tandis que je gémis entre ses lèvres.

Il rompt le baiser et appuie son front contre le mien.

– Tu es si bonne.

Sa main bouge lentement, doucement.

Pourquoi me fait-il tellement plus d'effet que les autres hommes avec qui je suis sortie ? Il a toujours été le modèle de référence, et tous les autres ont échoué à l'égaler.

Je ne devrais pas être ici avec lui. J'ai abandonné ce droit il y a sept ans. Je bois une longue gorgée de vin – espérant y trouver du courage et la permission de profiter de cette soirée suspendue hors du temps et loin des peines de cœur. Une soirée. Un luxe que je m'offre.

Je me soulève sur la banquette, recherchant sa caresse.

– Tu en veux plus ?

Il prononce ces mots d'une voix si basse que je les sens vibrer contre mon oreille plus que je ne les entends.

– Je repars dans quelques jours. Je ne peux pas rester.

Et c'est bien pour ça que nous pouvons faire ce que nous faisons en ce moment.

Il mordille le lobe de mon oreille, le suce, avant de parler.

– Ce n'est pas ce que je t'ai demandé, Cally.

Son pouce est immobile sur mon clitoris, par-dessus le satin de ma culotte, promettant la pression que j'espère. Quand sa main se retire, j'entends mon propre soupir de protestation.

– Viens chez moi.

Je ferme les yeux. Après des semaines passées à m'occuper de mes sœurs, j'ai besoin d'être autre chose qu'une mère de substitution pas vraiment acceptée comme telle. Ne serait-ce que pour deux petites heures passées dans le lit de cet homme. Il a droit à la nuit que je lui ai promise autrefois. J'y ai droit. Mais je secoue la tête.

– Je ne peux pas.

– Alors, dis-moi d'arrêter.

Le bout de ses doigts exigeants joue avec les fins rubans sur mes hanches. De sa main libre il porte un grain de raisin à mes lèvres et je le prends, effleurant brièvement ses doigts de mes lèvres. Un éclair traverse ses yeux – brûlant et avide.

– Cette soirée t'appartient. Tu en fais ce que tu veux.

– Comme ceci, dis-je dans un souffle, en roulant des hanches contre lui.

À ce moment-là il tire sur le ruban et détache le nœud de ma culotte. Sa main se faufile vers mon autre hanche et, avec un sourire, il dénoue le second lien.

– Soulève-toi, murmure-t-il et, avant que j'aie compris ce qu'il voulait faire, il a fait glisser ma culotte de sous la table et l'a mise dans sa poche. Il me décoche un sourire en buvant son vin à petites gorgées.

Ma culotte est dans la poche de William Bailey.

– Tu as l'intention de me la rendre ?

– Tu peux courir !

Mais alors, au lieu de se précipiter sur ma féminité mise à nu sous la table, il prend mon visage dans sa grande main et me caresse la joue de son pouce.

– La mémoire a cette incroyable faculté de modifier la réalité, alors j'ai fini par me convaincre que tu n'étais pas aussi belle que dans mes souvenirs. Que je t'idéalisais.

Je n'arrive pas à répondre. La chaleur dans ses yeux suffit à me donner envie de me glisser sur ses genoux. Et si j'ajoute la façon dont il m'a caressée, en ce moment précis je suis toute à lui.

– J'avais raison sur une chose, chuchote-t-il.

– Laquelle ?

– Ma mémoire avait tout faux.

– Vraiment ?

– Tu es tellement plus belle que dans mon souvenir.

Nos lèvres se joignent de nouveau et je m'oblige à mémoriser chaque seconde de ce baiser. Le doux contact de ses lèvres avant qu'elles ne s'entrouvrent, la lente caresse de sa langue quand j'ouvre les miennes, le goût de sa bouche – un cocktail puissant de vin et de regret.

Je ne me suis même pas rendu compte que sa main n'est plus sur mon visage quand soudain je sens le contact possessif de ses doigts sur ma cuisse. Puis, alors qu'ils glissent lentement vers le bas, je dois interrompre notre baiser pour reprendre mon souffle.

– Seigneur, siffle-t-il quand ses doigts atteignent ma chaleur humide.

Je pousse un cri étouffé au moment où il prend entre deux doigts mon clitoris tout gonflé de désir.

– Tu es trempée, murmure-t-il dans mon cou, tellement trempée.

– Je… William…

J'ai du mal à ne pas hausser la voix, à m'empêcher de gémir.

Il imprime à ce point gonflé et sensible de mon anatomie une caresse lente et gentille qui me pousse à me balancer contre lui.

– Tu veux vraiment savoir ce que je te ferais si tu venais chez moi ce soir ?

Je faiblis. Je veux savoir. J'ai besoin de savoir.

– Oui.

– Je te mettrais nue parce que, putain, tu as beaucoup trop de ces foutues fringues sur toi en ce moment. Comme ça, je verrais enfin tes seins magnifiques. Tu te souviens comment j'arrivais à te faire prendre ton pied rien qu'en t'embrassant les seins, en suçant ces superbes tétons ?

De sa main libre il caresse mes tétons dressés et, même à travers ma robe et le fin tissu de mon soutien-gorge, ce contact suffit à me couper le souffle.

– Réponds-moi, Cally.

– Oui, dis-je dans un souffle.

Ses doigts ont ralenti leur mouvement sous ma robe comme s'il était conscient qu'il est très près de me faire jouir, et il veut attendre.

Il émet un gémissement approbateur.

– Je commencerais par ça. Ma langue et mes lèvres et mes dents sur tes seins jusqu'à ce que j'aie mémorisé chaque courbe et chaque creux, jusqu'à ce que tu en redemandes – il retire sa main d'entre mes jambes – jusqu'à ce que tu jouisses pour moi.

– William.

– Je t'amènerais jusque-là, bébé, je te le jure. Mais pas tout de suite.

Il remonte la main sous ma robe et dessine des cercles autour de mon nombril.

– Tu veux que je t'en dise plus ?

Bon Dieu, oui. Je veux qu'il me dise tout. Et comme ça, peut-être que quand je serai de retour à Las Vegas et que regretterai qu'il ne soit pas là, je me servirai de ses mots pour bâtir mon propre fantasme. Mon propre souvenir de ma vie faite de « *et si…* »

– Oui, je t'en prie.

– Ensuite je t'embrasserais là, dit-il en pinçant le piercing sur mon nombril. Bon sang, je suis sûr que c'est très sexy sur toi. Quand l'as-tu fait faire ?

– Tout de suite après avoir déménagé.

Il s'écarte de moi, ses yeux brûlants rivés aux miens, la mâchoire crispée.

– Pour un homme ?

– Non. Je l'ai fait faire quand tu me manquais.

Il gémit dans mon oreille et ses doigts se déploient langoureusement sur ma taille.

– Il faudrait que je prenne mon temps, ici. Je passerais ma langue d'une de tes hanches à l'autre, puis je te retournerais et je te lécherais depuis le haut jusqu'au bas de ton dos.

Il glisse la main sur ma hanche et sous mes fesses.

– Quand j'arriverais là, dit-il en me pinçant, il faudrait que je voie si tu es aussi sensible là que partout ailleurs. Ton cul est si incroyable, je ne peux me pardonner de l'avoir négligé quand j'en avais l'occasion. Je meurs d'envie de te mordre le cul.

Il me pince et j'ai le souffle coupé. Je frissonne dans ses bras et je sens son sourire dans mon cou.

– Est-ce que tu serais prête à me recevoir, alors ?

En posant la question, il remet sa main entre mes jambes et je me retrouve tout au bord de la banquette, les jambes écartées pour lui faciliter l'accès. Ce n'est pas seulement parce que je veux qu'il me touche. J'en ai besoin. Comme j'ai besoin d'air ou d'eau. J'ai besoin de sentir la main de William entre mes jambes parce que, en ce moment, je ne suis rien d'autre que la tension palpitante de mon désir, et je n'ai rien ressenti de meilleur depuis des mois, putain !

Aucun des hommes que j'ai connus ne m'a caressée comme Will sait le faire. C'est comme s'il avait le don de savoir intuitivement ce que je ressens.

Même maintenant, assis dans le fond de ce restaurant éclairé aux chandelles, avec les serveurs qui s'agitent autour de nous, il ne précipite pas ses caresses. Ses doigts glissent sur moi, alternant caresses et retenue, dosant parfaitement l'équilibre entre l'attente et le plaisir.

– Qu'est-ce que tu ferais d'autre si nous étions seuls ? dis-je en réprimant un gémissement.

– Je tomberais à genoux, murmure-t-il, et je prendrais tes fesses dans mes mains et je te dégusterais.

Ça fait mal d'être assise là, à écouter ce qu'il me dit, désirant qu'il le fasse tout en sachant que je ne peux pas me laisser aller. Que cette soirée, ce moment sont tout ce que je peux avoir. Je crispe mes doigts sur son avant-bras et il grogne dans mon oreille.

– Mais pour le moment, dit-il, pour le moment, je me contenterais de toucher des doigts ce que je voudrais caresser de la bouche.

Il glisse deux doigts en moi, en les pliant pendant que, du pouce, il masse mon clitoris.

– Je veux que tu penses à ça la prochaine fois que tu te toucheras.

Je frissonne tandis que le plaisir monte en moi.

– William, dis-je dans un sanglot.

– Parce que la prochaine fois que je prendrai ma queue dans ma main, putain, je te jure que c'est à ça que je penserai. À toi. Nue. Au goût de ta chatte quand tu jouis sous ma langue.

Bon Dieu.

Je dois lui mordre le cou pour étouffer le grognement quand mon orgasme explose, brutal et rapide.

CHAPITRE 6

WILLIAM

Pendant le trajet de retour, nous gardons le silence et, quand je lui prends la main, elle se laisse faire. Je dois garder à l'esprit qu'elle va repartir. Que tout ceci – ce contact silencieux, ses doigts emmêlés aux miens – ne va pas durer. Je ne vais pas pouvoir la garder. Je ne vais pas pouvoir finir ce que j'ai commencé au restaurant. Elle va repartir.

Quand je gare la voiture devant le motel, elle ne se précipite pas à l'extérieur, alors je me tourne vers elle et je presse mes lèvres sur les siennes. D'abord je pense qu'elle va s'écarter, mais au contraire elle entrouvre les lèvres doucement et ce que je croyais ne devoir être qu'un court baiser d'adieu nous laisse, moi pantelant et excité, et Cally agrippée à ma chemise et à moitié sur mes genoux. Nous pressons nos fronts l'un contre l'autre, le temps de reprendre notre souffle.

– Quand pars-tu ?

– Demain ? Après-demain peut-être ? Mon père est rentré. Je veux juste veiller à ce que les filles soient bien installées, mais ensuite je dois retourner travailler.

Il n'y a rien que je puisse dire pour la convaincre de rester. Je ne suis même pas certain de le vouloir. Cette soirée n'était pas réelle après tout. Dans la réalité, je n'aurais pas pu la caresser dans un lieu public comme je l'ai fait. La réalité exige que je reste à l'écart de Cally, que je la déteste pour ce qu'elle m'a fait. Ou au moins que je veuille la rayer de ma vie.

Mais ce soir, nous n'étions pas dans la réalité. C'était comme revisiter un souvenir. Et c'était parfait.

Je fais le tour de la voiture pour ouvrir sa portière. Au moment où elle pose le pied sur le trottoir, je la plaque sur l'aile de la voiture, les mains dans ses cheveux, mon genou entre ses jambes, écrasant mon corps contre le sien de toutes mes forces. Parce que les caresses au restaurant n'ont fait qu'exacerber mon désir, et maintenant j'ai plus envie d'elle que jamais.

Elle me rend mon baiser, s'accroche à moi, empoigne ma chemise. Le désespoir perceptible dans ses lèvres et sa main s'accorde au mien, elle se presse de plus en plus fort contre moi comme si elle voulait disparaître en moi.

J'en veux plus. Je veux la faire rentrer dans la voiture et l'amener chez moi, dans mon lit. Parce que si cette soirée est le seul moment volé qui nous est accordé, alors je ne veux pas qu'elle finisse.

Malgré tout, c'est moi qui interromps notre baiser. C'est moi qui m'écarte. Quand je la regarde, c'est encore plus difficile. Elle est si belle, putain, mon cœur se brise. Avec le feu de ses joues, ses lèvres gonflées, ses cils épais qui battent quand elle ouvre les yeux.

Si j'avais oublié qui nous sommes et où nous nous trouvons, si j'avais oublié qu'elle n'est plus la jeune fille que j'ai aimée autrefois, l'expression de ses yeux me ramène à la réalité. Les yeux de la fille que j'ai connue autrefois n'exprimaient que de l'amour et du désir. Désormais, j'y vois de la douleur, de la douleur et de la lassitude qui prennent le pas sur son désir.

– Que t'est-il arrivé ? dis-je dans un souffle.

– Que veux-tu dire ?

En avalant ma salive, je trace du doigt le contour de son visage.

– Tu as changé. Il y a quelque chose de plus… sombre en toi, maintenant.

La tristesse envahit son visage.

– Je regrette tellement. J'aurais dû être avec toi et je n'aurais pas dû…

Elle secoue la tête et me regarde à travers ses cils épais.

– Tu devrais me détester.

Impossible.

– J'ai essayé, dis-je avec un petit rire forcé qui sonne faux. Je n'y suis pas arrivé.

Un semblant de sourire effleure ses lèvres.

– Tu es beaucoup trop gentil, William Bailey, je ne mérite pas le dixième de ce que tu m'as donné.

Elle attrape ma main et pose ses lèvres sur la peau rude de mes jointures.

– Je te remercie pour cette soirée. C'était fantastique.

Je dépose un baiser au coin de sa bouche et serre ses doigts dans les miens.

– Je ferais mieux de rentrer, dit-elle. Je n'oublierai jamais ce moment. Au rev…

Je pose un doigt sur ses lèvres pour l'empêcher de prononcer le mot que nous nous interdisions autrefois. Je ne peux me résoudre à l'entendre.

– Ne gâche pas tout avec ce mot.

Elle ferme les yeux.

– Dors bien, je murmure.

Elle s'écarte de moi et se dirige vers la porte de sa chambre en me laissant en proie à un grand vide.

– Bonne nuit, dit-elle sans se retourner.

Je la regarde disparaître dans sa chambre, puis je lève les yeux vers la lune et les étoiles à qui nous adressions nos vœux ensemble autrefois. Je me sens plus seul que jamais. Parce que s'il est vrai qu'elle n'est plus la fille que j'aimais à cette époque-là, elle est la femme que je désire aujourd'hui.

***

Quand Gabby avait six ans et Drew onze, j'ai mis au clou une paire de boucles d'oreilles en diamant et je les ai amenées à Disneyland. Nous n'avons pas séjourné dans un hôtel chic et nous ne pouvions pas acheter tous les souvenirs sympas, mais les filles s'en fichaient. On a chargé la voiture et on est allées dans un motel bon marché. On a mis le réveil pour pouvoir se lever tôt et être aux portes du parc dès l'ouverture. Ce n'était peut-être pas la chose la plus raisonnable à faire avec l'argent. Il y avait mille autres façons de le dépenser, et une voix dans ma tête me disait que c'était à cause de ce genre de choses que les riches pensent que les pauvres sont responsables de leurs difficultés. Mais le regard de Gabby quand elle a vu Minnie Mouse pour la première fois en valait la peine. Même Drew a eu les larmes aux yeux quand Dingo l'a fait tourner dans ses bras.

Deux mois plus tard, à la réunion de parents de Gabby (où je remplaçais maman, qui était « malade »), le professeur m'a attaquée à ce sujet. Était-ce vraiment la meilleure façon de dépenser nos maigres ressources ? Est-ce que je me rendais compte que nous avions deux mois de retard pour le règlement des fournitures scolaires ? Quand on pensait aux nombres de paires de chaussures que j'aurais pu acheter pour les filles avec l'argent que nous avions dépensé pour entrer dans ce parc !

Les yeux baissés, j'essuyai toutes les remontrances qui tombaient de ses lèvres. Mais je me fichais de ce qu'elle disait parce que, pendant une journée, j'avais pu montrer à mes petites sœurs qu'il existait vraiment des choses magiques dans ce monde. J'avais pu me prouver à moi-même que le monde n'était pas partout aussi merdique qu'il m'avait paru pendant les trois ans passés sous la férule de Brandon. Cela valait mille ans de fournitures scolaires et une centaine de paires de chaussure neuves. Je tiens peut-être un peu de mon père dans ce domaine – prête à sacrifier le réalisme à un peu de magie.

En me garant devant chez papa, je me demande si elles ont gardé le souvenir de cette magie ou si elles ont perdu foi dans leur monde. Je coupe le contact et je me retourne vers Drew dont les yeux s'arrondissent d'horreur.

On entend les roulements du tonnerre au loin et de lourds nuages d'orage plombent le ciel au-dessus de la maison, qui a l'air encore plus déprimante que sous le soleil de la veille.

– Ce n'est pas aussi terrible que ça en a l'air, dis-je doucement. Un peu de pensée positive et tout ira bien.

Drew descend de voiture et claque si violemment la portière que toute la voiture résonne.

Je me tourne vers Gabby, assise à l'arrière.

– Ça va être une aventure.

Sa lèvre inférieure se met à trembler et elle se tord les mains sur les genoux. Elle avait trois ans quand nous sommes parties et les deux ou trois fois où elle a vu notre père n'ont pas suffi à créer les liens qu'une enfant peut espérer nouer avec son père, surtout si celui-ci est censé s'occuper d'elle à plein temps. Bien sûr, elle n'a pas dit un mot de tout cela, mais elle n'a pas besoin de le faire. C'est écrit sur son visage.

Je descends de voiture et j'ouvre sa portière en lui tendant la main. Nous emmêlons nos doigts et emboîtons le pas de Drew en direction de la porte – Drew qui a décidé de prendre l'air totalement absent, les yeux rivés sur l'écran de son téléphone.

Papa ouvre la porte avant que nous ne soyons sur le porche.

– Bienvenue à la maison. Je me demandais quand vous arriveriez. Vous avez faim les filles ? J'ai fait du chili.

Il parle trop vite – ce qui est rare chez lui – et ses mots se bousculent.

Drew lève les yeux de son téléphone, mais ne répond pas. Gabby serre ma main.

– Du chili, c'est parfait, je réponds en passant devant elles.

Je suis contente de voir qu'il a fait un peu de rangement. Les meubles de la cuisine et la petite table ont été débarrassés de tous les papiers et les livres qui les encombraient, et il a posé des bols en plastique rouge devant chacun des quatre sièges, avec une cuiller en métal et un verre d'eau à côté de chacun.

Gabby et moi nous asseyons et Drew vient nous rejoindre sans desserrer les dents.

– Ton téléphone, je lui rappelle et elle le glisse dans sa poche en levant les yeux au ciel.

Nous ne bronchons pas tandis que mon père nous sert le léger potage rouge qu'il nomme chili. Nous regardons nos bols.

– C'est toi qui l'as fait ? je demande en prenant ma cuiller, bien décidée à donner le bon exemple.

– Oui. J'espère que ça va vous plaire. Je n'ai pas l'habitude de cuisiner pour les autres.

– Qu'est-ce qu'il y a dedans ? demande Drew, en remuant la soupe avec sa cuiller.

– C'est… un plat végétarien, dit mon père en s'éclaircissant la gorge. Tomates, haricots, oignons, poivrons verts et gumbo.

Drew laisse tomber sa cuiller.

– Je vais m'abstenir.

– *Végétarien*, je grogne.

– *Gumbo*, réplique-t-elle sur le même ton.

Elle croise les bras sur sa poitrine et se renfonce dans sa chaise.

– Merci d'avoir pensé à nous préparer le déjeuner, papa, dis-je en essayant de rattraper cette entrée en matière embarrassante. C'est gentil.

Je m'oblige à prendre une grosse cuillerée en gardant un visage impassible pendant que je mâche et déglutis.

À mes côtés, Gabby porte lentement sa cuiller à la bouche. Elle blêmit légèrement quand la soupe entre en contact avec sa langue – les légumes mal cuits et les haricots pâteux formant une combinaison étrange –, mais en vaillant petit soldat, elle sourit à papa avant de prendre lentement une deuxième cuillerée.

– Alors vous êtes en quelle classe maintenant, les filles ? demande papa entre deux cuillerées.

Je ne l'ai jamais vu aussi nerveux. Pour la première fois, je me rends compte que ce moment n'est pas que pour les filles un vrai bouleversement.

– Drew tu dois être, quoi, en cinquième, maintenant, non ?

Drew me fusille du regard comme si l'ignorance crasse de mon père était entièrement de ma faute.

– Elle entre au lycée, papa. Elle entre en seconde à la rentrée. Et Gabby, elle, entre en CM2.

Mon père semble stupéfait.

– Vous avez tellement grandi, dit-il comme pour lui-même.

Puis il baisse les yeux sur sa soupe et nous finissons le repas en silence.

Je me dis qu'il faudra que je pense à lui demander de l'argent pour aller faire quelques courses de base. Drew préférera se laisser mourir de faim plutôt que de manger des gumbos. Elle a beau être végétarienne, il ne faudrait quand même pas la prendre pour quelqu'un qui, réellement, ne mange que des légumes.

Après le repas, j'emmène les filles dans la chambre qu'elles vont partager, et j'essaie de la regarder avec les yeux de Drew. Un vieux tapis vert olive, sur le sol des matelas où j'ai déjà fait les lits avec les draps et les couvertures que nous avons apportés, une méchante petite table de nuit entre les lits.

– C'est encore pire que l'espèce d'hôtel de passe où tu nous as fait dormir depuis que nous sommes arrivées, dit-elle entre ses dents.

– Ça s'arrangera quand nous y aurons mis vos affaires.

– C'est ça ! Le rouge à lèvres sur le porc n'a pas suffi, essayons le mascara, dit-elle sur un ton sarcastique.

– Drew, j'ai besoin que tu fasses un effort.

Gabby, serrée contre moi, m'agrippe la main.

– Cette situation ne peut marcher que si tu y mets de la bonne volonté.

– Marcher ?

Sa voix tremble et elle jette son téléphone sur le lit.

– Comment est-ce que ça peut *marcher*, putain ? J'ai perdu ma mère et je suis obligée de venir vivre avec ce mec qui n'en a jamais rien eu à foutre, qui n'est venu nous voir que deux ou trois fois en sept ans, qui ne m'a même jamais appelée pour mon anniversaire. J'ai été obligée de quitter mes amis et ma maison. Je déteste cet endroit. Je déteste cette ville et *je te déteste*, putain !

Je trébuche en reculant tandis qu'elle retourne le couteau dans la plaie.

– Que veux-tu que je fasse ?

Les larmes coulent sur mes joues parce que je ne suis pas insensible et que je me déteste pour ce que j'attends d'elles.

– Sérieusement. Dis-le moi. Parce que moi, je ne sais plus quoi faire.

Gabby serre ma main. Et, soudain, elle parle. C'est le premier mot que j'ai entendu de sa bouche depuis que je l'ai trouvée accroupie sur le sol à côté du corps sans vie de notre mère.

– Reste.

CHAPITRE 7

WILLIAM

Sept ans plus tôt

– Elle ne répond pas à mes appels.

Je lance le téléphone contre le mur du vestiaire. Il s'écrase avec un craquement sinistre. Un mobile tout neuf, complètement foutu. Pourtant ce n'est pas mon genre de faire ça. Je ne me mets pas en colère pour rien. Mais Cally est partie et je ne suis plus moi-même.

Au début, ça allait. Nous nous parlions tout le temps. Je lui avais envoyé un nouveau téléphone portable parce que sa mère n'avait pas payé l'abonnement de l'ancien et que la ligne avait été coupée. On se racontait les petits détails sans importance de nos journées. On s'envoyait des textos. On faisait des projets pour le bal de fin d'année. Je lui avais envoyé des emails avec les liens du site où j'avais retenu une petite cabane. On échangeait des SMS qui parlaient du vin de fraises que je piquais dans la cave de ma grand-mère. Nous chuchotions jusqu'au petit matin au sujet de la première nuit que nous passerions ensemble.

Et j'avoue avoir du mal à ne pas continuer de penser à ce que je ressentirai la première fois que je me glisserai en elle.

Ces moment volés n'étaient pas grand-chose, mais ils m'aidaient à ne pas devenir fou. Et maintenant, je n'ai même plus ça.

Max et Sam se regardent d'un air entendu. Ils ont appris à tenir leur langue quand il s'agit de Cally, mais je vois que ça commence à bien faire.

– Allez, mec, dit Max. tu vas entrer à la fac. Ça va être génial.

– Tu devrais peut-être juste… passer à autre chose, dit Sam. Tu es jeune. Il y a plein d'autres filles.

Je serre les mâchoires.

– Oui. Bien sûr.

Mais ils ne comprennent rien, bordel. Je me fiche des autres filles. C'est *Cally* que je veux.

Je me passe une main dans les cheveux. J'ai mal à l'estomac. Elle refuse mes appels, rejette mes textos avec, parfois, une vague réponse disant qu'elle est occupée. La dernière fois que je l'ai eue au téléphone, elle était distante, ne parlait presque pas, ne se donnait pas la peine de rire à mes plaisanteries et a pris le premier prétexte venu pour mettre fin à la conversation avant même qu'elle n'ait commencé.

– Je lui ai envoyé des billets d'avion pour qu'elle vienne au bal de fin d'année. Ça va le faire. Je n'aurais pas dû rester si longtemps sans la voir. Le bal va tout arranger.

– L'éloignement, c'est déjà difficile quand tout va bien, dit Max, mais ça n'aide pas à réparer une relation qui est brisée.

– *Notre relation n'est pas brisée.*

Sam enfonce ses mains dans ses poches.

– Tu es sûr qu'elle a toujours l'intention de venir ?

– Évidemment qu'elle va venir. Elle n'a jamais dit le contraire.

Ils hochent la tête en même temps et échangent de nouveau ce foutu regard entendu. Je grogne dans ma barbe :

– Elle ne me trompe pas !

Ils ne l'ont pas dit, mais je vois que c'est ce qu'ils pensent. Ils pensent que je serais mieux sans elle. Mais ils ne connaissent pas Cally comme moi. Ils ne comprennent pas qu'elle compte pour moi plus que n'importe qui d'autre, qu'elle remplit les manques qui me font souffrir depuis que mes parents sont morts.

– Elle ne ferait jamais ça.

– Si tu le dis, mec, dit Max.

– Bien sûr que non, dit Sam en me donnant une claque dans le dos. Est-ce qu'on peut faire quelque chose ?

Leur gentillesse me fout en boule. Ils ne laisseraient pas tomber le sujet si facilement s'ils étaient persuadés qu'elle m'est fidèle.

– Juste… laissez-moi tranquille un moment.

Après leur départ, je ramasse mon téléphone. Le verre est brisé, et cela fait, sur l'écran, comme une étoile qui me rappelle la fille que j'ai bien trop peur d'avoir perdue pour l'admettre.

***

WILLIAM

Aujourd'hui

Un nouveau coup de tonnerre secoue les vitres de la galerie et je suis vachement content. Une pluie battante tombe sur le quai derrière la maison et frappe la rivière d'une force vengeresse. Le ciel est gris et le temps déchaîné. Cela s'accorde parfaitement avec mon humeur.

Bientôt, Cally laissera ses sœurs chez son père avant de repartir. Peut-être pour toujours cette fois. Ou bien elle reviendra souvent puisque ses sœurs seront ici. Je ne sais pas ce qui est pire.

Je donne un grand coup sur la vitre, tellement fort que je me fais mal.

– Bordel !

– Bonjour à toi, soleil !

Je ne prends pas la peine de me tourner vers Maggie. Je suis content qu'elle vienne travailler aujourd'hui. Elle pourra assurer la permanence à la galerie, comme ça je vais pouvoir me tirer d'ici pour aller me défouler. Un jogging sous la pluie devrait le faire. Ou une bouteille de bourbon.

– Je vais faire du café, crie-t-elle, et j'entends le claquement de ses talons sur les marches tandis qu'elle monte dans la kitchenette du loft.

Je baisse la tête et j'appuie mon front sur le frais de la vitre. J'ai envie de retourner voir Cally à son hôtel pour la supplier de ne pas partir. J'ai une envie folle de l'embrasser encore une fois, juste pour m'assurer que je n'oublierai pas le goût de ses lèvres, de la caresser encore une fois pour me souvenir de ses gémissements quand elle jouit. Je veux m'abîmer dans le frôlement de ses cheveux et la douceur de sa peau jusqu'à oublier toutes les foutues rancœurs.

Et en même temps, putain, j'ai envie de me battre avec elle. Je veux lui demander des comptes, l'obliger à s'expliquer sur ce qu'elle m'a fait il y a sept ans. Je veux qu'elle comprenne à quel point elle a bousillé ma vie.

J'entends les pas de Maggie en haut des escaliers et, tout à coup, elle est en bas et me tend un mug de café bouillant.

– Bois avant que je t'assomme, gronde-t-elle. J'ai laissé dans mon lit un homme très sexy et tout à fait consentant, pour venir discuter de l'exposition de la rentrée avec toi. Si tu dois continuer à faire la gueule, je rentre immédiatement pour passer ma matinée à baiser avec lui.

– Je suis absolument ravi que nous ayons atteint ce point dans notre relation où tu peux être aussi libre, dis-je en maugréant, bien qu'au fond je le pense vraiment.

Elle répond à mon froncement de sourcils par un sourire.

– Je sais. Est-ce que ce n'est pas génial ?

Je la regarde boire son café à petites gorgées, sa chevelure rousse flotte en boucles rebelles autour de son visage. Je ne l'ai jamais connue aussi heureuse que ces deux derniers mois, depuis qu'elle est avec Asher. Je n'aurais pas cru que ce soit possible, mais elle est encore plus belle lorsqu'elle est heureuse. Je suis tellement content que nous ayons dépassé le stade embarrassant des premiers temps après qu'elle m'avait préféré Asher. Ça s'est fait bien plus vite que je n'aurais cru. Il n'y a pas si longtemps, Maggie était ce que je désirais le plus au monde. Ou, du moins, c'était ce que je croyais. Il est si évident que nous ne sommes pas faits l'un pour l'autre. Je ne voulais pas passer ma vie avec elle. Je voulais la sauver de son passé bousillé et me sauver de ma culpabilité. Ça fait une foutue différence. Ça n'aurait jamais marché entre nous. Je pense que Maggie l'a bien compris. Mais moi ? Je continue à m'accrocher à mes rêves. C'est peut-être à Cally que je dois ça.

– C'est qui la fille, cette fois ? demande Maggie, en regardant la grisaille à l'extérieur. C'est cette Meredith ? Elle est passée ici l'autre jour, elle te cherchait.

Meredith. *Merde*.

– Qu'est-ce qui te fait croire qu'il y a une fille ?

Elle lève les yeux au ciel et ricane.

– Il n'y a qu'à te regarder. Tu ne changeras jamais. Avec toi, c'est toujours à cause d'une fille. De préférence une qui a des problèmes ou qui n'est pas accessible.

J'imagine que je l'ai bien cherché.

– Cally Fisher est revenue.

Elle pousse un long sifflement.

– Ton amour de jeunesse ?

– Elle-même, oui.

– Et tu l'as vue ?

Je ne réponds pas, mais la vérité doit se lire dans mes yeux parce que Maggie fait un pas en arrière et porte une main à sa poitrine.

– Putain de merde, Will. Tu as couché avec elle ? Tu vas vite en besogne !

– Tu ne crois pas que je vais te le dire ?

– Je pensais que tu voulais faire un break. Plus d'histoires d'amour.

– C'est ce que je fais, dis-je, les mâchoires serrées.

Deux fiançailles rompues en si peu de temps, c'est une raison suffisante pour s'éloigner de la scène des histoires d'amour pendant quelque temps. Ce qui n'empêche pas ma grand-mère d'essayer par tous les moyens de me trouver « celle qu'il me faut ».

– Alors comme ça, Cally est revenue. Tu éprouves encore des sentiments pour elle, mais tu n'as pas couché avec elle – encore que, de toute évidence, tu aies fait plus qu'avoir une petite conversation entre amis. Et maintenant, tu essayes de te convaincre de ne pas plonger la tête la première dans une nouvelle histoire super intense. Surtout une qui serait vouée à l'échec puisqu'elle t'a déjà laissé tomber comme une vieille chaussette ? C'est à peu près ça, non ?

– Ça ne risque pas de devenir une histoire. Elle repart.

– Ah ! d'accord. Ça explique ton humeur.

– Je suppose.

– Je me rappelle quand elle est partie, dit Maggie, l'air pensif. Tu étais détruit. Comment peux-tu avoir la moindre envie de la revoir ?

– Je sais.

– Est-ce qu'elle t'a expliqué, au moins ?

– Expliqué quoi ?

Maggie plisse les yeux et croise les bras. Elle n'est pas d'humeur à tolérer que je joue les imbéciles aujourd'hui.

– Expliqué pourquoi elle a rompu par SMS le soir où elle était censée revenir pour le bal de fin d'année ? Pourquoi elle m'a renvoyé le téléphone que je lui avais acheté de façon à ce que je ne puisse plus la joindre ? Pourquoi elle baisait avec un autre mec pendant que je la cherchais dans tout Vegas ?

Maggie hausse un sourcil.

– Ouais, quelque chose dans le genre.

– Non ! Je ne lui ai pas demandé.

Un coup de tonnerre secoue tout le bâtiment.

– Parce que tu ne veux pas savoir ?

J'enfonce les mains dans mes poches et je m'éloigne de Maggie. Elle me comprend trop bien et je ne suis pas sûr d'avoir envie d'être compris pour l'instant. J'ai juste envie d'être sombre et maussade et de mauvaise humeur. Malgré tout, je lui réponds.

– Je n'ai posé aucune de ces questions parce que je savais que si je le faisais, elle s'en irait tout de suite. J'avais trop envie d'être avec elle pour prendre ce risque.

– Bon sang ! Tu es toujours amoureux d'elle.

Je détourne le regard. Je ne sais plus où j'en suis.

– Je la revois pour la première fois après sept ans et j'ai une folle envie d'être de nouveau avec elle, en dépit de toute logique. Elle est là et elle est belle et elle possède une partie de moi-même que j'avais complètement oubliée.

Je m'adosse au mur et m'accroupis.

– Elle était en ville et elle était *perdue*. De tous les endroits où elle aurait pu se perdre, il a fallu que ce soit juste devant chez moi.

– Je peux comprendre que tu trouves que ça craint, mais…

Elle hésite.

Maggie ne comprend pas.

– C'est Cally qui disait que le destin nous réunirait toujours, que nous étions destinés l'un à l'autre. Quelles étaient les probabilités qu'elle apparaisse dans ma rue ? Juste en face de la maison que j'ai construite ?

Elle a l'air sceptique.

– Elle ne savait pas que tu habitais là ?

– Non. Je ne pense même pas qu'elle voulait me voir, mais elle était là. Et maintenant… quoi ? Suis-je censé ne pas en tenir compte et la laisser repartir ?

– Tu veux vraiment que je te réponde ?

Je déglutis avec difficulté. Je ne voudrais entendre ça de personne d'autre, mais j'ai confiance en Maggie. J'acquiesce d'un hochement de tête.

– Oui, dit-elle doucement. Tu dois la laisser repartir.

– Bon Dieu de merde.

– Écoute-moi. Tu es prompt à donner et tu tombes facilement amoureux. Tu veux trouver quelqu'un avec qui partager ta vie. Je le comprends. Tu veux te marier et avoir la famille que tu n'as pas eue. Je comprends tout ça. Mais c'est justement pour cela que tu dois la laisser repartir. Parce que tu as besoin de prendre de la distance pour savoir ce que tu ressens vraiment pour elle. Pour le moment, tu planes sur la nostalgie. Tu dois savoir si tu peux lui pardonner avant d'aller plus loin.

Je me passe la main dans les cheveux et hoche la tête. Je sais qu'elle a raison.

– Je me rappelle ce que tout le monde disait après qu'elle t'a largué, murmure Maggie. Je n'ai pas oublié les rumeurs.

– C'était des rumeurs… Personne ne savait rien.

Elle hausse les épaules.

– Peut-être, mais suppose qu'elles soient vraies ? Suppose que le mec avec qui tu l'as trouvée ait vraiment été la cause de sa rupture avec toi ? Suppose qu'elle t'ait trompé ? Suppose que quand elle était à Vegas elle couchait avec un mec plus vieux, pendant que toi tu étais ici à l'attendre comme le gentil petit ami que tu étais ? Est-ce que tu peux vraiment dépasser tout ça ?

Je la regarde sans répondre. Parce que c'est Maggie et qu'elle est la mieux placée pour connaître ma capacité à pardonner.

– Pas moi, en tout cas, murmure-t-elle. Je sais que tu m'as pardonnée, mais c'était parce que tu voulais me sauver. Ce n'est pas le cas avec Cally. Le contexte est différent. Je ne te demande pas si tu es capable de pardonner à n'importe qui. Ce que je te demande c'est, peux-tu pardonner à *Cally* ?

Elle a raison. Ce n'est pas la même chose. Je ne sais pas si cela a un sens, mais c'est vrai.

– Laisse-la partir, Will. Fais-le pour toi. Si toute cette histoire de destin est vraie et que vous êtes faits pour vivre ensemble, elle reviendra. D'accord ?

Je baisse la tête. Parce qu'elle a raison.

– Laisse-la partir.

CHAPITRE 8

CALLY

Premier jour dans une nouvelle école. Drew y est allée à pied puisque l'école n'est qu'à quelques pâtés de maison de chez mon père. Je lui ai proposé de l'accompagner, mais elle a levé les yeux au ciel et m'a accusée de vouloir la ridiculiser le jour où elle entre dans une nouvelle école, alors je l'ai laissée partir toute seule.

Maintenant c'est le tour de Gabby, et mon estomac se serre d'inquiétude. À part l'unique mot qu'elle a prononcé la semaine dernière – *Reste* –, elle n'a pas parlé. J'ai déjà eu un entretien avec la psychologue scolaire et j'ai échangé des emails avec son professeur. Tout le monde m'assure qu'ils travailleront avec elle, mais j'enrage de ne pas pouvoir être à l'école pour m'en assurer. La seule chose qui me rassure, c'est qu'au moins je serai ici, à New Hope où je vivrai chez mon père, du moins dans l'immédiat.

Ma patronne au spa à Las Vegas a accepté de garder ma place jusqu'au premier de l'an. Je me suis tellement battue pour parvenir à être autonome, et ce boulot est une partie importante de l'équation – des bons pourboires, un salaire décent, des avantages. J'ai besoin de ce revenu pour aider mon père à entretenir les filles. J'ai besoin de ce boulot afin de ne plus dépendre de Brandon.

Si ma patronne ne tenait pas tant à travailler avec moi, je serais probablement obligée de démissionner. Gabby a besoin de moi, alors je ferai ce qu'il sera nécessaire de faire. Comme je l'ai toujours fait.

Nous allons à l'école en voiture. Ce n'est qu'à un peu plus d'un kilomètre et on aurait pu y aller à pied, mais il fait chaud et je ne veux pas que Gabby se sente mal à l'aise en arrivant en sueur.

Je lui tends la main quand nous approchons du bâtiment. Elle secoue la tête, me rappelant que même si pour le moment elle ne parle pas plus qu'un petit enfant, elle a dix ans et elle n'a nul besoin que sa grande sœur la tienne par la main.

Nous traversons l'entrée principale et entrons dans le bâtiment. Quand nous sommes devant la lourde porte de chêne de sa nouvelle classe, elle m'arrête et me serre le poignet.

– J'ai mon téléphone, lui dis-je. Je vais passer la journée à chercher du travail, mais appelle-moi si tu as besoin de quoi que ce soit.

Son visage reflète son angoisse et, pour la centième fois, je me demande si j'ai pris la bonne décision. Je ne pouvais pas les accueillir à Vegas, alors je me suis dit qu'elles seraient mieux ici. Je me suis dit que je pourrais travailler et envoyer à mon père une partie de mon salaire tous les mois. Mais, déjà, cette partie du plan ne tient plus. Et si j'avais eu tort ? Si ce déracinement juste après la mort de maman était ce qui pouvait leur arriver de pire ? Et maintenant que j'ai décidé de rester, si je ne trouve pas de travail ?

Au bout d'un moment, Gabby me serre le poignet une nouvelle fois puis elle prend une profonde inspiration et entre dans la classe.

Quand je me retourne, je me trouve face à Lizzy Thompson. Elle irradie, tellement son sourire est éclatant.

– Lizzy ! Qu'est-ce que tu fais là ?

– Je suis professeur stagiaire, dit-elle en se frottant les mains. En réalité, mon stage ne commence que dans quelques semaines, mais Madame Monroe m'a dit que je pouvais rencontrer les enfants le premier jour de classe et je viens juste de découvrir que Gabby est sur la liste. Ça va être génial.

Le soulagement m'envahit.

– Je suis tellement contente de savoir que tu seras là.

Elle me prend dans ses bras et me serre contre elle en murmurant.

– Elle va adorer. Fais-lui confiance.

– Je sais, dis-je en haussant les épaules. C'est ce que les parents doivent ressentir, je suppose.

Je pense que de nous trois, c'est moi la plus angoissée aujourd'hui.

– Tout va bien se passer. Et toi ? On dirait que tu as besoin de te détendre et j'ai exactement ce qu'il te faut, dit-elle en souriant. Je t'enverrai les détails par SMS.

Quelque chose pour me détendre ? On dirait qu'il est question d'une « teuf », mais je n'ai pas l'esprit à ça en ce moment. Je dois trouver du travail et arranger la maison de mon père. Mais comme je ne veux pas avoir l'air inamical, je lui rends son sourire. Il sera toujours temps de me décommander quand je recevrai son invitation.

– C'est super. Merci.

Je me dirige vers la sortie quand la secrétaire à l'accueil m'appelle. C'est une petite chose minuscule avec les cheveux gris coupés au carré et un sourire avenant.

– Vous êtes la sœur de Gabby Fisher ?

– Oui.

Elle me presse une enveloppe dans la main et baisse la voix.

– Le chèque de votre père pour la location des livres est revenu impayé.

Merde.

– Oh ! Je suis désolée. Il lui arrive d'être assez… distrait. Je vais lui dire de… hum… de transférer de l'argent sur le compte et de vous faire un autre chèque.

Son sourire suggère qu'elle sait qu'il n'y a pas d'argent à transférer.

– Dans l'enveloppe, il y a un formulaire pour obtenir une aide. Demandez à votre père de le remplir, et les livres de Gabby seront pris en charge. J'ai aussi ajouté un formulaire pour avoir la cantine gratuite.

Évidemment. Parce que les Fisher ont toujours besoin de mendier. Rien ne change. Je me force à la remercier avant de me précipiter dehors.

Au moment où je déverrouille la portière de la voiture, j'entends quelqu'un qui m'appelle par mon nom. J'affiche un sourire avant de me retourner.

– Cally Fisher ? répète la femme.

Je ne la connais pas. Elle est très belle et sophistiquée dans une jupe droite noire et une chemise rayée, ses longs cheveux blonds ramassés en catogan.

– Oui, c'est ça, dis-je en tendant la main. Et vous êtes ?

Elle baisse les yeux vers ma main puis revient sur mon visage.

– Meredith Palmer, propriétaire du salon de beauté Vénus.

Elle n'a toujours pas pris ma main. Me sentant idiote, je la fourre dans ma poche.

– Enchantée, je parviens à dire.

Malgré son sourire, cette femme est d'une froideur terrifiante. Pour une raison que j'ignore, il est évident qu'elle ne m'aime pas.

– J'ai vu que vous étiez intéressée par un poste de masseuse dans mon salon.

Je danse d'un pied sur l'autre, mal à l'aise. Je vois où elle veut en venir.

– En effet.

– Oui, dit-elle en tirant sur sa chemise et arborant de nouveau ce sourire cosmétique. Eh bien, voyez-vous, nous ne sommes pas ce genre d'établissement, et je préférerais voir mon affaire péricliter et disparaître plutôt que d'avoir chez moi quelqu'un comme vous qui ferait des… « massages ».

En le disant, elle lève les mains et esquisse des guillemets dans l'air.

***

WILLIAM

Mardi matin, le soleil brille et j'ai l'esprit plus clair. Maggie a raison, bien sûr. Je dois laisser Cally repartir. D'ailleurs, je n'ai pas le choix. Elle va bientôt quitter la ville – bon sang, elle est même peut-être déjà repartie –, et je parviendrai à oublier qu'un jour il y a eu une une femme qui me possédait totalement, corps et âme, tout comme elle l'avait oublié, elle aussi.

J'allume les lumières dans la galerie et je démarre l'ordinateur. Maggie sera bientôt là et elle pourra surveiller le rez-de-chaussée pendant que je m'occuperai de l'administratif dans mon bureau en haut. Je dois finir la proposition de prêt pour la manifestation artistique du centre-ville et, avec un peu de chance, terminer de préparer le programme de mes cours de la rentrée.

Quand j'ouvre la porte d'entrée, je trouve Cally qui attend sur le trottoir.

– William ?

Bon Dieu, ce qu'elle est belle ! Aujourd'hui, elle n'a pas attaché ses cheveux noirs et soyeux qui couvrent la moitié de son visage. Je serre les poings pour ne pas céder à la tentation de les caresser, de les passer derrière son oreille pour révéler la peau douce de sa joue, et enfin d'embrasser ses lèvres.

Je devrais la renvoyer immédiatement. Quand elle me regarde, j'ai du mal à continuer à croire que je peux la laisser partir l'esprit libre.

– Je suis venue au sujet d'un espace à louer ? Tu connais le propriétaire ?

– Un espace à louer ?

– Ouais.

Elle se hausse sur la pointe des pieds pour lancer un regard dans la galerie, par-dessus mon épaule.

– Seigneur, c'est un endroit formidable. Je peux ?

Je fais un pas en arrière et lui fais signe d'entrer.

– Je t'en prie.

Les yeux ronds, elle regarde l'espace et scrute les œuvres accrochées aux murs. Tout d'abord, elle va vers un tableau au pastel. Une enfant au visage rieur serre une grande main d'homme entre les siennes.

– Waouh !

La bouche de Cally s'arrondit en une expression médusée.

– C’est Maggie Thompson qui l’a peint.

– Qui est l’enfant ?

– Elle s’appelle Zoé. C’est la fille d’Asher Logan.

– Asher Logan a une fille ?

– Ouais. Elle vit à New York avec sa mère la majeure partie de l’année, mais elle a passé le mois de juillet ici. Maggie et elle étaient inséparables.

Je secoue la tête en me rappelant l’expression de pur bonheur dans les yeux de Maggie quand elle a amené Zoé ici.

– Maggie et Zoé n’ont aucun lien de parenté, mais elles étaient faites pour être comme mère et fille.

– Elle l’adore. Cela se voit sur la toile.

Cally se dirige vers le mur suivant et s’arrête devant le panoramique – d’un mètre cinquante sur soixante centimètres – de la rivière New Hope.

J’ai pris cette photo du même endroit chaque semaine pendant un an, puis j’ai fusionné les épreuves à l’ordinateur pour qu’elles semblent ne faire qu’une seule photo. Les saisons changent insensiblement de la gauche vers la droite.

Elle lève la main vers le cartouche qui porte mon nom juste sous la photo.

– C’est toi qui as fait ça ? C’est fantastique.

J’ai le cœur qui bat la chamade. Cally est dans ma galerie. Cally regarde mes photos. Cally est si près que je pourrais la toucher.

Elle se tourne vers moi et se mord la lèvre inférieure.

J'enfonce mes mains dans mes poches pour éloigner la tentation.

– Bonjour ? dit une voix depuis la porte.

Maggie se tient sur le seuil, le front plissé par l'inquiétude en nous voyant ensemble, Cally et moi.

Cally fait un bond en arrière en découvrant Maggie.

– Je suis seulement venue à propos d'une chambre dont Lizzy m'a parlé.

Je secoue la tête. J'avais déjà oublié. J'étais si absorbé par la vue de Cally appréciant ma galerie – si absorbé par *elle* – que j'ai perdu le fil.

Je me tourne vers Maggie.

– Est-ce que je peux te confier la galerie un moment ?

– Sans problème. J'avais l'intention de faire l'inventaire aujourd'hui pendant que c'est calme, mais ensuite il faudra que je te parle de mon emploi du temps de la rentrée.

– Bien sûr.

Je me tourne vers Cally.

– Tu m'accompagnes en haut ?

Une fois dans le loft, je sens son regard sur mon dos pendant que je me sers une tasse de café.

– Tu en veux ?

– Oui.

– Crème ou sucre ?

– Crème, si tu en as.

J'ouvre le petit réfrigérateur, je sors la crème et j'en verse une larme dans son café avant de lui tendre la tasse.

– Comme ça, ça va ?

Elle ferme les yeux en buvant sa première gorgée et une sorte de doux feulement s'échappe du fond de sa gorge, qui me rappelle notre soirée au restaurant et m'excite un max, bordel !

– Dieu que c'est bon !

– Seigneur, je pensais qu'il n'y avait que moi qui pouvais te faire gémir comme ça, mais maintenant je sais que le café peut provoquer le même effet, et mon ego en prend un coup.

Ses joues s'empourprent et elle jette un regard vers les escaliers derrière moi.

– Chut !

– Maggie s'en fiche.

– Non, crie Maggie d'en bas. Non, Maggie ne s'en fiche pas.

Je réprime un sourire en faisant signe à Cally de me suivre dans mon bureau. Je ferme la porte pour que nous ayons un peu d'intimité.

– Pour tout dire, dit-elle, tu fais un sacré bon café et ça fait un moment que je ne bois qu'une saloperie d'instantané. Avec du lait en poudre et tout.

– Du café soluble ! Bon sang, ça a dû être dur pour toi !

Ses yeux se posent sur les miens un instant, et la chaleur que j'y vois dissipe les doutes que je pouvais avoir sur le fait que notre rendez-vous de l'autre soir l'avait laissée aussi insatisfaite que moi.

Mais je me rappelle :

Laisse-la partir.

– Je cherche une pièce à louer pour faire des massages, et Lizzy m'a dit qu'il y avait un appartement au-dessus de la galerie qui pourrait me convenir. Je vois que tu travailles ici toi aussi ? Tu connais le propriétaire ?

– Tu l'as devant toi.

Elle baisse les yeux sur sa tasse.

– Je m'en doutais un peu. Lizzy aurait pu me le dire.

– Je suis heureux qu'elle ne l'ait pas fait.

Nous savons tous les deux que Cally ne serait pas là sinon. C'était peut-être intentionnel de la part de Lizzy.

– Ça veut dire que tu restes ?

– Pour un mois ou deux, oui.

– Qu'est-ce qui t'a fait changer d'avis ?

Elle croise les bras et a l'air triste tout à coup.

– Mes sœurs. C'était idiot de ma part de croire que je pouvais juste les déposer chez mon père et qu'elles se sentiraient immédiatement chez elles, comme par magie.

Elle hoche la tête.

– Et puis la maison est un vrai désastre. On ne peut pas dire que c'est sale, mais c'est le bazar. Elle n'est pas entretenue et rien ne marche. J'ai pris une douche là-bas ce matin et la pression de l'eau est si insuffisante que j'ai mis au moins dix minutes à me rincer les cheveux. Alors je reste, pour aider à mettre de l'ordre, pour aider mon père à envisager l'idée de devenir un père. Ça va aller.

– Alors comme ça, tu vas ouvrir un salon de massage pendant que tu seras ici ?

Elle hausse les épaules.

– J'ai besoin d'argent, et c'est mon métier. Lizzy m'a donné deux ou trois adresses de spas près du campus qui pourraient avoir besoin de quelqu'un, mais…

Elle hésite un instant, cherchant ses mots.

– … ça n'a rien donné.

– Tu ne gagnerais pas plus en étant à ton compte ?

Elle hausse les épaules de nouveau.

– Les établissements qui tournent ont déjà leur clientèle. Ce serait plus rapide, ce qui est logique étant donné que je n'ai pas l'intention de rester.

– Ma copine Meredith possède un salon et je crois qu'elle cherche une masseuse.

Je vais l'appeler pour lui demander. Dieu sait qu'elle ne s'est pas cachée de vouloir me revoir.

– Meredith Palmer. Du salon Vénus ?

– Oui, c'est ça.

– Elle n'est pas intéressée par ma candidature.

– Quoi ? Pourquoi ?

Ses yeux croisent les miens, et je comprends. Meredith a entendu parler de la mère de Cally. Les rumeurs qui ont couru à son sujet.

– Je peux lui parler. Je lui expliquerai.

Elle pose la main sur mon bras pour m'empêcher de prendre mon téléphone.

– Non, s'il te plaît, dit-elle avec un sourire forcé. C'est probablement mieux comme ça. Une fois que je me serai fait une clientèle, je gagnerai plus à mon compte. Je vais trouver un endroit à louer.

– Là, je peux t'aider.

Elle se mord la lèvre.

– Tu es souvent ici ?

– Assez souvent.

– Nous savons tous les deux que ce ne serait pas une bonne idée, alors…

– Attends.

Je lui fais signe de me suivre dans le couloir. Nous traversons la kitchenette et la zone de réception vers l'autre côté du premier étage où se trouve aussi un petit appartement. Pendant les quelques semaines qui ont suivi mes deuxièmes fiançailles avortées, juste après l'ouverture de la galerie, j'ai passé nombre de nuits ici pour échapper à l'atmosphère de la grande maison vide et à mes projets évanouis. Maintenant, l'appartement est en grande partie inutilisé.

Je sors les clés de ma poche et je déverrouille la porte, j'allume la lumière en entrant.

– Il y a un deuxième accès par l'extérieur, un balcon à l'arrière et un escalier sur le côté du bâtiment. Tes clients ne seraient pas obligés de passer par la galerie, même s'ils y sont les bienvenus.

Elle acquiesce, mais son front est soucieux.

– Quelque chose ne va pas ?

Elle tourne lentement sur elle-même et parcourt du regard le séjour meublé et la petite cuisine.

– C'est vraiment très joli, mais je n'ai pas besoin de tout ça.

– Tu habiterais ici, aussi ?

– Non, je vais rester avec les filles. Il me faut seulement un espace de travail.

Je lui montre le chemin de la chambre.

– Je me disais que ce serait bien pour toi, dis-je en éclairant la petite pièce. Pour être honnête, j'ai pris l'habitude d'utiliser cet appartement pour prendre une douche vite fait quand je n'ai pas le temps de repasser chez moi. Je peux te faire un prix si tu veux louer seulement cette chambre et je ferai attention de ne pas venir pendant que tu auras des clients.

Elle regarde autour d'elle en hochant la tête. Comme mon bureau, cette pièce possède une baie vitrée qui donne sur le fleuve, laissant entrer un flot de lumière.

– Lizzy avait raison. Ce serait parfait.

– Alors pourquoi as-tu l'air aussi déçue ?

– Ce ne serait pas une bonne idée de travailler si près l'un de l'autre.

Au mépris de toute raison, je ne peux retenir un sourire.

– Je pense que c'est une excellente idée au contraire. Tu n'auras même rien à verser d'avance. Je sais que tu n'es pas très en fonds en ce moment. Tu me paieras dès que ton boulot commencera à rapporter.

J'ai l'air d'être aux abois. Et c'est peut-être vrai. Je veux être près d'elle et la sentir près de moi.

Elle hoche la tête et me regarde, perplexe.

– Je ne suis pas en position de refuser une *telle* offre… alors… merci.

Je souris.

– Tu le prends ?

Lentement, elle me rend mon sourire, mais le sien est plus hésitant.

– Je le prends.

– William ? poursuit-elle après une courte pause.

– Ouais ?

– Merci de ne pas imaginer le pire. À propos du genre de massages que je vais faire. Merci de comprendre que je ne suis pas ma mère.

– Tu ne seras jamais comme elle, Cally. Tu es trop bien pour ça.

Sa tasse lui échappe des mains et va s'écraser sur le sol avec un fracas qui se répercute sur les murs. Ses jambes sont tout éclaboussées de café.

– Oh ! murmure-t-elle. Je suis terriblement désolée.

Je me précipite dans la cuisine pour chercher une serviette et quand je reviens, elle est à genoux en train de ramasser les morceaux de sa tasse d'une main tremblante.

– Hé !

Je m'accroupis à côté d'elle et en laissant tomber le torchon, je prends sa main dans la mienne.

– Ce n'est pas grave.

Une larme roule sur sa joue.

– Ma mère n'était pas une mauvaise femme. Elle a simplement fait ce qu'elle pensait devoir faire.

– Et merde !

Je la prends contre moi et elle se met à pleurer. Son corps est secoué de sanglots muets tandis que ses larmes détrempent ma chemise. J'ai l'impression d'être le plus gros connard de toute la planète.

CHAPITRE 9

CALLY

À peine remise de ma crise de larmes, je sors de la galerie aussi vite que possible, sans toutefois courir. Il faut que je mette de la distance entre William et moi. C'était si bon de pleurer dans ses bras, de sentir sa main caresser mes cheveux tandis qu'il me murmurait des excuses à l'oreille, même s'il n'avait aucune raison de m'en faire.

Une fois dehors, je contourne le bâtiment et je m'écroule sur un banc, la tête dans les mains. Je respire à fond pour essayer de me calmer.

– Ça va aller. Tout ira bien.

Le local est parfait. Tout à fait ce qu'il me faut. La minuscule cuisine de l'appartement et le séjour feraient une salle d'attente confortable pour les clients. Je disposerais des sachets de tisane et des bouteilles d'eau sur le bar de la cuisine. Les clients pourraient s'asseoir sur le canapé et bavarder entre eux de leurs problèmes. Et la salle de massage ? Ces fenêtres qui donnent sur le fleuve lui confèrent une atmosphère unique qu'aucun autre endroit en ville ne peut égaler, j'en suis sûre. J'installerais un décor minimaliste et mes clients pourraient regarder par la fenêtre tandis que je les masserais. Qui plus est, l'emplacement est idéal. Il n'y a pas plus classe qu'une galerie d'art. Bien que mon activité soit indépendante de la galerie, les gens associeraient inconsciemment les deux, et cela me vaudrait instantanément le respect dont j'ai besoin pour faire oublier la réputation de ma mère.

C'est tellement parfait que je ferais probablement mieux de prendre le large. Parce que j'ai déjà trop envie de William alors qu'il ne sera jamais à moi. S'il savait la vérité, il ne voudrait plus de moi, de toute façon.

Quelqu'un vient s'asseoir à côté de moi. Je lève les yeux sur Maggie Thompson qui est là, ses boucles rousses entourant son visage inquiet. Je me rappelle que j'étais jalouse d'elle quand je sortais avec Will. Elle a un an ou deux de moins que moi, et elle ne semblait pas l'intéresser à l'époque, mais je savais ce qu'*elle* ressentait pour lui. Elle devait avoir environ quatorze ans quand nous étions ensemble, lui et moi. Mais il se montrait déjà très protecteur avec elle. Avec ses sœurs aussi, d'ailleurs. Et maintenant elle travaille pour lui. C'est marrant.

Je me redresse, me forçant à sourire.

– Salut, Maggie.

– Salut.

Elle joue avec le pendentif accroché à son collier. On dirait un éclat de verre brisé sur lequel dansent les reflets du soleil.

– Tu crois que c'est vraiment une bonne idée de louer ce local ?

– Probablement pas.

Je ferais mieux de voir si je ne peux pas aller bosser à Indianapolis. Je pourrais peut-être trouver un job dans un spa où personne n'aurait jamais entendu parler de ma mère. Mais cela voudrait dire plus de frais d'essence et moins de temps passé avec les filles. J'ai toujours voulu travailler à mon compte mais, jusqu'à présent, je n'ai jamais pu me payer le luxe de refuser les avantages que procure un emploi dans une grosse boîte. C'est peut-être ma seule chance.

– Mais tu vas le faire quand-même ?

– Je n'ai pas vraiment le choix.

Elle me regarde avec intensité, l'air de comprendre de quoi je parle. Ce n'est pas le cas de tout le monde.

– Et Will dans tout ça ?

Même sous le chaud soleil d'août, un frisson glacé me parcourt. Je n'ai pas envie de parler à Maggie de ma relation avec William – même si elle était près de lui quand moi, j'étais loin. Ou peut-être justement à cause de ça. Je ne veux en parler avec personne, mais surtout pas avec ceux qui savent que je lui ai brisé le cœur. Je préférerais faire comme si cela n'était jamais arrivé. *Très mature comme attitude.*

– Quoi Will ?

– Tu vas rester en ville un petit moment. Tu vas te remettre avec lui ?

– Je… ça…

– Ça ne me regarde pas, c'est ça ? dit-elle en me fixant.

Je soupire.

– On peut dire ça, ouais.

Elle tourne les yeux vers le fleuve et je suis soulagée que ce regard insistant ne pèse plus sur moi.

– Tu ne peux pas reprendre les choses où tu les avais laissées, Cally. William n'est plus celui qu'il était quand tu vivais ici. Il a traversé beaucoup d'épreuves depuis.

Tandis que ma vie à moi n'a été qu'une balade de santé dans un jardin de roses ! *D'accord.*

– Ce n'est pas mon intention. Tu n'as pas à t'inquiéter pour ça.

– Mais tu as couché avec lui ?

Son regard appuyé est de nouveau sur moi.

– Quoi ? Mais non. C'est lui qui t'a dit ça ?

Elle baisse les épaules et secoue la tête.

– Non. Mais je sais qu'il s'est passé quelque chose entre vous et maintenant il est de nouveau complètement accro.

Je me lève brusquement. Putain, rien n'a changé. Les gens de cette ville continuent à considérer Will comme un saint et moi comme une espèce de pauvre fille sans le sou qui lui a certainement jeté un sort pour qu'il tombe amoureux d'elle. Je me demande si Will a jamais compris que c'était pour ça que je ne voulais pas coucher avec lui. Certains pensaient que j'étais une fille facile et que c'était seulement pour le sexe qu'un beau jeune homme comme lui sortait avec une fille comme moi.

À une époque, j'aurais peut-être pensé comme eux. Même si je le respectais trop pour penser qu'il ne sortait avec moi que pour le sexe, je ne comprenais pas ce que Will me trouvait alors qu'il aurait pu avoir n'importe quelle fille du lycée. Je ne comprenais pas pourquoi il allait à l'encontre des souhaits de sa grand-mère et sortait avec moi alors que des dizaines de filles plus jolies, plus intelligentes, de familles plus chic, lui couraient après. Des filles qui auraient eu l'approbation de sa grand-mère. Des filles qui ne lui auraient pas valu les quolibets de ses copains.

Mais maintenant j'ai mûri et je connais ma valeur. Il est curieux que j'aie dû descendre aussi bas pour m'en rendre compte.

– Je te remercie pour l'intérêt que tu me portes, dis-je finalement en choisissant mes mots avec précaution. Mais je crois que Will est assez grand pour s'occuper de lui-même.

– Je ne fais que m'inquiéter pour un ami.

– C'est tout ce qu'il est pour toi ? Un ami ? Tu en es sûre ?

Elle tressaille et son visage se durcit.

– Ne fais pas comme si tu me connaissais et que tu savais ce que je cherche.

– Très bien. Alors, fais-en autant de ton côté !

Je tourne les talons et je m'éloigne. Ma colère s'intensifie à chacun de mes pas. Je n'ai pas voulu ça. Si Will est de nouveau « accro » comme elle dit, ce n'est certainement pas parce que je l'y ai encouragé. Malgré tout, je sais que ma colère n'est pas dirigée contre Maggie. C'est à moi que j'en veux.

***

CALLY

Sept ans plus tôt

Le restaurant est plutôt sombre et glauque, mais ce n'est pas loin de l'appartement et je n'aurai pas besoin de prendre le bus où la voiture de ma mère pour y aller. Je vais droit au bar pour demander à l'hôtesse si je peux voir le patron.

Elle me toise des pieds à la tête, l'air sceptique, mais elle fait ce que je lui demande.

Un homme aux cheveux argentés, assis au bar, me regarde fixement comme s'il évaluait la valeur d'un cheval. Je suis tentée de lui demander s'il veut aussi examiner mes dents, quand une femme de petite taille, trapue, émerge de l'arrière-salle.

– Bonjour…

Je marque une pause. Son badge dit *Manager.* Aucun nom, juste *Manager.*

– Bonjour, je m'appelle Cally Fisher, dis-je en tendant la main que la femme prend avec autant d'enthousiasme que si elle ramassait un chewing-gum usagé.

– Je voudrais savoir si vous auriez besoin d'une serveuse. J'ai déjà travaillé et je ne suis pas feignante.

– Quel âge avez-vous ? demande-t-elle, la main sur la hanche.

– Vingt et un ans.

Ce n'est pas vrai, mais personne n'embaucherait une serveuse qui n'a pas le droit de servir de l'alcool.

– Ben voyons ! réplique-t-elle avec mépris.

– J'ai absolument besoin de travailler. Ma famille…

Je m'interromps, je ne veux pas avoir l'ait trop désespérée.

– J'ai vraiment besoin d'un peu d'indépendance. Je suis prête à faire n'importe quoi. Vous ne le regretterez pas.

Elle croise les bras sur sa poitrine.

– Je cherche une hôtesse. Le soir et les week-ends, salaire minimum, pas de pourboires. C'est à prendre ou à laisser.

Salaire minimum. Cela ne suffira pas, mais je vais devoir faire avec pour le moment. C'est mieux que rien.

– D'accord.

– Revenez demain pour les formalités. Vous pourrez commencer ce week-end.

Puis, comme pour me donner congé, elle tourne les talons et s'en va.

– On dirait que c'est votre jour de chance, dit l'homme.

Je me force à sourire.

– Ouais, je suppose qu'on peut dire ça !

Je ne veux pas avoir l'air ingrate, mais le salaire minimum ne va pas me mener bien loin. J'ajoute :

– Je pourrai peut-être gravir les échelons jusqu'à devenir serveuse, qui sait ?

L'homme hoche la tête et sort une carte de visite de sa poche.

– Je ne parlais pas de ce boulot d'hôtesse, mais du fait que je me trouve justement assis ici.

Instinctivement je recule, comme pour me soustraire à son regard intéressé et calculateur.

Il hausse les épaules et lance sa carte sur le bar.

– Vous avez besoin d'argent ? Je peux vous aider. Un petit prêt. Vous pouvez travailler pour moi ou me rembourser. Comme vous voulez. Sans problème.

Je regarde sa carte, sans oser y toucher.

– Travailler pour vous, pour faire quoi ?

– Ne vous inquiétez pas. C'est mon boulot. J'aide les gens.

Je n'ai besoin de personne pour savoir que cet homme est synonyme d'ennuis. J'avale ma salive et je fais un autre pas en arrière.

– J'apprécie votre offre, mais ça va aller.

Il me sourit. Un sourire normal, ni salace ni inquiétant. Il jette de la monnaie sur le comptoir et secoue la tête.

– Vos funérailles, ma chère.

Qu'est-ce que c'est censé vouloir dire ? Je le regarde sortir du restaurant et ce n'est que lorsque la double porte vitrée s'est refermée sur lui que je ramasse sa carte et l'enfouis dans mon sac. *On ne sait jamais.*

En rentrant à la maison une demi-heure plus tard, je m'attends à trouver ma mère défoncée ou écroulée sur le canapé. Elle a tendance à forcer sur le Vicodin depuis que les choses se sont gâtées avec Rick. Mais, non, elle ne dort pas. Elle fait les cent pas nerveusement, visiblement en proie à une de ses *humeurs*, ce qui est encore pire.

– Tu savais qu'il y avait une putain de liste d'attente pour avoir une place dans le seul foyer pour femmes qui soit acceptable dans cette ville ?

Elle lance le téléphone à travers la pièce, il va percuter le mur avec un craquement sinistre. Elle a les yeux injectés de sang et elle recommence à se ronger l'ongle du pouce.

– J'ai trouvé du boulot, dis-je en m'asseyant sur le bord du lit. Dans le restaurant au bout de la rue.

Elle secoue la tête, les yeux larmoyants.

– C'est trop tard. Ils vont nous jeter dehors si on n'a pas les deux mois de loyer pour la fin du week-end. Le propriétaire m'a fait une fleur en nous laissant emménager sans rien verser, mais maintenant il veut son argent. On va se retrouver à la rue.

Je me dis que c'est le Vicodin qui parle. Ou plutôt le manque de Vicodin. Dès qu'elle reste vingt-quatre heures sans en prendre, elle envisage le pire. En réalité, ce n'est jamais aussi grave que ce qu'elle croit. Toutefois, je reconnais que les choses ne vont pas en s'arrangeant et je commence à être inquiète.

– Si on rentrait à la maison, maman ? Pourquoi reste-t-on ici ? On pourrait retourner à New Hope.

Elle se met à rire, mais ce n'est pas le rire de ma mère. C'est un ricanement effrayant, presque maniaque.

– Parce que tu crois vraiment qu'on serait mieux là-bas ?

– Oui. On retournerait habiter avec papa.

– Ton père est quelque part en Inde, à la recherche de sa paix intérieure, ou je ne sais quel merdier. On a vendu la maison, je te rappelle. En dehors de ton petit ami et d'un tas de connards malveillants, qui nous attend là-bas ?

Je ferme les yeux. Nous n'aurions jamais dû partir. Nous n'aurions jamais dû venir ici. Mon père m'a toujours dit qu'il suffisait de croire que les choses vont s'arranger pour qu'elles s'arrangent – il appelait cela le *pouvoir de manifestation*. Mais j'ai fait tellement d'efforts pour y croire depuis que nous sommes arrivées ici, je l'ai tellement souhaité, que je n'en peux plus. Il prétendait que c'était aussi simple que ça, mais il était incapable de nourrir sa famille. Il n'a même pas réussi à sauver son mariage. Tout ce à quoi il m'a fait croire, n'était-ce que des mensonges ?

CHAPITRE 10

CALLY

Je vais chez Asher Logan. Cette seule pensée me donne à la fois envie de me pincer pour y croire et de sauter dans le vide. J'avais prévu de passer la soirée à la maison, mais Drew a découvert que j'avais décliné l'invitation à la fête chez Asher Logan. (À l'entendre, son tout dernier single *Unbreak Me* est « *une tuerie* ».) Elle a juré qu'elle me renierait si je n'y allais pas. Et elle a exigé qu'après, je lui raconte tout en détail. C'est comme ça que, n'ayant plus vraiment le choix, j'ai changé mon fusil d'épaule et je vais faire la fête chez une rock star.

Et par la même occasion chez sa petite amie, qui me déteste peut-être, allez savoir.

Tant pis ! J'ai bien mérité une sortie. La journée d'école s'est bien passée pour Drew et pour Gabby. La toux de mon père semble s'arranger après cinq jours d'antibiotiques et d'aérosols et j'ai utilisé sa carte de crédit pour acheter l'équipement minimum pour mon salon de massage. Dans l'ensemble, je suis assez satisfaite de la tournure que prend ma vie.

En arrivant chez Asher, je suis surprise de voir si peu de voitures. Je ne sais pas à quoi je m'attendais. Des files de Mercedes et de Cadillac ? Il y a bien une Ford Mustang bleue dans l'allée et la Dodge Charger de Lizzy, mais à part ça il n'y a qu'un pick-up, deux berlines et une Ducati jaune garée en face.

Je me gare le long du trottoir afin de ne pas être bloquée si jamais je décide de m'éclipser en douce.

Un coup frappé sur ma vitre me fait sursauter et m'arrache à mes pensées. Hanna ouvre la portière, les yeux brillants. Un large sourire éclaire son visage.

– Tu es venue ! crie-t-elle d'une voix suraiguë, en me prenant dans ses bras sans même me laisser descendre.

– Je te l'avais bien dit ! dit la voix de Lizzy.

– Il faut le voir pour le croire !

Je la repousse doucement.

– Tu vas m'étouffer, Han-Han.

Elle desserre son étreinte et recule pour me laisser descendre de voiture.

– Putain ! s'écrie-t-elle en me regardant de la tête aux pieds. Quand tu es partie, tu étais passablement mignonne mais maintenant tu es une vraie bombe !

– Elle est sexy, on peut le dire, dit Lizzy.

Je me sens rougir. Pré-ado, j'étais mal à l'aise dans mon corps et je me cachais généralement dans des t-shirts extra larges et derrière ma chevelure opulente. C'est Brandon qui m'a appris à mettre mes courbes et mes jambes en valeur. Il a même fait venir quelqu'un pour m'apprendre à me maquiller. Ce sont les seuls bons souvenirs que je garde d'une relation que je préfère oublier, par ailleurs.

– Un vrai canon ! acquiesce Hanna.

– C'est une déesse.

Je me tourne vers la chaude voix masculine qui s'est ajoutée à ce concert de louanges et je me retrouve face à face avec William Bailey. Étant donné que nous allons travailler dans le même immeuble, je suppose que je ferais aussi bien de m'habituer à tomber sur lui. Quant à m'habituer à la chaleur qui monte en moi quand il me regarde, c'est une autre histoire !

Il apprécie du regard mon jean lacéré et mon top en maille-filet noir, ce qui me rend doublement contente d'avoir reçu à temps les colis de vêtements que mes colocs m'ont envoyés et qui sont arrivés aujourd'hui. Malgré tout, cet œil d'expert serait mieux employé à juger une robe de soirée moulante qu'une tenue décontractée enfilée pour traîner avec des vieilles copines.

J'ai les joues en feu quand ses yeux bleus viennent croiser les miens. Des yeux bleus sexy qui me remettent en mémoire un coin éclairé aux bougies, du vin sucré et ses doigts rudes sur ma cuisse sous la nappe.

– Salut Cally, dit-il. Content de te revoir.

– Tu viens à la fête, Will ? demande Hanna.

Il secoue la tête.

– Non je suis juste passé demander quelque chose à Maggie.

– Tu devrais rester, dit Hanna doucement. Ça va être top.

Je perçois une certaine hésitation dans la façon dont elle l'invite et j'ai le sentiment que quelque chose m'échappe.

– Merci, mais j'ai d'autres projets.

Il ébauche un sourire en promenant son regard sur moi une dernière fois avant de traverser la rue.

– Salut, Cally. À plus.

Au moment même où je me dis que William Bailey ne peut pas être plus sexy, il enfourche la Ducati et enfile son casque. Le moteur vrombit puis ronronne et, en faisant un signe de la main, il démarre et disparaît.

– Bon sang, quelle puissance sexuelle ! s'écrie Hanna.

– Ouais, on va devoir annuler la fête maintenant, dit Lizzy. Il y avait une putain de tension entre vous deux, et c'est *moi* qui suis dans tous mes états.

– C'était quoi, ça ? demande Hanna.

Je me tourne vers les filles qui me regardent avec curiosité.

– Quoi ?

Mais je sais que le rouge de mes joues me trahit. Et encore, elles n'entendent pas les battements de mon cœur…

– Hum, hum… fait Lizzy

– Vous avez toujours été si mignons tous les deux, renchérit Hanna. C'est de quelqu'un comme toi qu'il a besoin.

Quelqu'un *comme moi* ? Elles ne savent pas qui je suis maintenant.

– C'est vraiment un type bien, ajoute Hanna, et l'année dernière a été merdique pour lui.

– Que s'est-il passé l'année dernière ?

Lizzy lui donne un coup de coude.

– Pas maintenant.

Hanna fait un mouvement de la main.

– Lizzy a raison. On en parlera plus tard. Entrons baver devant le petit ami de Maggie.

– Racontez-moi tout. Comment a-t-elle fait pour sortir avec Asher Logan ? dis-je en leur emboîtant le pas.

– Elle a plongé toute nue dans sa piscine après la réception de Will et Krystal, dit Lizzy.

– Lizzy ! siffle Hanna.

Lizzy fait une grimace.

– Merde.

J'écarquille les yeux.

– Attendez. Will et Krystal ? Tu veux dire, votre sœur aînée ?

Soudain, le reste de la phrase me revient et je secoue la tête.

– Leur réception ?

Il m'a bien dit qu'il n'était pas marié, pourtant.

Lizzy semble perdue et Hanna se mord les lèvres, mais ni l'une ni l'autre ne répond, pendant que nous attendons que la porte s'ouvre.

– Cally ?

Le large sourire de Maggie s'évanouit en me voyant, mais elle se reprend vite et son sourire réapparaît .

– C'est gentil d'être venue.

Lizzy me pousse vers la porte.

– Allons-y ! Cette tequila ne va pas se boire toute seule !

***

WILLIAM

– Enfin, tu te décides à te te joindre à nous, Willy, dit grand-mère tandis que je me glisse sur une chaise à son énorme table de salle à manger.

– Il fallait que je ferme la galerie et j'avais deux, trois courses à faire.

Je sais par expérience qu'il est inutile d'essayer de me justifier, mais les habitudes ont la vie dure.

À ma grande surprise elle me pose un baiser sur la joue.

– Ce n'est pas grave. Tu travailles beaucoup et je suis très fière de toi.

Je la regarde, intrigué. Pour que ma grand-mère abandonne si facilement une occasion de me culpabiliser, il faut qu'elle ait quelque chose à me demander.

– Quelqu'un de spécial va se joindre à nous, ce soir.

C'est donc ça. Le plus grand plaisir de ma grand-mère est de chercher de bons partis à me présenter et je suis sûr que le retour de Cally ne fait que redoubler sa motivation.

Je regarde les personnes assises autour de la table, mais je ne vois que ses amies.

– Elle est dans la cuisine, elle nous fait du café. Pourquoi ne vas-tu pas voir si elle a besoin d'aide ?

– Arrête un peu de jouer les entremetteuses, d'accord ?

Je pose un baiser rapide sur sa joue parcheminée et me dirige vers la cuisine en faisant semblant de ne pas entendre les chuchotements de ses amies dans mon dos.

– Au moins, ce n'est pas une Thompson, Dieu merci !

Environ une fois par semaine, je me joins à grand-mère et ses amies pour deux heures de Texas Hold'Em. Je crois savoir que, généralement, les grands-mères se réunissent pour faire quelque chose de respectable, comme jouer au bridge en buvant du thé, mais les vieilles dames de New Hope préfèrent le poker pour leurs soirées-jeux et le whisky dans leur café. Quand je suis en veine, j'apprécie de jouer avec ces dames, dont on ne doit pas sous-estimer les compétences. Quand je perds, les petites mémés en profitent pour me refiler qui une petite-nièce, qui une petite-fille, ou la petite cousine d'une cousine qui ne se doute de rien. Et ça n'a fait qu'empirer depuis ma rupture avec Krystal.

Dans la cuisine, une grande blonde vêtue d'un jean est en train de mettre de l'eau dans la cafetière. En me voyant, Meredith ouvre de grands yeux. Elle pose la cafetière et lève les mains.

– Je suis désolée. Je n'avais pas la moindre idée que tu serais là.

Je dissipe son inquiétude d'un geste de la main.

– Tout va bien. Ne t'en fais pas.

– Je ne voudrais pas que tu croies que je veux m'imposer. On m'a dit que ton ex-petite amie est revenue en ville, et j'imagine que tu ne tiens plus à me voir.

Je croise les bras.

– On te l'a dit, ou bien elle voulait travailler pour toi mais tu l'as envoyée promener ?

– C'est elle qui te l'a dit ?

Je hausse les épaules.

– C'est venu dans la conversation.

Elle s'essuie les mains sur un torchon et pousse un soupir.

– Je ne suis pas une garce, contrairement à ce que tu crois. Mais mon affaire est primordiale pour moi et j'ai dû prendre une décision, aussi dure soit-elle.

Je ne suis pas certain que cette décision ait été difficile à prendre, mais je ne vais pas m'en plaindre car, grâce à elle, Cally sera tout près de moi.

– Cela va s'arranger, finalement. Elle loue l'appartement au-dessus de la galerie pour y installer son propre institut.

Ses lèvres s'arrondissent de surprise.

– Tu es sûr que c'est une bonne idée ? Les gens vont croire que tu cautionnes ce qu'elle fait.

Je serre les dents.

– Qu'est-ce que tu entends par là ?

Elle lève le menton.

– Je veux dire, sa mère faisait des branlettes pour vingt dollars dans son salon de massage. Peut-être même pire que ça. À tort ou à raison, les gens vont se dire telle mère telle fille. Ce n'est peut-être pas juste, mais c'est comme ça.

Au moins, cela a le mérite d'être clair. La plupart des gens prennent des gants pour évoquer les rumeurs. Mérédith ne s'encombre pas de ce genre de considérations. N'empêche…

– C'est des conneries.

– Je n'en doute pas, dit-elle en fronçant les sourcils. Des conneries, absolument. Mais les gens croient ce qu'ils croient. Cela pourrait faire du tort à la galerie. Prends le temps d'y réfléchir.

Je vais vers la réserve d'alcools de ma grand-mère, à côté de l'évier, et je me sers deux doigts de cognac. J'en avale la moitié sans même en sentir le goût.

– C'est tout réfléchi. Je ne reviendrai pas sur ma décision.

– Tu es un mec bien. Elle a de la chance de t'avoir.

Je secoue la tête.

– Les choses ne sont pas si simples, dis-je avant d'avaler le reste de mon cognac.

– Je te jure que je n'y suis pour rien, pour ce soir, dit-elle d'une voix douce. En fait, je suis un peu gênée, mais tu sais combien ma grand-mère et ses amies se montrent insistantes dans leurs efforts d'entremetteuses. Quand j'ai découvert que Cally était de retour, j'ai compris pourquoi tu cherchais à me larguer. Je ne voudrais pas me mettre entre vous.

Et l'Oscar du connard de l'année revient à… *moi.* Je me passe la main dans les cheveux.

– Je ne cherchais pas à te larguer. Seulement, je n'ai jamais cru que c'était sérieux entre nous.

Bordel ! Je *m'exprime* même comme un connard.

Elle rougit de nouveau.

– C'est très embarrassant. Je pensais… je veux dire, ça avait l'air de si bien marcher entre nous.

Bon Dieu !

– Il n'a jamais été dans mes intentions de te donner de faux espoirs.

Elle lève les mains.

– C'est entièrement de ma faute. Moi, je ne voulais rien de sérieux et puis tu…

Elle hoche la tête :

– Tu vois, c'est plus qu'embarrassant. Mais il n'y a pas mort d'homme, ok ? Je veux dire, on est sur la même longueur d'ondes, maintenant, et tu peux continuer avec Cally sans t'inquiéter pour moi.

– Je suis désolé, Meredith.

– Il n'y a pas de raison, vraiment. C'est moi qui te dois des excuses.

Elle baisse la voix :

– Je n'ai pas eu le courage de dire à ma grand-mère que tu n'es pas intéressé, je veux juste qu'elle me lâche un peu les baskets, tu comprends ? J'espère vraiment que tu ne m'en veux pas. Je te promets que je le lui dirai bientôt.

– Donc, c'est pour ça que nous sommes ici ?

Je saisis la cafetière et je finis de préparer le café.

– Je suppose que cela ne changerait rien si je te disais que tu n'auras pas de mal à trouver quelqu'un de mieux que moi.

Elle rougit.

– Je crois que nous savons tous les deux que ce n'est pas vrai.

Elle est vraiment jolie, mais en voyant le rose de ses joues, je ne peux pas m'empêcher de la comparer à Cally. C'est injuste, mais depuis des jours je suis incapable de penser à autre chose qu'à la réaction de Cally quand je l'ai caressée dans ce restaurant.

J'appuie sur le bouton de la cafetière et je me sers une tasse du café dans le thermos sur le bar.

– Grand-mère veut simplement avoir des arrière-petits-enfants. Et tu sais quoi ? Le fait que ça n'ait pas marché entre nous, finalement ça m'arrange.

– Comment ça ?

– J'ai compris que je dois vraiment me décider à le faire.

Je lève un sourcil.

– Faire quoi, exactement ?

– J'ai décidé de ne plus attendre pour faire un bébé, dit Meredith précipitamment. Alors, bien sûr, ça me plairait que nous restions amis, mais c'est probablement aussi bien que tu ne sois pas trop présent. Je ne veux pas que le sperme que je vais commander soit jaloux de toi !

Je m'étrangle avec mon café.

– Pardon ?

Elle se sert une tasse de café et me sourit.

– On est au XXIe siècle. Je n'ai pas besoin d'un mari pour avoir des enfants. Ma mère le comprend et quand j'aurai le courage de le lui dire, grand-mère le comprendra, elle aussi.

– Sûrement. Mais tu es encore jeune.

Elle n'a que deux ans de plus que moi, environ. Dans les vingt-sept ans.

– Où est l'urgence ?

Quelque chose qui ressemble à de la tristesse passe dans ses yeux.

– Parfois tu sens que tu es fait pour une chose et tu décides de la faire, même si ce n'est pas raisonnable.

– Je peux comprendre ça, en effet.

La cafetière sonne et nous nous affairons à préparer un plateau avec les mugs, le café, le lait, le sucre et le whisky. Je sens mon téléphone vibrer à ma ceinture, qui me signale un message.

– Alors, Cally et toi, ça va marcher ?

– C'est compliqué.

Je prends mon téléphone et je souris en voyant le nom de Cally s'afficher sur l'écran. Elle est peut-être revenue sur sa décision de m'éviter, finalement.

– En tout cas, je l'espère pour vous, dit Meredith. Elle a de la chance.

Je lis le texto et je n'en crois pas mes yeux.

Il y a tout juste une semaine
nous étions au restaurant
et tu me caressais sous la table.

– Laisse-moi deviner, dit Meredith. Madame Compliquée ?

– On peut dire ça, bien que je ne sois pas certain que notre relation ait évolué vers quelque chose d'aussi officiel que *Madame*, pour l'instant.

– Tu as envie d'aller plus loin ?

Je ne réponds pas, mais la vérité doit se lire dans mon regard parce qu'elle m'arrache le téléphone des mains et le glisse dans la poche de son jean.

– Qu'est-ce que tu fais ?

– Je te rends service. Si tu veux aller plus loin avec *Mademoiselle Compliquée*, ne réponds pas.

Je croise les bras.

– Ce n’est pas un peu puéril ?

Elle hausse les épaules et me décoche un sourire en retournant dans la salle à manger retrouver les requins du poker.

– Vous me donnez des cartes pour cette main ?

– Et toi, Willy ? s’écrie Norma.

– Oui, j’en suis, dis-je en me préparant à abandonner mon orgueil et mon argent à une bande de vieilles dames.

CHAPITRE 11

CALLY

Ce matin, le réveil se pose là pour me rappeler la raison pour laquelle j'évite la tequila d'habitude. En réalité, je devrais dire les *trois* raisons.

Une, le manque de modération. Le premier verre m'a apporté cette douce chaleur au creux de l'estomac. Avec le second est arrivée la sensation d'être plus légère et plus libre. Au troisième je dansais sans même savoir si quelqu'un avait mis de la musique. Et après, il y en a eu d'autres. Mais je ne me rappelle plus combien.

Deux, des souvenirs confus. Pratiquement, tout devient confus après le troisième verre de tequila. Un patchwork de souvenirs sans lien entre eux – des tas de morceaux manquent, dans le désordre. Il se peut que j'aie essayé de convaincre Asher Logan de chanter pour moi.

Trois, l'impulsivité. Je me souviens vaguement d'avoir envoyé un texto à Will… ou deux ?

(Voir la raison numéro deux). Je n'ose pas regarder ce que j'ai écrit exactement, mais je suis pratiquement sûre que je dois le faire. Je pourrais peut-être mentir et dire que Lizzy et Hanna m'ont fauché mon téléphone ?

Adossée au bar, je me prépare mentalement en buvant de petites gorgées de café. Je sors mon portable de ma poche, j'ouvre mes messages et je clique sur le nom de Will.

Ce n'est pas un message que j'ai envoyé, ni deux, mais quatre. Quatre textos d'une fille soûle, désespérée, excitée. Je me penche sur le bar, le cœur battant la chamade, et je gémis.

– Tu te sens bien ce matin ?

J'ai la gueule de bois et la voix de Lizzy est assez claire et énergique pour plaider les *circonstances atténuantes* dans *homicide avec circonstances atténuantes*.

J'entrouvre un œil et je la regarde.

– Ne me parle pas.

– Tu n'es pas obligée d'être désagréable sous prétexte que tu as trop bu hier.

Elle me prend le téléphone des mains.

– Il a répondu ?

Je soulève la tête.

– Tu savais que je les avais envoyés ? Seigneur, Liz, tu es censée surveiller tes copines quand elles sont soûles.

– C'est ce que j'ai fait, répond-elle d'un ton hautain. Bon Dieu, après ce que tu m'as raconté pour le restaurant, j'ai fait la seule chose qu'une copine digne de ce nom aurait faite, je t'ai donné ton téléphone et j'ai fait ce que j'ai pu pour que tu te fasses baiser.

– Je t'ai raconté pour le restaurant ?

Maggie et Hanna entrent dans la cuisine pour voir s'il y a du café.

– Chérie, tu as parlé à *tout le monde* du restaurant, dit Maggie.

Mes joues s'empourprent. Je n'aurais jamais cru que je pouvais me sentir aussi honteuse et en même temps avoir le cœur qui bat aussi fort.

– Je suis… mortifiée.

– Ç'aurait pu être pire, dit Hanna doucement. Je veux dire, tu n'es pas allée jusqu'à donner des détails crus à propos de ton orgasme ou quelque chose dans le genre…

J'ai le visage en feu.

– Tu ne m'aides pas, Hanna.

– Mais tu as parlé de ta culotte, quand même, dit Lizzy. Maintenant, je veux la même. C'était tellement sexy, putain.

Asher arrive dans la cuisine derrière Maggie et, la prenant dans ses bras, il la tire contre lui pour lui murmurer quelque chose à l'oreille.

Je lance un regard à Lizzy et Hanna.

– Ils sont toujours comme ça ?

Hanna se penche sur la table du petit déjeuner et soupire en posant le menton sur ses mains.

– Ils sont encore pires quand ils pensent que personne ne les regarde. Nous sommes toutes jalouses.

Avec Lizzy, on lui a demandé de nous présenter des rock stars, mais jusqu'ici rien.

Lizzy regarde mon téléphone en fronçant les sourcils.

– Je n'arrive pas à croire qu'il ne t'ait pas répondu. La plupart des mecs auraient déjà défoncé la porte pour te prendre au mot, après de telles propositions. Et la dernière ?

Elle siffle entre ses dents et me regarde, un sourcil levé.

– Tu ne manques pas d'imagination, il faut bien reconnaître.

Elle montre le téléphone à Hanna qui le prend et lit les messages en redressant la tête.

– Waouh. C'est… tu peux vraiment… ? Et il n'est pas accouru ? Je me demande s'il n'est pas à l'hôpital, quelque part.

Je lui arrache le téléphone des mains et fais la grimace à cause de la douleur qui me vrille les tempes.

– Il est plus que probable qu'il a compris qu'elle était soûle, dit Maggie doucement en me regardant en coin. Will est un type bien. Il n'est pas du genre à profiter de la situation.

Je me masse les tempes. Hier soir, j'ai cru comprendre qu'il y avait eu quelque chose entre Will et Maggie, mais aussi entre lui et sa sœur aînée, Krystal. Bien sûr, personne ne voulait en parler mais j'ai enregistré l'info. On est à New Hope, après tout. Si je m'y attelle, je n'aurai pas à aller bien loin pour trouver quelqu'un qui connaisse toute l'histoire et qui ne demanderait pas mieux que de déblatérer.

– Maggie a raison, dit Hanna. Appelle-le maintenant que tu es sobre, je suis sûre qu'il te tombera dans les bras

– Je ne veux pas qu'il me tombe dans les bras.

Lizzy ricane.

– Tu dis ça maintenant, mais la vérité est dans la tequila.

– Ce ne serait pas une bonne idée. Je ne vais rester que quelques mois, maximum.

Maggie fronce les sourcils en me regardant, l'inquiétude se lit sur son front. Hanna pose la main sur mon bras.

– Toi, la fille qui nous disait toujours d'avoir l'esprit ouvert et d'ouvrir notre cœur. La fille qui nous assurait qu'il suffisait d'y croire pour que tout aille bien. Qu'est-il arrivé à cette fille-là ?

Elle s'est vendue pour un salaire.

– C'est compliqué. Si je sortais avec Will, il finirait par souffrir.

– Alors, laisse-le tranquille, dit Maggie en s'avançant vers moi.

Asher lui touche le bras, mais Maggie secoue la tête et il recule.

– Tout ce que Will a toujours voulu, c'est se marier et fonder une famille. Il est peut-être attiré par Cally, mais si elle sait qu'elle ne peut pas le lui offrir, elle doit se tenir à l'écart.

Hanna et Lizzy contemplent leurs mains, et les yeux d'Asher se sont emplis de tristesse. Décidément, il est clair qu'on ne m'a pas tout dit sur cette histoire.

– Je suis d'accord avec toi.

Mon téléphone vibre. En le reprenant des mains d'Hanna, je vois que c'est un message de Drew.

Gabby a fait des cauchemars
toute la nuit et j'ai dû me coucher
dans son lit, et pour le petit déjeuner,
papa a fait des espèces de nuggets
de tofu qui sentent le pourri.
Si jamais tu rentres à la maison
sans un autographe d'Asher Logan
sur les nichons, tu n'es plus ma sœur.

– Il faut que j'y aille.

– Tu ne vas pas te sauver à cause de quelques textos stupides, s'écrie Lizzy. Asher va nous préparer le petit déjeuner.

Ce n'est pas à cause des textos que je me sauve. Simplement je viens de me rappeler que j'ai des soucis plus importants que quelques messages salaces envoyés à un ancien petit ami.

– Mais avant de partir…

J'attrape un feutre dans un panier sur le bar.

– Maggie, ça ne t'embête pas si je demande à ton copain de me signer un autographe sur la poitrine ?

***

WILLIAM

Je n'ai pas envie de me réveiller. J'ai juste envie de me blottir encore plus près de Cally, de respirer son odeur et de dormir ainsi toute la journée. Ensuite, quand je me réveillerai pour de bon, je veux le faire lentement, en explorant son corps des mains et de la bouche avant de me décider à ouvrir les yeux.

Je resserre mon étreinte autour de sa taille et l'attire contre moi. Elle a dû changer de shampoing. Elle sent bon, bien sûr, mais cela ressemble plus à un parfum qu'à l'odeur de… Cally.

Mais je ne veux pas dormir, bordel, je bande rien qu'à l'idée de l'avoir si près de moi. Je n'ai pas cessé de rêver d'elle depuis qu'elle est revenue. De la tenir contre moi. De la caresser. De me glisser en elle.

J'écarte les doigts sous la ceinture de son jean, et elle gémit doucement…

Sauf que ce n'est pas le gémissement de Cally.

J'ouvre brusquement les yeux et je m'assois dans le lit. Ce n'est pas mon lit. Je suis dans ma chambre d'enfant chez ma grand-mère. Et ce n'est pas Cally qui est près de moi, c'est… *bordel.*

Meredith se retourne et sourit en me regardant entre ses paupières entrouvertes. Soudain, elle ouvre de grands yeux et prend un air horrifié tout vérifiant de la main qu'elle est habillée.

Nous portons tous les deux les vêtements que nous avions hier soir, et apparemment elle est aussi soulagée que moi.

D'une main hésitante, elle attrape un oreiller et y cache son visage.

– À quel moment avons-nous commencé à arroser notre café comme les vieilles dames ? dis-je en me frottant l'épaule.

– Au moment où, à moitié ivres, elles ont commencé à nous battre à plate couture, murmure-t-elle sous son oreiller. On s'est dit que cela leur donnerait un avantage.

– Erreur de débutants !

Elle soulève l'oreiller et me lance un regard en coin.

– On n'a pas… ? Je veux dire… tu crois qu'on a… ? Est-ce que Cally va être contrariée ?

Je secoue la tête.

– Nous n'avons fait que dormir.

– Je n'en suis pas si sûre, marmonne-t-elle en s'asseyant.

– Qu'est-ce que tu veux dire ?

– Je suis certaine d'avoir été réveillée par quelqu'un qui me pelotait.

Je me passe la main sur le visage.

– Je t'ai prise pour Cally.

À mesure que je me réveille, les événements de la soirée me reviennent. C'est grand-mère qui a voulu que nous restions dormir, et nous sommes montés dans ma chambre en riant à l'idée qu'elle avait probablement dans l'esprit que nous allions lui faire un arrière-petit-enfant.

Nous nous sommes bien amusés, Meredith et moi. Cela me rappelle à quel point je l'apprécie. Elle est drôle, insouciante et intelligente. Hier soir, elle s'est bien défendue quand les grands-mères lui menaient la vie dure à propos des ses aventures amoureuses.

Elle ne s'est pas imposée avec moi. Elle m'a même posé des questions à propos de Cally. À propos de notre histoire.

Cally.

Elle m'a envoyé un texto hier soir, mais Mérédith m'a conseillé de ne pas répondre.

– Tu as toujours mon téléphone ?

Elle le tire de sa poche et me le lance à travers le lit.

Je consulte mes messages et je vois que j'en ai manqué trois autres après le premier. Je cligne des yeux en regardant mon écran.

– Elle est furieuse parce que tu n'as pas répondu ?

Mon estomac se serre sous l'effet conjugué de l'inquiétude, du trac et d'un certain étourdissement adolescent.

– Elle devait avoir trop bu, dis-je, plus pour moi que pour Meredith.

– Elle va bien ?

– Je pense que je vais aller vérifier par moi-même.

Je me recoiffe d'une main et j'essaie de défroisser mes vêtements :

– Tu veux que j'aille te chercher quelque chose ? Du café ? Un petit déjeuner ?

– Je vais bien. Va plutôt chercher ta copine.

– Merci d'être si cool, Meredith.

Elle appuie l'oreiller sur son ventre et me décoche un sourire empreint de tristesse.

– Je t'en prie.

J'ai décidé d'y aller plutôt que d'appeler mais, en me garant devant chez Arlen Fisher, je me demande si j'ai eu raison. Qu'est-ce que j'avais en tête ? Lui montrer son dernier message et lui dire : *Celui-ci, s'il te plaît.*

Drew et Gabby sont assises sur des chaises de camping sur la terrasse. Drew a les yeux rivés sur son téléphone et Gabby contemple la rivière.

Je descends de moto et me dirige vers la maison, mais j'ai à peine mis le pied sur le perron que j'entends les éclats de voix de Cally – furieuse.

– Tu avais deux mille dollars sur ton compte d'épargne hier. Où sont-ils passés ?

J'entends le timbre grave de la voix de son père sans pouvoir discerner ses paroles.

– Tu te fous de moi ! Un *gourou* ? Tu n'as pas *besoin* d'un gourou. Mais les filles, elles, ont *besoin* de livres de classe. Elles ont *besoin* de manger. Arrête de donner ton argent à je ne sais quel imposteur qui te promet des choses qu'il ne pourra *jamais* t'apporter.

Pause.

– Les enfants, ça coûte cher. Et je te rappelle que cette maison tombe en ruine.

Pause.

– Et après ? Tu crois que tu vas améliorer ta situation financière en méditant ? Tu dois absolument trouver du boulot et cesser de dépenser de l'argent pour ces conneries.

– Papa a claqué deux mille balles pour une séance en tête à tête avec son gourou, explique Drew. Il veut être éclairé, ou quelque chose comme ça. Et Cally est furax parce qu'on ne pourra pas payer l'uniforme qu'il me faut pour suivre l'entraînement de pom-pom girls. On s'en fout parce que je ne veux pas être une de ces stupides pom-pom girls. Je le faisais chez nous seulement pour être avec mes copines. Mais ici, je n'ai pas de copines.

De nouvelles bribes de conversations nous parviennent de l'intérieur de la maison. Suivies de la voix de Cally, un peu calmée.

– Eh, bien tu aurais dû le savoir. Maman n'a jamais su gérer l'argent.

– Traduction, maman était une droguée, marmonne Drew.

Je déglutis, en me demandant ce que Cally penserait si elle savait que je suis là et que j'entends tout.

– Combien de ces putains de livres dédicacés possèdes-tu ? Vends-en quelques-uns pour renflouer ton compte en banque.

Pause.

– Tu écris un livre ? Montre-moi un bon Dieu de contrat signé par un putain d'éditeur et je te croirai. Appelle la fac et dégote-toi un *vrai* boulot.

Suivent d'autres murmures.

– On aurait dû rester à Vegas, chantonne Drew.

La voix de Cally :

– Si la pire des choses que tu doives affronter pour nourrir ta famille c'est la *politique*, alors tu peux t'estimer heureux et passer outre. Tu es un sacré veinard. Oublie.

À ce moment-là, on entend un bruit de pas et elle apparaît sur la terrasse en claquant la porte derrière elle.

Elle ne me voit même pas. Elle a la tête baissée, sa poitrine se soulève rapidement. Je ne saurais dire si elle pleure ou si c'est la colère. Je m'apprête à lui signaler ma présence, mais Drew me prend de vitesse.

– Tu as de la visite.

Cally relève la tête brusquement et ouvre de grands yeux en me voyant.

– William.

– Cally.

– Tu nous as entendus… ? *Merde.*

– Je peux te parler ?

Elle lance un regard à Drew puis à Gabby.

– On va *bien,* fait Drew en nous faisant signe de partir.

Gabby acquiesce de la tête et me fait un demi-sourire et un petit signe de la main.

Cally se mord la lèvre inférieure et observe les filles en plissant le front.

Drew finit par s'arracher à la contemplation de son écran de téléphone et dit :

– Va faire une pipe à ton copain, il nous paiera peut-être un bon dîner.

Cally en a le souffle coupé mais avant qu'elle ne trouve les mots pour répondre, Gabby s'exclame :

– Ça suffit !

Seulement deux mots, mais forts et sans équivoque. Ils suffisent à faire disparaître la fureur du visage de Cally. Drew en reste bouche bée.

Cally pose un baiser sur les cheveux de Gabby et descend les marches pour me rejoindre.

– Tu veux aller faire un tour ? dis-je en faisant un signe de tête vers ma moto, soucieux de lui offrir le moment de répit dont elle a désespérément besoin si j'en juge à la tension que je lis sur son visage.

Elle secoue la tête et enfonce les mains dans les poches de son short en jean.

– On peut marcher un peu, plutôt ?

Elle me montre du doigt le chemin de gravier qui mène au sentier pavé destiné aux joggeurs, le long de la rivière.

– Sans problème.

Il fait un temps superbe, étonnamment frais pour cette fin août dans l'Indiana, cela nous change de la chaleur de la semaine passée. Le soleil qui se reflète sur l'eau fait briller ses cheveux.

– J'imagine que tu es là à cause des textos que je t'ai envoyés. Je te prie de m'excuser. J'avais trop bu de tequila.

C'était la raison de ma visite, en effet, mais elle paraît vraiment dérisoire après la dispute que je viens de surprendre entre elle et son père.

– Est-ce que tu as besoin d'argent ? Je peux te prêter…

– Non, non, je t'en prie. Tu as déjà réglé les courses et je te dois le loyer pour mon salon de massage. On va s'en sortir. Comme d'habitude, dit-elle en regardant la rivière.

Je n'insiste pas – pour le moment – et nous continuons à marcher en silence.

– Il ya une chose que tu pourrais faire pour moi, dit-elle au bout d'un moment.

Tout ce que tu veux.

– De quoi s'agit-il ?

Nous allons jusqu'à une petite jetée où nous nous arrêtons pour contempler la rivière.

– Pourrais-tu voir s'il n'y aurait pas un poste d'assistant à la fac ? Mon père a vraiment besoin de travailler. En philosophie, religion, un truc du genre. Tu sais qu'il a les qualifications requises.

– Je vais passer quelques coups de fil, mais ne te fais pas trop d'illusions. Le premier semestre commence lundi, j'imagine que tous les postes sont déjà pourvus.

Elle pousse un profond soupir en baissant les épaules.

– Bon.

– Je vais quand même me renseigner. Il y a toujours des postes d'intérimaires qui pourraient convenir à court terme. Dans la recherche, peut-être.

– Je te remercie, vraiment.

Elle se retourne et passe ses bras autour de moi en enfouissant son visage contre ma poitrine.

– J'ai de la chance que tu sois là.

Je la serre contre moi. Seigneur, ce que j'aime la sentir dans mes bras. Ses cheveux soyeux effleurent mon nez, je prends une profonde inspiration.

Mais soudain, comme après un rappel à l'ordre, elle se raidit et s'écarte de moi.

– Excuse-moi.

– Hum… à propos de ces textos…

Elle sourit et me donne un coup dans l'estomac du revers de la main. Elle a les joues cramoisies.

– Et moi qui croyais que tu allais m'épargner ça.

– Peut-être pour les trois premiers, mais le dernier n'est pas facile à oublier.

Elle baisse les yeux.

– Je suppose qu'il s'agit de celui où je te dis que rien n'est possible entre nous.

– Nous n'avons pas dû lire le même, je marmonne.

– Tu ne m'as jamais demandé pourquoi je n'étais pas venue au bal de fin d'année. Tu ne m'as pas demandé pourquoi j'avais mis un terme à notre relation.

Une grue déploie ses ailes et glisse au-dessus de l'eau.

– Je suppose que tu me l'aurais déjà dit si tu avais voulu que je le sache.

Mais mon estomac se serre brutalement en y repensant. Sept ans après, le souvenir est toujours aussi douloureux.

– Peux-tu me promettre de ne pas me le demander ? dit-elle d'une voix douce tout en observant ma réaction.

– Si je posais la question, est-ce que la réponse me conviendrait ?

Elle secoue la tête et ses yeux s'emplissent de larmes.

– Tu sais que, de toute façon, je vais imaginer la réponse. J'ai eu sept ans pour le faire. J'ai fait le tour de toutes les possibilités. J'ai été furax et inquiet, et furax de nouveau. Si tu penses qu'il est préférable *que je ne le sache pas*, tu te trompes.

Je m'avance vers elle et prends son visage entre mes mains. Elle a les yeux humides, mais son regard est déterminé et elle retient ses larmes. Ces derniers jours, j'ai beaucoup repensé à ce que Maggie m'a dit.

– Je pense que tu serais très surprise de savoir tout ce que j'ai déjà été capable de pardonner, Cally. Et à d'autres que toi. Si tu as couché avec quelqu'un d'autre alors que nous étions encore ensemble…

Je m'interromps en la voyant fermer les yeux.

– S'il te plaît, non, murmure-t-elle.

Le soleil de midi nous chauffe les épaules et un silence lourdement chargé de regrets nous enveloppe dans une étreinte douloureuse.

Nul ne peut changer le passé, et je n'ai pas besoin de savoir ce qui s'est passé pour lui pardonner.

– Je te le promets, dis-je calmement.

CHAPITRE 12

CALLY

Sept ans plus tôt

Un chauffeur vient me chercher à la nuit tombée. On m'a dit de m'habiller classe.

– *Une petite robe noire, ce sera très bien. N'hésite pas à montrer un peu tes fesses.*

Je me dis que je ne sais pas ce qui m'attend. Je me dis de ne pas imaginer le pire avant de savoir.

En montant dans la limousine, vêtue d'une jupe noire et d'un chemiser assorti, je suis accueillie par l'homme du restaurant, Anthony.

– Salut, mignonne.

Ses yeux se baladent sur moi si lentement que mon estomac se révulse.

Quand j'ai craqué et que je l'ai appelé pour lui emprunter de l'argent, mon intention était seulement de protéger mes sœurs et de nourrir ma famille. Il m'a donné rendez-vous au restaurant et m'a apporté l'argent. Pendant deux semaines, tout allait bien.

Mais hier soir, un de ses sbires s'est pointé à l'appartement pour me demander de rembourser ma dette, avec les intérêts. Je n'avais pas l'argent. Je ne l'ai toujours pas.

J'essaie de dominer ma peur.

– Je suis désolée, mais je n'ai toujours pas l'argent. Je pensais pouvoir faire des heures supplémentaires, mais mes sœurs sont tombées malades et…

Il m'interrompt d'un signe de la main.

– Je vous ai donné tout ce que j'avais.

Évidemment, je suis ridicule. Ce genre de type ignore la compassion quand on lui doit de l'argent.

– Je comprends que tu essaies d'éviter à ta famille de se retrouver à la rue, chérie. Mais ce n'est pas avec ton salaire minimum que tu vas y arriver.

Il se met à rire comme si c'était une bonne plaisanterie :

– Plus tu essaies de t'en sortir en grattant des centimes par ci par là, plus tu t'enfonces.

– Nous pourrions aller dans un foyer, dis-je dans un murmure. Je demanderais à ma mère de rester clean pendant quelque temps pour qu'ils n'appellent pas les services de protection de l'enfance. Ou… le mieux serait peut-être de les laisser placer mes sœurs en famille d'accueil.

Je n'en pense pas un mot. Je ne laisserai jamais faire ça. J'en suis incapable.

Il se renfonce dans son siège en scrutant mon visage.

– Cela ne résoudrait pas la question de l'argent que tu me dois.

Je me mords les lèvres à m'en faire saigner.

– Que voulez-vous de moi ?

Ses yeux se détournent de mon visage pour se balader sur mes seins et je ne réagis même pas. Il me regarde comme ça depuis le début. Je le déteste et ses yeux sur moi me soulèvent l'estomac, mais je le laisserais me regarder comme ça toute la journée si cela pouvait suffire à régler définitivement mon problème d'argent.

– Tu travailles pour moi, maintenant. J'ai un client qui attend.

– Je vous en prie, dis-je dans un murmure. Je suis vierge. Je ne peux pas vendre mon corps.

Il se frotte les mains.

– Eh bien, je m'en doutais. C'est la meilleure nouvelle de la journée.

Mon cerveau refuse de comprendre ce qu'il veut dire.

Anthony me regarde en plissant les yeux.

– Tu n'es pas obligé de coucher ce soir, chérie. On va juste lui donner un avant-goût, mais pas de sexe, tu m'entends ?

Il repousse mes cheveux derrière mon oreille et un frisson me parcourt tout le corps.

– On va mettre ça de côté pour le moment. C'est trop précieux.

Il me dépose devant un de ces immeubles chic où un homme à l'entrée demande l'autorisation de vous laisser monter. Ce niveau de sécurité ne fait rien pour me rassurer, et tandis qu'on me conduit à l'ascenseur, j'ai le sentiment que tout le monde me regarde. Et que tout le monde sait précisément ce que je viens faire ici. J'ai l'estomac noué.

Quand les portes de l'ascenseur s'ouvrent, un domestique m'accueille et me fait entrer dans l'appartement. C'est magnifiquement meublé dans un style contemporain, et le sol est en marbre. Au moment où je mets le pied à l'intérieur, je n'ai qu'une idée en tête, tourner les talons et m'enfuir.

Il me conduit vers le fond de l'appartement, dans une pièce au plafond voûté et aux murs couverts de rayonnages de livres. L'homme assis à un bureau verni fait signe au domestique de nous laisser. Il est séduisant, la trentaine, des cheveux bruns et des yeux marron saisissants. À l'évidence, c'est un homme riche. Le genre d'homme auquel ma mère ne résiste pas. En quoi pourrais-je l'intéresser, moi ?

– Ferme la porte, dit-il doucement.

J'obéis à contrecœur. J'ai l'impression que rien n'est réel. Je ne peux pas croire que tout cela se passe vraiment.

Il se lève de son bureau et va s'installer dans un fauteuil à oreillettes.

– Viens là, dit-il.

Mes pieds se font prier. Un pas. Un autre.

– Enlève ton chemisier.

Les mains tremblantes, je m'exécute. En faisant glisser les boutons de plastique noir dans les boutonnières, je me dis que ça ne compte pas s'il ne me touche pas. Rien n'est réel. Ce n'est pas pire qu'un voyeur qui me regarderait par la fenêtre. Je ne retiens pas mon chemisier qui glisse de mes épaules sur le sol.

– Le soutien-gorge.

Mes bras se couvrent de chair de poule, mes cheveux se dressent sur ma nuque. Je ferme les yeux en passant la main dans mon dos. Je pense à mes petites sœurs.

– Regarde-moi, dit-il.

Je m'oblige à ouvrir les yeux et à le regarder. Quand ses yeux avides se promènent sur moi, la répulsion me fait remonter la bile dans la gorge. Mais ma détermination est plus forte.

L'homme avance les hanches dans son fauteuil et fait sauter le bouton de son pantalon avant de sortir sa queue.

Je recule d'un pas.

– Il a dit pas de sexe, fais-je stupidement.

Mon téléphone se met à sonner dans mon sac. La sonnerie de William.

– Pas ce soir, dit l'homme. Mais bientôt. Je sais déjà que tu vas me plaire. Quel âge as-tu ? Seize ans ?

– Oui.

– C'est parfait. Tu vas être très bien.

Le son joyeux de la sonnerie du téléphone tranche sur le fond glauque de cet instant. Ma vie avec

William semble déjà si loin. J'étais trop « bien » pour me donner à William. Et maintenant je suis censée sucer la bite d'un inconnu pour de l'argent que j'ai déjà dépensé. Je ne réponds pas à mon téléphone et je laisse tomber mon sac sur le sol.

– Tout va bien se passer, chérie.

L'homme se lève et vient vers moi, sa queue dressée entre nous.

Je le déteste de me contraindre à m'abaisser à ça. Je me déteste d'avoir pris les décisions qui m'ont amenée ici. Toutes ces années que j'ai passées à ne pas vouloir ressembler à ma mère, et je ne me suis jamais sentie aussi vile qu'en ce moment précis. Aussi pathétique.

– Si tu fais du bon boulot, je te ramènerai.

Il tire mes cheveux en arrière et les caresse.

– Tu es très belle, je vais prendre soin de toi.

Je tremble comme une feuille en m'agenouillant devant lui. Mon estomac se soulève.

– C'est bien, dit-il, satisfait.

Mon téléphone se remet à sonner. William. Comme s'il savait et qu'il cherchait à me sauver de cette situation.

Ma poitrine se soulève et mes joues sont inondées de larmes. Je disais que je ne descendrais jamais aussi bas que ma mère. Je disais que je n'accepterais jamais de me vendre. Pendant des années, j'en ai fait un point d'honneur. Quelle arrogance, putain !

Brusquement je ramasse mon sac, ma chemise et mon soutien-gorge, et je sors de la pièce en courant.

Je pensais que je valais mieux que ma mère, mais tout en courant vers l'ascenseur, je me sens plus minable que jamais, parce qu'elle au moins a fait ce qu'elle devait faire. Moi, j'en suis *incapable.*

***

WILLIAM

Aujourd'hui

– Je viens de réserver une séance de massage pour ce soir, dit Max en buvant une gorgée de bière. J'attends ça avec impatience.

Je sors mon portable de ma poche et le lui passe.

– Peux-tu appeler pour l'annuler ou veux-tu que je le fasse pour toi ?

Ça fait trois semaines maintenant que Cally travaille dans l'appartement au-dessus de ma galerie. Depuis, nos rapports ont été strictement professionnels. Elle me salue quand nous nous croisons dans la cuisine de l'appartement, elle pose les habituelles questions sans importance tout en réussissant à éviter tout contact personnel.

Max regarde mon téléphone fixement, les lèvres pincées.

– Ce n'est qu'un massage. Elle t'a déjà massé, toi ?

– Pas depuis qu'elle avait seize ans. Annule.

– T'en pinces vraiment pour elle, vieux.

– Ouais, c'est vrai, bordel !

L'odeur aigre de bière et d'oignons frits me soulève l'estomac. Mais tant pis, je préfère cet endroit aux bars du quartier de l'université, où j'ai toutes les chances de tomber sur mes étudiants.

– Ben alors, fais quelque chose.

Je serre les dents.

– Ah ouais ? On se demande bien pourquoi je n'y ai pas pensé tout seul !

– Tu n'es pas au mieux de ta forme, mec. Elle t'a mis la tête à l'envers. Tu ne vois même plus les évidences.

Je me renfonce dans le box et le regarde, interdit. Il a raison. Cally m'évite et moi, je suis là, à attendre qu'elle se décide au lieu de faire les premiers pas.

– Tu sais quoi, *je* me ferais bien faire un petit massage.

– Voilà qui est parlé, dit Max. Vas-y à ma place. Ce soir. 18 heures.

***

CALLY

Je profite d'une pause de quinze minutes avant mon prochain client pour m'écrouler sur le canapé dans le séjour de l'appartement transformé en salle d'attente. Nous avons décidé de laisser la porte de séparation entre la galerie et l'appartement ouverte pour encourager les visiteurs à s'enquérir de mes prestations et mes clients à sortir en traversant la galerie.

Par la porte, je vois Will assis sur le divan de la réception, les yeux rivés sur son ordinateur portable. J'ai remarqué qu'il choisissait souvent de travailler dans cet espace commun au lieu de s'enfermer dans son bureau, mais il me laisse tranquille.

Depuis trois semaines, je reçois des clients dans mon petit studio et je l'évite du mieux que je peux. Mais ce soir, entre les massages et l'épouvantable canapé sur lequel je dors chez mon père, je suis trop épuisée pour m'inquiéter d'éviter les contacts. Cet homme est sans doute un magicien de la désintégration des petites culottes, mais vu l'état dans lequel je suis ce soir, il aurait beau faire danser le mérengué à ma culotte contre mes parties intimes, je ne serais même pas intéressée.

– La journée a été chargée, dit-il.

Il ferme son ordi et vient vers moi. Il a donné ses cours aujourd'hui et il porte sa chemise en oxford, col ouvert et manches retroussées jusqu'aux coudes.

– Liz et Hanna ont dit à leur mère de parler de moi et de mes tarifs promotionnels aux femmes du country club. Et j'offre un massage à toute personne qui en parraine trois.

Je hausse les épaules :

– Ça marche. Les gens savent où me trouver.

Il se balance sur ses talons.

– Je suis impressionné que tu aies déjà une clientèle d'habitués. De combien de massages les gens ont-ils besoin par mois ?

Je tourne la tête pour le regarder pendant que nous parlons. Je n'ai pas assez d'énergie pour la soulever.

– Je fais ça bien.

Il enfonce les doigts dans les poches de son jean, ses épaules paraissent incroyablement larges.

– Je sais, Je n'ai pas oublié.

Le rouge me monte aux joues. Ma mère m'avait appris à masser quand j'étais très jeune et j'aimais m'entraîner sur William quand nous sortions ensemble. Bien sûr, ce qui commençait par mes mains sur son corps se terminait immanquablement par nos mains à tous les deux et nos bouches partout.

– Tu ne peux pas comparer ma technique quand j'avais seize ans à ce que je fais maintenant. Je te promets que mes talents se sont remarquablement développés ces sept dernières années.

Il sourit et promène ce regard chaud-bouillant de la racine de mes cheveux jusqu'à la pointe de mes baskets.

– Les miens aussi.

Culotte désintégrée.

Je me lève du sofa en me préparant mentalement à trouver l'énergie nécessaire pour mon dernier client de la journée.

– Je vais devoir te demander de partir, dis-je aussi gentiment que possible. J'ai un client dans quelques minutes.

Will déboutonne sa chemise et la lance sur l'accoudoir du sofa. Sans me laisser le temps de lui demander ce qu'il fait, il saisit le bas de son t-shirt et le passe au-dessus de sa tête, m'offrant le spectacle de son superbe torse baraqué.

Qu'est-ce que je disais déjà ?

– J'ai un client, dis-je une nouvelle fois, plus pour moi que pour lui.

– Je sais.

Il ferme la porte de séparation entre l'appartement et la galerie. Il se tourne vers moi avant d'ouvrir le bouton de son jean et de découvrir quelques millimètres de plus de cette trace dorée qui descend de son nombril.

– Je retire tout ou je garde mon boxer ?

William. Nu. Son abdomen sexy. Mes mains sur l'abdomen de William. Ma bouche. Ma langue. Je ne peux même pas…

– Quoi ?

Il descend son jean sur ses hanches et finit de s'en extraire.

– C'est moi, ton client de 18 heures.

– Tu es mon…

Il porte un boxer bleu foncé qui moule ses cuisses musclées, et ma culotte pourrait aussi bien valser car mon intimité est au garde-à-vous.

– Cally, si tu continues à me regarder comme ça, je vais finir par trouver un autre usage à cette table de massage.

Je relève vivement les yeux. Il me regarde avec son sourire enfantin et je suis submergée par l'envie de le choquer. De faire glisser mes mains le long de son abdomen et de descendre plus bas jusqu'à ce que ce sourire s'envole.

Mais je redresse les épaules. Je suis une professionnelle. J'y mets un point d'honneur et j'exige de mes clients qu'ils me traitent comme telle. Ce n'est pas ce soir que ça va changer. Je m'éclaircis la voix.

– Je vais sortir un instant. Tu peux te déshabiller si tu veux. L'important, c'est que tu sois à l'aise. Ensuite, tu t'allonges sur la table sous la serviette.

Sur ces mots je sors précipitamment de l'appartement. *Une vraie professionnelle, tu parles !*

Maggie est dans la kitchenette en train de laver des tasses et elle se mord la lèvre en me voyant.

– Tu étais au courant ? je siffle en passant devant elle pour aller chercher mon cahier de rendez-vous. Je pensais que mon client, c'était…

– Max, le copain de Will ? demande-t-elle en haussant un sourcil. Je ne crois pas que Will aurait accepté une chose pareille. Code entre mecs, quelque chose du genre.

Bon sang.

– J'ai massé de très beaux mecs. William n'est pas différent.

– Hum, hum.

– J'ai déjà massé William, dis-je, têtue.

Elle réprime un sourire.

– Et ça t'a menée où ?

Je fais demi-tour et retourne, furieuse, au salon de massage. Je frappe à la porte avant de l'entrouvrir.

– Tu es visible ?

Il est allongé sur le ventre entre les serviettes. En général, je préfère commencer par l'autre face, mais ce sera plus facile comme ça.

– Je ne sais pas. Je pensais être venu pour un massage, mais on dirait plutôt que tu t'apprêtes à me battre.

– Désolée. Tu n'auras pas cette chance, je marmonne.

Il glousse, ce qui me fait sourire malgré moi.

Je prépare la séance comme je le fais toujours, je baisse les lumières, j'ajuste le volume de la musique, je me passe de l'huile sur les mains. Quand celles-ci entrent en contact avec son dos, je compte sur mon instinct pour prendre le dessus. Je parviens sans problème à séparer mon toucher de masseuse professionnelle de mes caresses sensuelles. Certaines personnes éprouvent des difficultés à le faire – c'est pourquoi certains n'apprécient pas les massages et d'autres pensent que cela comporte nécessairement un élément sexuel. Ils croient que tous les contacts entre adultes sont de nature sexuelle. Si on ajoute à cela la nudité, ou la presque nudité, cela les rebute totalement.

En ce qui me concerne, je me moque que mes clients soient des hommes ou des femmes, qu'ils soient beaux ou non. À partir du moment où je commence à masser, mon toucher devient thérapeutique et je ne pense à rien d'autre qu'aux muscles et aux tissus conjonctifs, seul m'importe de soulager la douleur.

À l'instant même où je pose mes mains sur ses dorsaux, je sais que cela ne va pas être le cas avec William. Premièrement, il a tendance à pousser des gémissements. Encore une fois, c'est une chose qui ne me dérange pas en temps normal. Mais, à chaque mouvement, j'ai une conscience de plus en plus aiguë du corps que je masse. Ce n'est pas un massage ordinaire. Il s'inscrit dans le long processus mental des préliminaires dans lequel il m'a entraînée.

Son corps est incroyable. J'en ai vu pas mal, et je les trouve tous beaux, chacun à sa manière, mais si je devais élire le corps masculin le plus beau à mes yeux, ce serait celui de William. Il l'entretient régulièrement. Il y a peu d'hommes adultes qui peuvent dire qu'ils sont plus en forme que quand ils faisaient partie de l'équipe de foot de leur lycée. Will, lui, peut l'affirmer incontestablement.

– Tu as une tension dans la région lombaire.

J'appuie sur le point de tension en fermant les yeux pour ignorer son gémissement. Je me demande s'il gémit pendant l'amour ? Est-ce qu'il gémissait quand on se pelotait quand on était ado ? Comment ai-je pu oublier ça ?

– Tu devrais venir à mon cours de yoga au gymnase. Cela t'aiderait à te décontracter.

– C'est là que tu vas quand tu pars le jeudi soir avec ton petit collant noir et ton débardeur ?

– Ouais.

Je remonte le long de son dos pour masser les muscles au-dessus des omoplates.

– Ce boulot est très physique. J'ai besoin du yoga pour étirer mes muscles.

– Et, au yoga, on peut te regarder te plier en quatre et dresser ton cul en l'air ?

– Il serait probablement plus approprié de regarder *le prof de yoga*.

– Je peux te jurer que je n'aurais d'yeux que pour toi. Approprié ou pas. Et je ne pense pas que ce serait une bonne idée que je voie ça en public, dit-il.

Alors j'appuie un peu trop fort sur le creux au-dessus de son omoplate.

– Aïe !

– Sois sage…

Je calme la zone douloureuse par des caresses douces, puis je reprends mon massage.

CHAPITRE 13

CALLY

Je grogne quand se déclenche l'alarme de mon téléphone et je tourne sur moi-même pour l'éteindre. Le réveil est aussi douloureux que bienvenu. La première nuit sur le sofa récupéré à l'Armée du salut était passable. Mais au bout de quelques semaines, je me lève chaque matin avec des douleurs dans le dos et dans la nuque ; maintenant, c'en est à un point où je redoute moins le manque de sommeil que la torture que je m'inflige en couchant sur ce maudit machin.

Mon père a pris l'habitude de s'occuper des préparatifs des filles le matin, mais je me suis rendu compte que j'aime bien passer un peu de temps avec elles avant qu'elles partent pour l'école. Certains jours, je ne quitte pas mon salon de massage avant 20 heures, étant donné que j'accepte des clients qui aiment venir après leur journée de travail. Ces jours-là, je ne les vois qu'une petite heure avant de les envoyer au lit.

La nuit dernière, j'ai eu un sommeil plus agité que d'habitude. J'ai rêvé de William, je l'entendais gémir dans mon oreille, mes mains couvertes d'huile se promenaient sur ses muscles fermes. J'ai réussi à tenir pendant tout le massage en résistant à des pulsions… *moins nobles* et, dès que j'ai pu, je me suis éclipsée. Mais après les rêves de la nuit passée, je suis pratiquement certaine que je ferais mieux d'aller plus tôt à la galerie pour me servir de la super douche dans la salle de bains de l'appartement. Bien sûr, Will se douche là-bas quelquefois, et si je tombe sur lui dans la douche…

Je me lève en secouant la tête pour tenter d'éloigner mes fantasmes intempestifs.

À peine ai-je posé un pied par terre que Gabby ouvre la porte de la chambre qu'elle partage avec sa sœur. Elle me décoche son doux sourire avant de se diriger vers la salle de bains. Elle parle un peu plus depuis quelque temps. Juste quelques mots ici et là, mais son professeur m'a dit qu'il lui arrivait de répondre à des questions en classe, et cet air de désespoir qui lui courbait les épaules semble s'alléger.

À travers la porte nous parviennent les grincements de l'antique tuyauterie et le bruit de la douche. Satisfaite de voir que les choses prennent bonne tournure, je décide de faire du café avant de réveiller Drew. Mon père ayant fait une croix sur toutes les substances qui « affectent le cerveau », ce qui inclut apparemment la caféine, j'ai dû acheter mon propre café, mais heureusement j'ai retrouvé sa vieille cafetière au grenier et je ne suis plus obligée de me farcir de l'instantané.

Après avoir rempli le récipient, je verse l'eau dans le réservoir, je mets le café moulu dans le filtre et j'appuie sur le bouton avant d'aller réveiller Drew. Inutile de se précipiter, il n'y a qu'une douche dans cette maison.

– Drew, dis-je en frappant doucement à la porte, c'est l'heure.

– Non, réplique-t-elle. Va-t'en !

J'entrouvre la porte pour jeter un coup d'œil, elle a remonté les couvertures par-dessus sa tête.

– Tu as une demi-heure pour prendre une douche, te sécher les cheveux et t'habiller. Si tu ne veux pas que je t'envoie à l'école en pyjama, sors du lit tout de suite.

– Je n'y vais pas, dit-elle d'une voix étouffée sous la couverture. Tu as bien laissé tomber avant la terminale. Je ne vois pas pourquoi, moi, je devrais le faire.

– Parce que je ne veux pas que tu rencontres les mêmes difficultés que moi, dis-je en soupirant.

Dire que Drew « n'est pas du matin » est un doux euphémisme.

– Lève-toi, et tu pourras m'emprunter des vêtements.

Elle repousse brusquement ses couvertures et me fusille du regard, comme si je l'avais insultée au lieu de lui promettre quelque chose qu'elle a réclamé à cor et à cri.

– Allez, Drew, il va…

Je suis interrompue par les hurlements aigus de Gabby. Drew et moi nous précipitons dans la salle de bains pour voir ce qui se passe.

– Oh, bon Dieu ! C'est répugnant ! grince Drew quand j'ouvre la porte. Je *déteste* cet endroit, putain !

Elle s'éloigne furieuse, et je ne la retiens pas, trop occupée à essayer de contenir mes propres frissons de dégoût. Gabby est debout sur le bord de la baignoire, accrochée au rideau de douche, les yeux arrondis dirigés vers le sol.

J'entends les pas lourds de mon père s'approcher dans mon dos, mais je suis pétrifiée d'horreur.

– Qu'est-ce qu'il y a ? demande-t-il d'une voix endormie.

J'avale ma salive avec difficulté. Je me retiens de grimper sur quelque chose, n'importe quoi du moment que mes pieds ne touchent plus le sol.

– Papa, dis-je impressionnée moi-même par le calme de ma voix, il y a un rat.

***

WILLIAM

– Alors, dit Meredith, qu'est-ce qui s'est passé avec Cally ? Avez-vous réussi à simplifier les choses compliquées ?

Nous faisons notre jogging au bord de la rivière, ce matin. Avant l'arrivée de Cally, Meredith et moi allions courir plusieurs fois par semaine. Rétrospectivement, j'ai compris pourquoi elle avait pu s'imaginer que notre relation allait évoluer vers quelque chose de plus sérieux. C'est pour cette raison que dernièrement, j'ai trouvé plusieurs prétextes pour annuler. Pourtant, hier soir, quand j'ai reçu le texto où elle me demandait si je voulais l'accompagner ce matin, j'ai accepté. Je suis plus à l'aise avec notre amitié depuis que nous avons mis les choses au point le soir du poker avec les grands-mères.

– Les choses sont toujours compliquées, je réponds. Et pas qu'un peu. J'ai eu droit à un sermon d'une demi-heure de ma grand-mère quand elle a appris que Cally louait le local au-dessus de la galerie pour y faire des massages.

– Aïe ! Mais tu devais bien t'y attendre, j'imagine.

Elle a raison. J'adore ma grand-mère et j'aime l'idée qu'elle veuille me protéger, mais parfois elle est tellement sévère que j'ai du mal à croire que c'est la même personne, adorable, qui me faisait des cookies aux pépites de chocolat tous les dimanches lorsque j'étais enfant.

– Que va-t-elle penser quand elle découvrira que tu sors avec Cally ?

Je fais un signe et nous faisons demi-tour vers ma maison. Je ne sais pas à quoi je m'attendais en me faisant masser hier soir. Est-ce que j'imaginais que Cally allait reprendre les choses où nous les avions laissées il y a sept ans, à une époque où le mot « massage » était synonyme de « pelotage » ? La seule chose qui avait changé au bout d'une heure avec ses mains sur mon corps, c'était que j'avais encore plus envie d'elle et qu'elle semblait encore plus impatiente de s'éloigner de moi.

– Je me poserai la question quand Cally acceptera enfin de rester plus de cinq minutes dans la même pièce que moi.

Meredith ralentit et je me plie à son rythme.

– Excuse-moi, dit-elle. Ça t'ennuie si on marche ?

– Pas du tout. Tu vas bien ?

Elle hoche la tête et s'évente de la main.

– Ouais, ça va. C'est juste un peu de fatigue.

– On n'est pas obligés de courir.

Elle m'adresse un sourire reconnaissant.

– Merci. C'est une bonne chose qu'il fasse chaud aujourd'hui, parce que je vais être obligée de prendre une douche froide.

– Pourquoi ça ?

– Mon ballon d'eau chaude est en panne. Le plombier doit passer ce soir, mais d'ici là je vis à la dure !

Je fronce les sourcils.

– Tu peux venir prendre une douche à la maison, si tu veux.

Son visage s'éclaire.

– De l'eau chaude ? Tu es sérieux ? Ce serait génial.

– C'est sans problème. Je n'en manque pas !

Nous marchons en silence un moment et mon esprit s'échappe aussitôt vers Cally, sur ses mains sur moi pendant le massage, sur la façon qu'elle a eue de m'éviter, sur ses yeux posés sur moi quand elle pensait que je ne la voyais pas.

– Je peux te poser une question ? demande Meredith.

– Je t'en prie.

– Combien de temps comptes-tu l'attendre ?

C'est une des questions auxquelles je ne devrais même pas prendre la peine de répondre étant donné la nature de ma relation avec Meredith. Mais, après tout, je lui dois bien la vérité.

– J'attendrai jusqu'à ce que je sois absolument certain que rien n'est possible entre nous.

***

CALLY

La maison de William me paraît encore plus grande que lorsque je l'ai vue la première fois, le jour de mon retour en ville. Je savais qu'il avait une rente confortable, mais à en juger par cette maison, ses parents lui ont laissé beaucoup plus que ce que je croyais.

J'appuie sur la sonnette avant d'être tentée de me dégonfler. J'ai le sentiment d'abuser de sa générosité et cela me déplaît d'avoir à lui demander encore quelque chose.

J'attends un moment, mais rien ne se passe. Au moment où je m'apprête à tourner les talons, la porte s'ouvre à la volée.

– Putain !

Le mot m'échappe avant que je puisse le retenir et ma bouche se dessèche quand je vois l'homme qui se tient devant moi.

– Cally ? Qu'est-ce que tu fais là ?

William Bailey, tout juste sorti de la douche, vêtu en tout et pour tout d'un short de gym, tous muscles dehors ! Que demander de plus ? Ses boucles blondes semblent plus foncées lorsqu'elles sont mouillées, et quelques gouttes d'eau s'attardent sur ses épaules nues. *Pitié* !

Il plisse les yeux et je me rends compte que je n'ai pas répondu.

– Salut, dis-je doucement. J'ai un service à te demander.

– Entre, dit-il en ouvrant plus grand la porte.

Je lui emboîte le pas en essayant de ne pas regarder les gouttelettes qui glissent entre ses omoplates.

– J'étais sous la douche. Fais comme chez toi. Je monte m'habiller.

N'en fais rien, je t'en prie.

– Pas de problème.

– Il y a du café dans la cuisine. Tu veux que j'aille t'en chercher une tasse avant de monter ?

– Ne t'en fais pas, je vais bien trouver toute seule, dis-je en enfonçant les mains dans les poches de ma blouse de travail pour résister à la tentation de le toucher.

Un coin de sa bouche se soulève en un sourire de côté. Son regard qui se balade sur moi déclenche une drôle de sensation dans mon estomac.

– Je suis content que tu sois passée, Cally.

Il monte les escaliers en courant et je me retrouve seule dans cette maison luxueuse avec l'impression d'avoir seize ans de nouveau. Les moments où je l'attendais dans le salon de sa grand-mère ne font pas partie de mes meilleurs souvenirs. Elle me posait toujours des questions indiscrètes au sujet de mes parents en me dévisageant d'un air réprobateur. Elle les connaissait tous les deux et ne les appréciait ni l'un ni l'autre. C'était cela, mon adolescence.

Je suis l'odeur de café et je retiens un sifflement admiratif en pénétrant dans la cuisine. Les éléments de bois sombre contrastent avec l'électroménager en acier inoxydable étincelant et les plans de travail en pierre. Le soleil entre à profusion par la baie vitrée et vient se refléter sur la table en bois ciré, dans le coin repas.

Je trouve la cafetière dans une niche près du frigo et une tasse dans le placard juste au-dessus. Je me sers en tremblant. J'ai l'estomac tellement serré, je ne vais jamais réussir à boire ce café.

Qu'est-ce qui me rend si nerveuse ? Le fait de devoir lui demander un service ? Ou bien d'être seule avec lui dans cette maison ?

Je ne suis plus la fille que j'étais quand nous sortions ensemble. Il n'y a plus grand-chose qui m'impressionne. Mais *lui*, si. Être si près de quelque chose que je désire autant sans pouvoir l'obtenir, ça me rend nerveuse.

Je m'assois dans le coin repas et je contemple le jardin splendide, derrière la maison. La pelouse verte et épaisse, les dalles du patio, tout cela baigne dans une lumière de début d'automne qui me rappelle mon enfance et me pousse à me laisser aller au jeu des *Et si*... et des *Ça aurait pu*... Et si je n'avais jamais accepté l'argent d'Anthony ? Et si ma mère n'avait pas décidé de déménager ? Et si j'avais pris cet avion pour venir au bal de fin d'année ?

Aujourd'hui, j'ai du mal à croire que, de nous deux, c'était moi qui croyais aussi fermement au destin. Qui croyais en nous. Je croyais que l'univers trouverait un moyen de nous réunir.

Je ferme les yeux et je serre les doigts autour de ma tasse pour que la chaleur calme mes nerfs à vif.

– Pourquoi restes-tu dans l'obscurité ? dit William en allumant la lumière, ce qui me fait sursauter.

– Tu as une très belle maison. Je t'imaginais tout à fait dans une maison comme celle-ci.

Il se verse une tasse de café et vient s'asseoir en face de moi.

– Tu *m'imaginais* ? Tiens, tiens. Et qu'imaginais-tu d'autre ?

Sa chevelure est une masse de boucles humides et son t-shirt noir moule ses larges épaules et ses pectoraux sculpturaux. Il n'était pas si musclé quand nous étions ados. Bien sûr, il n'était pas mal foutu, mais le garçon au physique agréable s'est transformé en un homme à tomber à la renverse. Et j'ai envie de lui.

C'est bien d'avoir des envies. Je le dis souvent à Drew.

– Je t'imaginais marié, avec un ou deux gosses.

La tristesse que je lis sur son visage me rappelle qu'il faut que j'en apprenne plus sur ce qui s'est passé entre Krystal et lui. Lizzy a mentionné un mariage. A-t-il divorcé ? Et Maggie ? Que vient-elle faire dans cette histoire ? Autant de questions que je serais mal venue de poser alors que moi-même je refuse de répondre quand il s'agit de moi.

– Ni femme ni enfant, pour l'instant. Mais ne t'avise pas d'aborder le sujet en présence de ma grand-mère. Elle fait tout ce qu'elle peut pour remédier à la situation.

Ça me fait sourire. Bien que sa grand-mère n'ait jamais fait partie de mes fans, je la respecte pour la façon dont elle a élevé son petit-fils et pour l'amour qu'elle lui a toujours porté. Elle aurait fait n'importe quoi pour lui. On aurait tous besoin d'avoir quelqu'un comme elle.

– Comment va-t-elle ?

– Elle est en pleine forme. Elle nous enterrera tous.

– Tant mieux, dis-je en souriant.

Puis, à toute vitesse pour me débarrasser du sujet, je lâche :

– J'ai un grand service à te demander.

– Bien sûr. De quoi s'agit-il ?

– Verrais-tu un inconvénient à ce que je m'installe avec mes sœurs dans l'appartement un jour ou deux ? Il y avait un… rat… dans la salle de bains chez mon père ce matin, dis-je en frémissant. Je ne peux pas les faire dormir là-bas. Juste le temps de faire passer le service de dératisation.

Il fronce les sourcils.

– Comment allez-vous faire ? Vous êtes trois, il n'y a qu'une seule chambre et tu l'utilises déjà pour tes massages.

– Il faudra bien que ça aille. On va s'arranger. Elles ont flippé, sérieux. Je ne peux pas les obliger à rester là-bas tant que ce n'est pas réglé. Je te paierai un supplément de loyer pour utiliser l'ensemble de l'appartement. Mais… peut-être pas tout de suite. Et je n'ai pas les moyens d'aller à l'hôtel.

Seigneur, je déteste avoir à demander ça. Mes dettes envers William commencent à s'accumuler et j'ai horreur de devoir de l'argent.

– Cela ne me pose aucun problème, Cally. Pourtant, je pense que tu passes à côté d'une solution bien plus évidente.

Je me raidis.

– De quoi parles-tu ?

D'un geste de la main, il désigne l'espace qui nous entoure.

– De cette maison. J'ai bien assez de place pour vous héberger quelques jours. Et même plus longtemps si c'est nécessaire. Installe-toi ici avec tes sœurs et appelle le service de dératisation. Mais tu peux aussi en profiter pour faire changer les moquettes et refaire les peintures.

Je le regarde, interdite. Je ne mérite pas la générosité de cet homme et pourtant il continue à donner.

– Nous ne pouvons pas nous imposer chez toi comme ça.

– Tu ne t'imposes pas, c'est moi qui te le propose.

Avec difficulté, je détache mon regard de son visage et je me tourne vers le jardin en essayant de me rappeler mon enfance ici, à New Hope. Notre petite maison délabrée en ville, le manque d'argent perpétuel, trop de bouches à nourrir. Ma mère, mon père, mes deux sœurs et moi sous le même toit, qui rêvions tous de jours meilleurs. C'était le bon temps, mais nous n'avions pas assez de recul pour le comprendre.

– J'accepte, mais c'est seulement parce que c'est mieux pour mes sœurs. S'il n'y avait que moi…

– Je sais, je sais. S'il n'y avait que toi, tu te tiendrais le plus à l'écart possible de moi et de mon corps si sexy.

Je ne peux pas m'empêcher de rire.

– Ça, c'est bien vrai.

– Ça me fait plaisir de t'aider… et si tu as besoin, je peux aussi venir t'aider chez ton père. J'ai beaucoup participé à la construction de ma maison et j'ai certaines compétences.

Mon estomac fait un bond.

– Tu ne manques pas une occasion de me le rappeler.

La chaleur monte dans la pièce et la tension est palpable entre nous quand nos regards se croisent.

– Aurais-tu un sèche-cheveux ?

Je fais un bond en entendant cette voix de femme inconnue. En me retournant, je vois Meredith debout dans la cuisine, en peignoir d'éponge, ses longs cheveux mouillés tombant sur les épaules, qui essaie de les sécher avec une serviette.

– Oh ! pardon, dit-elle en fronçant le nez et en rentrant la tête dans les épaules. J'espère que je ne vous dérange pas.

Will repousse sa chaise et se lève.

– Cally, je crois que tu connais déjà Meredith. La propriétaire de l'institut de beauté Vénus.

Je me force à sourire. Qu'est-ce que Will a prétendu à propos de leur relation ? Ils sont « amis » ? Des amis qui prennent leur douche ensemble ?

– Meredith, je fais, avec un petit signe de tête.

– Ravie de vous voir, Cally.

Son sourire illumine son visage, et si je ne l'avais pas entendue moi-même, je ne croirais jamais que c'est cette femme qui a dit qu'elle préférerait voir sa société décliner et mourir plutôt que de me laisser travailler chez elle.

Will enfonce les mains dans ses poches, mais il semble tout à fait à son aise entre nous deux dans la cuisine. Parfaitement à l'aise à propos du fait qu'elle est bien trop près de lui à mon goût.

– Il y en a un sous le lavabo, dans la salle de bains d'amis.

– Super ! Merci !

J'attends qu'elle soit sortie pour ouvrir la bouche. Et même là je m'assure de choisir mes mots avec précaution. Je ne veux pas avoir l'air d'être jalouse ou dépitée. En réalité, je le suis, mais de quel droit ?

– Finalement, je crois que je ferais mieux d'aller dans l'appartement avec mes sœurs.

– Pourquoi dis-tu cela ?

– Tu rigoles ? Tu crois vraiment que ta copine va accepter que ton ex vienne habiter chez toi avec ses petites sœurs ? Et d'abord, il y a combien de temps que tu sors avec elle, bon sang ? Sait-elle qu'il y a seulement un mois, tu me caressais en public ?

Les mots ont jailli de mes lèvres avant que je puisse les retenir. Des mots choisis avec précaution, tu parles !

Will affiche un large sourire et réduit la distance entre nous. Il finit par être si près que je dois lever le menton pour croiser son regard.

– Tu es jalouse ?

Comme je me détourne, mes seins viennent effleurer sa chemise.

– Bien sûr que non.

Oh ! la menteuse, elle est amoureuse.

– Meredith est une amie. Nous sommes allés courir ensemble ce matin et je lui ai dit qu'elle pouvait se servir de ma douche parce que son ballon d'eau chaude est en panne.

– C'est bien pratique ! dis-je en relevant la tête.

Nom de Dieu, je sens sa chaleur.

– Elle a envie de toi, je reprends. Et je te parie tout ce que tu veux qu'elle savait très bien où était le sèche-cheveux. Mais elle voulait tout simplement que je sache qu'elle était là, en petite tenue. Elle voulait me rendre jalouse.

Je me rends compte qu'on dirait une petite fille qui pique une colère injustifiée, mais je ne peux pas m'en empêcher.

– Hum, fait-il en baissant les yeux sur mes lèvres. Eh bien, maintenant tu es au courant.

– Je ne dis pas que tu n'as pas le droit de sortir avec elle. Je veux dire, tu peux sortir avec qui tu veux. Cela ne me regarde pas. Je veux juste savoir où je mets les pieds si je viens habiter ici quelques jours.

– Non, tu as raison, dit-il en tirant légèrement sur ma queue de cheval et en m'attirant vers lui si bien que je suis serrée tout contre lui, qui ne quitte pas mes lèvres des yeux.

Jusqu'à ce que *j'ai envie d'aller plus loin.*

– Elle essayait vraiment de te rendre jalouse, poursuit-il. À mon avis, tu devrais te venger en flirtant avec moi.

Cela suffit à relâcher toute la tension accumulée entre mes omoplates et j'éclate de rire.

– Tu es con, dis-je en posant la main sur sa poitrine pour le repousser. Arrête de me faire marcher.

Il secoue la tête et me regarde de la tête aux pieds.

– C'est un sujet beaucoup trop sérieux pour que j'en plaisante.

CHAPITRE 14

WILLIAM

– Mince alors ! La classe !

Les yeux de Drew s'arrondissent à mesure qu'elle avance dans la maison.

– C'est bien ce que je pensais, Cally ! Tu fais des cachotteries. Tu nous fais vivre dans un trou à rats alors que ton copain peut nous offrir le Ritz.

Elle s'avance dans le hall d'entrée à deux étages et tourne sur elle-même. Je suis sacrément content d'avoir réussi à convaincre Cally de les amener ici. J'ai aussi invité son père, mais les rongeurs ne l'indisposent pas autant que ses filles et il a dit que profiter de mon hospitalité le mettrait mal à l'aise. Ce qui n'est pas du tout le cas des jeunes sœurs de Cally. Drew s'extasie sur tout comme une enfant le jour de Noël et Gabby sourit jusqu'aux oreilles.

– Contente que ça te plaise, répond Cally, mais je te rappelle que nous n'allons pas rester longtemps.

– Si ça me plaît ? Je pense que je suis née pour être riche. Quelque part, il y a une princesse dorlotée qui rêve de pouvoir vivre dans l'espèce de cabane infestée de vermine de papa et qui, en ce moment même, subit à contrecœur sa pédicure du soir et son massage facial. On m'a échangée à la naissance.

– Arrête, réplique Cally. Ta vie n'est pas aussi terrible que ça. Will, tu veux bien nous montrer la chambre des filles ? Je vais apporter leurs valises.

Cally et les files me suivent à l'étage et je montre à Drew et Gabby la chambre qu'elles vont partager. Il y a quatre chambres, mais l'une d'elles est occupée par mon matériel de photo et mes ordinateurs, et n'est donc pas disponible.

– Votre sœur sera au bout du couloir si vous avez besoin d'elle.

– Je ne voudrais pas paraître ingrate, dit Drew, mais on peut faire plus simple et me donner sa chambre tout de suite. Tout le monde sait bien que Cally va finir dans ton lit de toute façon.

Cally devient écarlate.

– Drew !

– Elle y est la bienvenue quand elle veut, dis-je, mais on va lui laisser prendre la décision elle-même, d'accord ?

Drew se contente de nous regarder l'un après l'autre en secouant la tête.

– Vraiment, je ne vous comprends pas, tous les deux.

Cally évite mon regard et observe le parquet avec beaucoup d'attention.

– Tu n'es pas la seule.

Après avoir installé les filles dans leur chambre, je montre la sienne à Cally.

– Excuse-moi pour le lit, il n'est pas très confortable. C'est le vieux lit dans lequel je dormais chez ma grand-mère.

Un éclair passe dans ses yeux. Le souvenir de ce que nous avons fait dans ce lit ? Le regret de ce que nous n'y avons jamais fait ?

– Il ne peut pas être pire que celui dans lequel je dors chez mon père.

Elle se frotte l'avant-bras puis serre les doigts.

– Tu as mal ?

Elle baisse les bras comme si elle n'avait pas conscience de son geste.

– Je suis fourbue à force de faire des massages. Parfois, j'ai les mains toutes raides à la fin de la journée.

Elle hausse les épaules :

– C'est normal avec toutes les heures que je fais.

Je lui prends la main et je commence à lui masser l'avant-bras avec mes pouces en partant du coude et en descendant jusqu'à la paume de sa main. Quand j'applique une pression sur la base de son pouce, elle ferme les yeux en clignant des paupières. Ses lèvres laissent échapper un gémissement sourd à peine audible.

Les rayons obliques du soleil couchant viennent éclairer son visage. Elle est si belle, putain ! L'ombre de ses cils épais sur ses joues, la courbe de ses lèvres. J'ai envie de l'embrasser maintenant. De l'attirer tout contre moi et de poser mes lèvres sur les siennes, de glisser mes mains le long de son torse et d'enfoncer mes doigts dans ses hanches tout en la séduisant de la bouche.

Je pourrais faire tout cela. J'en ai envie. Mais j'ai surtout envie qu'elle soit près de moi et je sais que si je l'embrasse, je vais la faire fuir.

– Cally.

Elle ouvre des paupières hésitantes et cligne des yeux en me regardant. Nous sommes là, les yeux rivés l'un sur l'autre dans la chaleur du soleil couchant, deux individus qui cherchent à se réorienter après s'être perdus un moment.

– Oh, Seigneur !

La voix irritée de Drew nous rappelle brusquement à l'ordre.

– Sérieux ! Donne-moi cette chambre et fais-la descendre dans la tienne.

***

CALLY

Chez brady. Bière. Billard.
Entre filles. Ce soir.

Je lis le texto de Lizzy en souriant et je lâche le pinceau avec lequel je repeins la porte d'entrée, le temps de taper une réponse courte.

Tu as quelque chose
contre les phrases complètes,
mademoiselle la professeure ?

Va te faire mettre :)) phrase complète.

Quelques instants plus tard, sa Dodge Charger rouge se gare dans l'allée de gravillons chez mon père, me donnant l'occasion de détourner mon attention de la liste douloureusement longue des réparations qui doivent être faites dans la maison. Drew n'a peut-être pas besoin de tout le luxe qu'elle juge indispensable, malgré tout ce n'est pas avec deux ou trois pots de peinture que je vais faire des miracles.

En travaillant ici aujourd'hui j'ai découvert dans le grenier une fuite qui vient du toit. Ensuite, quand j'étais sur la terrasse à l'arrière, j'ai remarqué une latte pourrie fendue sous l'une des chaises pliantes des filles. Cette maison est dangereuse et c'est un gouffre financier. Il faudrait au minimum changer le poêle, la terrasse et la toiture. Et toutes ces choses ne sont pas bon marché.

Lizzy et Hanna descendent de voiture et examinent la maison.

– Aïe, dit Lizzy avec une grimace. Est-ce que cet endroit est… salubre ?

– Ce n'est pas si mal que ça, tente Hanna. Peut-être qu'avec une couche de peinture ?

– Il va falloir plus que ça, je marmonne.

– Et la recherche de boulot de ton père, qu'est-ce que ça donne ? Il a des pistes ? demande Hanna.

– Il a réussi à trouver un poste de chercheur à temps partiel pour assister un prof de Sinclair.

– C'est génial ! dit Hanna.

Ça ne suffira pas, mais je n'en dis rien à mes amies. Elles s'inquiètent déjà assez pour moi, ce n'est pas la peine d'en rajouter.

Lizzy se tourne vers moi.

– Je n'en reviens pas que tu aies emménagé avec William sans nous en parler.

Je recule vivement.

– Je ne savais pas que je devais vous tenir informées.

– Attends les margaritas, dit Hanna à sa sœur, pour certaines conversations il faut de la tequila.

***

Pour un mercredi soir, le bar est plus bondé que je n'aurais cru, mais les filles sont contentes. Je n'étais pas chaude pour boire encore de la tequila, alors elles ont commandé de la bière et choisi un box du côté de la table de billard, d'où elles peuvent observer les mecs du coin à leur insu.

– Tu ne me suivrais pas par hasard ?

La question me parvient de la droite et je dois résister à la tentation de me pencher vers William.

– Nous étions là en premier, dis-je.

Il repousse mes cheveux sur ma nuque et je ne bronche pas, essayant de faire comme si son contact me laissait indifférente. J'ajoute :

– On pourrait aussi en déduire que c'est *toi* qui *me* suis.

Les filles ouvrent de grands yeux en voyant Will.

– Je vois que tu es venu avec ta bande, dit Lizzy en regardant par-dessus l'épaule de Will.

Il sourit.

– Je crois que tu as déjà rencontré mes amis Sam et Max.

J'étais si accaparée par Wiliam que je n'avais même pas remarqué qu'il était accompagné. Les types se glissent hors d'un box situé de l'autre côté du bar et viennent se joindre à nous. Je les connais de vue, ça remonte au lycée. Comme pour Will, le temps leur a été favorable. Ils sont tous les deux terriblement séduisants. Le brun porte un jean et un t-shirt bleu moulant qui met en valeur à la fois ses pectoraux impressionnants et son regard d'un bleu incroyable. L'autre est vêtu d'un polo sombre sur un pantalon de toile kaki. Mais ni l'un ni l'autre n'arrive à la cheville de mon William si sexy dans sa chemise en oxford blanc, aux manches retroussées sur ses avant-bras, et son jean qui épouse parfaitement ses hanches étroites.

Mon William. J'y vais un peu fort.

– Je ne sais pas si tu te souviens de Sam, dit Will en désignant d'un signe de tête celui qui porte le polo. Et de Max, en pointant le brun du pouce.

– Ça fait un bail.

– Content de te revoir, Cally, dit Sam. Est-ce que ton coloc temporaire te traite bien ? Il ne boit pas le lait au goulot, j'espère ?

– C'est un hôte parfait, et c'est *tout à fait* temporaire.

– Allez finir vos verres, dit Lizzy en leur faisant signe de retourner à leur table. Nous avons à parler entre filles.

Les filles s'assoient dans notre box et Hanna soupire bruyamment.

– Qu'est-ce qui t'arrive ? je demande.

Elle repousse une de ses longues boucles brunes en arrière en secouant la tête.

– Elle a flashé sur Max, explique Lizzy.

Hanna lui donne un coup de coude dans les côtes, mais Lizzy continue.

– Je dois dire que je la comprends. Il a un beau petit cul.

– Il ne sait même pas que j'existe, marmonne Hanna. Il n'a d'yeux que pour Lizzy depuis qu'il est revenu en ville pour ouvrir sa salle de gym.

Lizzy fronce les sourcils.

– Je n'aurais jamais accepté de sortir avec lui si j'avais su qu'il plaisait à Hanna. Je l'ai largué dès que je l'ai su.

– Est-ce qu'il sait ce que tu éprouves pour lui ? je demande.

Hanna à l'air malade rien que d'en parler.

– Tu parles ! Hanna ne dira jamais à un mec qu'il l'intéresse. Elle préfère se cacher et se dire qu'elle n'a aucune chance. Ce qui est stupide, en plus d'être faux.

Hanna secoue la tête.

– Qu'est-ce qu'il pourrait me trouver, de toute façon ? Lui, c'est un coach athlé qui dirige son propre club de fitness, et moi je suis grosse.

– Hanna ! nous écrions-nous à l'unisson.

Hanna est plus forte que sa sœur jumelle, épanouie et ronde avec de longs cheveux noirs, tandis que Lizzy est toute menue avec des boucles blondes. Elles n'ont pas l'air de jumelles, mais elles sont toutes les deux très belles.

– Tu es superbe, putain, et n'importe quel mec aurait beaucoup de chance de sortir avec toi.

Les yeux de Lizzy lancent des éclairs et Hanna n'a pas intérêt à la contredire.

– On peut changer de sujet, s'il vous plaît ? chuchote Hanna le nez dans sa bière.

Lizzy embrasse sa sœur sur le front et se tourne vers moi.

– La moitié de la ville ne parle que du fait que tu as emménagé chez Will. Tu te rends compte que nous l'avons appris par notre *mère.* Pourquoi ne nous l'as-tu pas dit ?

– Peut-être parce qu'il n'y avait rien à dire ?

Elles me regardent toutes les deux comme si j'essayais de leur vendre un terrain sur la lune. Je hausse les épaules.

– Quoi ?

– Ma chérie, dit Hanna, il passe tant de choses dans les yeux de ce garçon quand il te regarde que ça sent le brûlé. Et en plus, maintenant, tu *habites* avec lui.

– Tu as couché avec lui, avoue, dis Lizzy en souriant. On veut des détails.

Je lance un coup d'œil derrière moi pour m'assurer que les garçons ne peuvent pas nous entendre.

– Je n'ai *pas* couché avec lui.

Lizzy reste bouche bée.

– Pourquoi pas ?

– Et d'un, j'ai déjà tout foiré avec lui, une première fois, je murmure en levant un doigt. Et de deux, je ne reste que jusqu'à Noël, je poursuis en levant un deuxième doigt.

– Tu ne vas vraiment pas coucher avec lui, alors ? réplique Lizzy, sur un ton qui serait plus approprié pour parler de torturer des petits chats ou de tuer des chiots.

– Je ne vais *vraiment* pas coucher avec lui !

– Will ou pas Will, je me fais fort de te trouver quelqu'un pour baiser, dit Lizzy juste au moment où Will s'approche de notre table.

***

Cally, cramoisie, fusille son amie du regard, puis elle se tourne vers moi comme pour me mettre au défi de dire quelque chose.

Je réprime un sourire.

– Ça, c'est une véritable amie, on peut le dire.

Lizzy me lance un coup d'œil et éclate de rire.

– Je n'imaginais pas une seconde qu'il était là, je te jure.

– Qu'est-ce qui se passe ici ?

Max vient vers notre table d'un pas nonchalant, les yeux rivés sur Lizzy. Mes potes ont envie de traîner avec Cally et les jumelles ce soir et, franchement, ça me va. Du moment que je suis près de Cally.

Nous finissons par nous entasser tous dans un box, Cally et moi côte à côte, Sam et Hanna en face de nous. Max et Lizzy traînent des chaises au bout de la table. Rapidement les filles rigolent en buvant. Moi, je m'accroche à ma bière en silence et je me sens bien, simplement à être *près* d'elle.

Mon portable vibre dans ma poche. Je le sors et je vois sur l'écran que j'ai un message de Meredith.

Ça te brancherait
d'aller prendre un verre ce soir ?

Je tape une réponse brève.

Je sors avec les potes.
Une autre fois peut-être.

En relevant la tête je vois que Cally m'observe.

– Tu échanges des sextos avec ta petite amie ?

Max incline mon portable pour voir l'écran. Il pousse un grognement.

– Meredith ? Cette fille ne lâche pas l'affaire facilement, hein ?

Je sens Cally se raidir à côté de moi.

– *Meredith* ? s'écrie Lizzy.

– C'est une amie.

– La grand-mère de Will a arrangé une rencontre entre eux, dit Max. Will et elle sont sortis quelques fois ensemble et, depuis, elle lui envoie sans arrêt des textos cochons.

Merde.

– Nous sommes simplement amis, maintenant.

– Des textos cochons ? Cochons comment ? demande Lizzy.

– Extrêmement cochons, dit Sam.

– Encore plus cochons que ceux que Cally a envoyés le soir de la teuf chez Asher, quand elle était soûle ? demande Lizzy.

Les yeux de Cally s'arrondissent.

– Lizzy !

– Quels textos quand elle était soûle ? demande Sam. Nom de Dieu. Sérieux, le portable de Will est plus sollicité en une journée que le mien en un an !

Lizzy fait un clin d'œil à Sam et sort son téléphone.

– C'est quoi ton numéro, beau gosse ?

Cally, pétrifiée, observe le plateau de la table avec autant d'intensité que si elle pouvait y lire le sens de la vie.

Je lui prends la main et je l'entraîne hors du box.

– Que fais-tu ? me demande-t-elle.

Je l'entraîne jusqu'au juke-box et je passe ses bras autour de mon cou.

– Sois gentille, rends-moi service. Je n'ai pas envie de parler de Meredith maintenant, et quand il est question d'elle, mes potes sont comme des chiens autour d'un os.

– Oh !

Ce n'est pas un slow, mais je m'en fiche. Je veux la sentir contre ma poitrine, son corps tout contre le mien. Elle est canon avec son petit débardeur noir tout simple sur un short en jean qui met en valeur ses longues jambes fuselées. Dès que je l'ai vue en entrant chez Brady, j'ai immédiatement imaginé ses jambes autour de ma taille, ses ongles plantés dans mon dos tandis que je la ferais jouir.

– Échanges-tu des textos cochons avec toutes tes *amies* ? me demande-t-elle d'une voix basse et assassine.

– Nous sommes sortis ensemble quelque temps avant ton retour. C'était censé être une relation sans importance, mais au bout d'un moment elle a voulu aller plus loin.

– Je suis sûre que la plupart des filles du coin adoreraient aller plus loin avec toi.

Une chanson de Nine Inch Nails démarre et je souris.

– Tu te souviens de cette chanson ?

Elle ouvre de grands yeux, ses pupilles se dilatent. Souvent on s'allongeait sur mon lit dans ma chambre pour écouter cette chanson. On parlait. Moi de ma grand-mère dominatrice et de ses attentes déraisonnables. Cally de son père barjot et de sa mère décevante. Nous rêvions de partir tous les deux, d'aller à la fac ensemble, d'une meilleure vie pour elle, où elle n'aurait plus à s'inquiéter que ses sœurs aient à manger et un endroit où dormir, d'une meilleure vie pour moi, où je ne serais pas censé être à la hauteur de toutes les ambitions que ma grand-mère avait toujours nourries pour le fils qu'elle avait perdu trop tôt. Puis on s'explorait mutuellement, nos jeunes corps avides, nos mains et nos bouches maladroites tandis que nous apprenions où et comment nous caresser.

Je la conduis dans le fond du bar et je la coince contre le mur en posant mes mains de chaque côté de sa tête.

– Que fais-tu ? murmure-t-elle.

– Ça.

Je pose ma bouche sur la sienne avant qu'elle ne puisse protester et mes mains quittent le mur pour s'emmêler dans ses cheveux.

Sans hésiter, elle me rend mon baiser avec passion tout en agrippant mes biceps. Je fais durer le baiser, sachant pertinemment qu'on nous regarde et à quelle vitesse les nouvelles se répandent dans cette ville. Je veux qu'on nous voie. Je suis prêt à faire circuler le message que Cally est la seule femme qui m'intéresse.

– Depuis un mois, je ne fais que penser au soir où je t'ai caressée dans ce restaurant, je lui murmure à l'oreille. Tant que je garderai en mémoire le moment où tu as joui, tu n'auras rien à craindre des autres femmes qui auraient des vues sur moi.

– Quand on parle du loup, marmonne-t-elle en regardant par-dessus mon épaule.

– Qui ?

– Meredith, et si un regard pouvait tuer, c'est un cadavre que tu tiendrais dans tes bras.

Je ne prête pas vraiment attention à ce qu'elle veut dire, trop occupé à sentir ses cheveux pour essayer d'en mémoriser le parfum. Un parfum doux et excitant à la fois.

Meredith est là. Et si je ne suis pas un imbécile, je vais lâcher Cally et aller lui parler. Mais Cally n'avait peut-être pas tort en disant que Meredith pensait qu'elle avait des droits sur moi.

J'accentue la pression de ma main sur le dos de Cally et je glisse deux doigts dans la ceinture de son short, sous le tissu soyeux de sa culotte. Elle retient sa respiration et se blottit contre moi.

J'ai envie de passer les doigts sur son corps tout entier en insistant sur la partie sensible au creux de ses reins, de lui murmurer quelque chose d'excitant à l'oreille. Mais je n'en fais rien. Je me contente de bouger les hanches en rythme tout en savourant l'instant jusqu'à la fin du morceau.

Ses yeux noirs reflètent du désir et de la tristesse, et d'autres choses encore qui m'échappent.

– Je vais retourner m'asseoir, murmure-t-elle.

J'acquiesce, mais je ne la suis pas. Je dois reprendre mon souffle et m'éclaircir les idées.

Je vais au bar et me commande une bière. Immédiatement après, Meredith me rejoint. Elle s'appuie sur le comptoir en fronçant les sourcils.

– Je croyais que tu sortais avec tes potes.

Elle sourit et elle a beau essayer de prendre ça sur le ton de la plaisanterie, je vois bien à ses yeux qu'elle est blessée. Meredith est sympa, jolie et sexy, et si j'avais le moindre bon sens, c'est elle que je poursuivrais au lieu d'une fille qui m'a déjà brisé le cœur par le passé.

Mais ce n'est pas Meredith qui m'intéresse.

– Cally et ses amies étaient là avant nous.

– Tu aurais dû me prévenir qu'elle était ici avec toi. Maintenant je me sens stupide d'être venue.

– Qu'espérais-tu qu'il arriverait si elle n'avait pas été là ?

Elle regarde ses mains, gênée.

– On s'entendait bien tous les deux. Je voudrais… je voudrais simplement que tu t'en souviennes.

– Tu te fais du mal pour rien, Meredith. Tu devrais trouver quelqu'un qui te mérite.

Elle plisse le front, et ses lèvres soigneusement maquillées s'avancent en une moue.

– Tu disais que tu ne voulais pas de relation sérieuse, mais je ne le croyais pas parce que tout le monde sait que tu veux te marier et fonder une famille. Tu es comme ça. Pourtant, c'était la vérité. Tu ne voulais vraiment pas d'une relation sérieuse. Du moins pas avec moi. Ces règles, bien sûr, ne s'appliquent pas à Cally.

– Meredith…

– Non.

Elle lève la main pour couper court à mon explication.

– Je t'en prie. Nous sommes simplement amis. C'était ce qui était convenu, ajoute-t-elle en secouant la tête, tout en glissant son sac sous son bras. Je ne suis pas un mauvais parti, tu sais ! Ta grand-mère m'adore et tout allait bien entre nous. Mais soudain tu me repousses parce que Cally est revenue, et Cally… Cally ne va pas rester. Elle va retourner à Las Vegas dans quelques mois. En plus, ta grand-mère ne peut pas la sentir. Elle n'a jamais pu. Et tu oublies qu'elle t'a laissé tomber sans la moindre hésitation quand vous étiez au lycée.

– C'est du passé, dis-je en grognant.

Elle hausse les épaules.

– Les gens ne changent jamais vraiment, Will. J'espère que tu sais ce que tu fais. Je n'aimerais pas te voir souffrir.

CHAPITRE 15

CALLY

Sept ans plus tôt

Je me rends à mon travail quand le 4X4 sombre ralentit à côté de moi. La vitre descend, un homme sort la tête et me fait un sourire malsain et calculateur. Je ne l'ai jamais vu, mais je devine sans mal que c'est Anthony qui l'envoie. Il a le nez tordu comme s'il avait été cassé un peu trop souvent, ses cheveux noirs sont collés en arrière avec trop de gel. Le véritable stéréotype du méchant dans les films de gangsters. C'en est presque risible. À part qu'il n'y a rien de drôle dans la façon dont il me regarde ni dans la peur qui me retourne l'estomac.

– C'est vrai que tes petites sœurs sont mignonnes, dit-il.

Je m'immobilise, les pieds comme cloués au sol.

– On peut dire que la petite aime drôlement faire de la balançoire à Tyson Park ! Et la plus grande, elle a du potentiel ! Dans un an ou deux, pense à toutes les choses qu'elles pourraient faire.

L'homme sourit.

– Le patron dit que soit tu travailles pour rembourser ce que tu lui dois, soit tes petites sœurs peuvent le faire à ta place.

Un frisson de colère aiguë me parcourt tout le corps.

– Non.

– Anthony ne laisse pas de seconde chance, chérie. Mais pour toi, il va faire une exception. Le client avec qui tu t'es dégonflée s'est pris d'affection pour toi. Il veut te revoir, il a demandé expressément que ce soit toi. En fait tu l'as jouée finement. Ce type-là apprécie qu'on lui résiste, et maintenant il ne veut plus aucune des autres filles du patron. Il n'a d'yeux que pour la mignonne petite vierge aux cheveux noirs, dit l'homme en ricanant. On viendra te chercher ce soir. Et ne t'avise pas de nous jouer un de tes petits tours, cette fois.

Sans attendre ma réponse, il remonte sa vitre et la voiture s'éloigne.

Je ne vais pas m'embêter à aller bosser. À quoi bon ? Je rentre à la maison, les yeux rivés sur mon téléphone. J'essaie d'imaginer ce qui se passera si j'appelle la police. Ils m'aideront. Je ne serai pas obligée d'aller chez cet homme ce soir. Je ne serai pas obligée de faire les choses inavouables qu'on va sûrement me demander de faire. Mais qu'arrivera-t-il à mes sœurs ? Combien de temps la police pourra-t-elle me protéger d'Anthony et de ses hommes de main ?

Alors je prends une douche, je m'habille et j'attends que la voiture d'Anthony vienne me chercher.

Quand mon portable se met à sonner, le nom de William apparaît sur l'écran du téléphone qu'il a acheté et payé pour que nous puissions rester en contact. Je laisse l'appel aller sur la boîte vocale et je vole deux pilules dans la réserve secrète de ma mère.

***

CALLY

Aujourd'hui

– Alors comme ça, on sèche les cours, espèce de sale petite menteuse !

Je râle toute seule en tapant un texto destiné à Drew : où es-tu ?

Je rentre en trombe chez William pour voir si elle est là. Après avoir accompagné Gabby à l'école, j'ai reçu un coup de fil du conseiller d'éducation qui m'a dit que Drew était absente au premier cours. Il voulait savoir si elle était malade.

Je l'ai déjà chopée une fois à sécher les cours. Si elle recommence, je vais la priver de sorties pendant un mois. Si elle croit qu'elle va s'en sortir comme ça parce que je travaille tout le temps, elle se fait des illusions.

Je monte les escaliers quatre à quatre, ma colère grandissant, et je fonce dans la chambre qu'elle partage avec Gabby. Personne. La chambre est vide.

– Drew ! Où es-tu passée ?

Je redescends à toute vitesse sans faire attention au vacarme que je fais dans la maison. William était déjà parti quand je suis sortie de la maison avec les filles ce matin. Il doit être allé au gymnase pour sa séance de muscu avant d'ouvrir la galerie. Je l'ai évité après notre retour de chez Brady hier soir. Je n'aurais jamais dû danser avec lui. C'était trop bien de sentir son corps si près du mien, son souffle dans mon oreille. Quand il a fini par m'embrasser, j'étais déjà trop partie pour avoir les idées claires.

Après avoir fait le tour du séjour et de la cuisine, je n'ai toujours pas trouvé Drew. Je commence à m'inquiéter quand mon portable vibre. C'est un message d'elle.

À l'école.

– Ce n'est pas vrai, je marmonne. Tu mens.

Soudain, j'entends la douche au bout du couloir et, sans réfléchir, je me précipite vers la suite parentale. C'est la seule qui ait une douche avec des pommeaux sur trois murs, et Drew piaffait d'impatience de l'essayer.

La porte de la chambre est ouverte et plus j'avance, plus je suis furieuse. William a tant fait pour nous, et c'est comme ça qu'elle le remercie ? En séchant les cours pour pouvoir utiliser sa satanée douche !

J'ouvre la porte de la salle de bains et je fronce les sourcils en voyant les vêtements de sport de Will empilés avec soin à côté de la porte. Je reste figée devant la pile de maillots froissés qui me rappellent sa peau couverte de sueur après son jogging.

Barre-toi, Cally.

J'en suis incapable.

Soudain, j'entends un long grognement rauque venant de la douche et ce que je vois en relevant la tête fait brusquement bondir mon rythme cardiaque et me coupe le souffle.

Drew n'est pas là. Il n'y a que William.

À travers la vitre couverte de buée, je le vois debout sous le jet de la douche, une main appuyée sur le carrelage et l'autre… *nom de Dieu*… l'autre, enroulée autour de son pieu, va et vient en de longue caresses régulières.

Il a un corps splendide – les épaules larges et les hanches étroites. Des muscles fermes et bien dessinés que j'ai envie de caresser de mes mains, de goûter de ma langue et d'exciter de mes dents.

Dans l'angle où il se tient, avec seulement cinq pas et une vitre embuée qui nous séparent, je vois plus de choses que je devrais et bien moins que je ne voudrais. Il faut que je persuade mes pieds

– cloués au sol carrelé de la salle de bains – de faire demi-tour. Il faut que j'arrive à m'extraire de cette salle de bains et que je découvre où Drew est réellement passée. Ou peut-être que je devrais prendre une douche moi aussi ? Une douche glacée.

Mais ce que je veux vraiment, c'est un meilleur angle de vision. Je veux voir l'expression sur son visage pendant qu'il travaille à son plaisir. J'ai envie de voir l'ondulation de ses muscles tandis qu'il s'efforce de retenir sa jouissance. J'ai envie d'ouvrir la porte et – sans un mot – de me mettre à genoux et d'écarter sa main pour le prendre dans ma bouche.

Rien qu'à y penser, j'ai les jambes qui flageolent. Je n'aurais jamais cru que la simple idée de faire une pipe puisse m'exciter autant. S'il s'agissait de quelqu'un d'autre, ça ne me ferait probablement pas cet effet, mais c'est William dont il s'agit, et mon cœur bat dans ma poitrine quand je m'imagine le prenant tout entier dans ma bouche, ses mains dans mes cheveux, son cul tendu entre mes mains.

Cette pensée suffit à m'exciter. Elle suffit presque à me faire jouir.

Il pousse un nouveau grognement, plus long, plus sourd, plus profond cette fois. Et je sais que c'est maintenant que je dois prendre une décision. Ou bien je fiche le camp tout de suite ou bien je rassemble assez de courage pour le rejoindre dans la douche.

Je n'ai pas envie de partir, mais je suis bien trop lâche pour rester. Je trébuche en reculant. Du talon, je heurte la poubelle et je perds l'équilibre. Je tente de me récupérer en battant des mains, mais mon bras heurte le lavabo et je me retrouve par terre.

L'instant d'après, Will est sorti de la douche, accroupi devant moi. Inquiet. Nu. Trempé.

– Ça va ?

– Ouais. Ça va. Je… *souhaitais trouver le courage de te rejoindre ?… m'imaginais en train de te sucer ?…* cherchais Drew.

Sans le vouloir, je pose les yeux sur son sexe dressé fermement entre nous. Jamais de ma vie je n'ai autant désiré quelque chose.

– Cally.

Il s'éclaircit la voix. Je lève les yeux. Il me sourit d'un air narquois.

– Elle n'est pas là.

Ce soir, peut-être même demain, je réussirai à trouver une réplique super spirituelle, mais pour l'instant je suis totalement incapable de dire quoi que ce soit.

Il me tend la main, je la prends en faisant tout mon possible pour garder une certaine distance entre nous tandis qu'il m'aide à me relever. Je devrais m'en aller, mais je suis prise sous le charme de ses yeux bleus tellement sexy.

Du bout des doigts il me caresse la joue, depuis mon oreille jusqu'à la pointe de mon menton, pour finir par me caresser les lèvres du pouce.

– Tu viens avec moi sous la douche ?

Je déglutis avec difficulté.

– Tentant, dis-je dans un murmure.

Il pousse un grognement, sourd et prolongé, si semblable au son qu'il faisait quand je l'ai trouvé en train de se caresser sous la douche, que je dois rassembler toute ma volonté pour ne pas me déshabiller, le suivre sous le jet et mettre à exécution le moindre détail de mon fantasme. Il baisse la tête et effleure mon oreille de ses lèvres.

– Te savoir là en train de m'observer pendant que je me caressais sous la douche était une des expériences les plus excitantes de ma vie.

Un frisson d'excitation court le long de mon dos et vient fleurir violemment dans le bas de mon ventre.

– Tu savais que j'étais là ?

Il grogne de nouveau et se colle contre moi en appuyant son sexe érigé contre mon ventre.

– Je pensais à toi. À quel point je désirais te prendre dans la douche. Je m'imaginais caresser chaque centimètre de ta peau de mes mains savonneuses. J'imaginais te faire jouir comme l'autre soir au restaurant, mais cette fois tu pourrais crier aussi fort que tu le voudrais. Tu n'as pas idée à quel point j'ai envie de ça.

C'est à mon tour de gémir. Tout mon corps est tendu, vibrant d'énergie sexuelle comme après plusieurs heures de préliminaires. Mes terminaisons nerveuses à vif excitent le désir qui taraude mon bas-ventre. Son souffle contre mon oreille fait frissonner tout mon corps. Le désir me parcourt en ondes concentriques et je sais que si à cet instant il glisse la main dans ma culotte, il me trouvera humide, prête à l'accueillir. Je porte une main à son visage. Je ne peux pas résister. Il ne s'est pas rasé ce matin, et sa joue est râpeuse sous mes doigts. Je passe la main dans ses boucles humides.

– Je ne sais pas de quoi tu as peur, Cally, dit-il en glissant une mèche de mes cheveux derrière mon oreille, mais je ne veux pas te forcer à faire ce que tu n'es pas prête à faire. Dis-moi simplement ce que tu veux. Dis-moi ce dont tu as besoin.

Je presse mes lèvres sur les siennes. Elles ont le goût d'eau fraîche et de pâte dentifrice. Quand nos bouches entrent en contact, il demeure parfaitement immobile. Je passe mes lèvres sur les siennes, une fois, deux fois, trois fois.

Du bout des doigts, je parcours la ligne de sa mâchoire, puis le haut de ses épaules. J'explore les muscles de son torse. Il ne bouge pas. Ne me touche pas. Quand enfin j'atteins son ventre, mes doigts trouvent le V entre ses hanches et il retient sa respiration.

– Cally, dit-il dans un souffle.

Mes lèvres n'ont pas quitté les siennes. Doucement, il me rend mon baiser, hésitant comme s'il craignait que je me sauve. Peut-être est-ce précisément ce que je devrais faire. Peut-être devrais-je m'échapper.

Mais à cet instant précis, je lui appartiens. Je ne vais nulle part.

De nouveau, il repousse une mèche de mes cheveux et me caresse la joue de son pouce, alors je décide d'oublier l'avant et l'après. Je décide de faire une chose stupide et merveilleuse, là, *maintenant*.

***

WILLIAM

Cally est là, dans ma salle de bains, et elle me caresse. J'ai une conscience aiguë du fait que je suis nu et excité et de ce que je faisais quand elle a tenté maladroitement de se sauver.

Ses yeux se portent brièvement sur la partie sud de mon anatomie, mais elle se reprend très vite et les ramène vers mon visage, pointant la langue pour s'humidifier les lèvres.

Je pourrais la coller au mur. La convaincre de faire ce que nous désirons tous les deux. Mais avant que j'aie pu faire quoi que ce soit, elle fait glisser la paume de sa main sur mon ventre et, de ses doigts écartés, vient effleurer la base de ma queue.

– Seigneur, dis-je d'une voix sifflante.

Je lève les mains pour la caresser, mais je serre les poings et les laisse retomber sur les côtés.

– Laisse-moi te caresser, murmure-t-elle.

Le bout de ses doigts se balade tout le long de ma verge en érection.

– Pas d'attaches. Pas d'attentes. Laisse-moi simplement faire ça pour toi. Je t'en prie.

– Cally.

Mon murmure sonne comme une prière, mais elle est déjà à genoux devant moi.

Ses mains descendent le long de mon corps et de l'une, elle enveloppe ma queue dans un mouvement si soudain et inattendu que je dois m'appuyer contre le lavabo pour ne pas perdre l'équilibre. Mon cœur bat à se rompre et je suis tenté de fermer les yeux pour m'abîmer dans cette sensation incroyable de sa main qui va et vient sur ma bite. Mais je résiste. Je ne veux pas perdre une seconde du spectacle de Cally à genoux devant moi, les lèvres entrouvertes, qui me regarde sous ses cils épais tandis qu'elle me caresse.

– Il y a si longtemps que j'en ai envie, murmure-t-elle.

Puis, de ses lèvres à peine ouvertes, elle touche l'extrémité de ma queue et passe la langue doucement tout du long, par en dessous. Quand elle ouvre la bouche franchement pour me prendre profondément, je ne peux plus résister au désir de la toucher et j'emmêle mes doigts dans ses cheveux.

Elle pousse une sorte de feulement tout en exerçant de la bouche un mouvement de va-et-vient, en me suçant profondément, puis elle recule et répète le mouvement. Quand ses mains remontent entre mes cuisses pour saisir mes couilles, mes doigts se crispent dans ses cheveux et je lutte contre l'envie de pousser mon pelvis en avant pour m'enfoncer encore plus loin dans sa bouche.

Elle presse doucement mes bourses entre ses doigts et au moment où je pense qu'elle ne peut pas me prendre plus profondément, elle fait coulisser ses lèvres tout le long de mon pieu, m'avalant presque entièrement. Je ne vais pas pouvoir me retenir beaucoup plus longtemps. Ma queue enfoncée si profondément dans sa bouche, sa langue chaude qui s'enroule autour, et ce gémissement rauque si sexy qui fait vibrer ses lèvres contre moi.

Je lui tire gentiment les cheveux.

– Bébé.

Elle ne recule pas mais au contraire, je ne sais comment, elle réussit à enfoncer ma bite dans sa gorge encore un peu plus profondément.

– Chérie, je vais jouir.

Mes mots semblent ne faire que renforcer sa détermination et elle me suce de plus belle. Tant et si bien que je ne peux plus tenir. J'emmêle mes doigts dans ses cheveux et je décharge dans sa gorge. C'est brutal, rapide et tellement intense que je suis presque inquiet pour elle.

Je l'aide à se relever puis je m'appuie contre le mur pour reprendre mon souffle. Je la serre contre moi.

– Tu es vraiment incroyable, bordel ! dis-je en murmurant.

Ses lèvres roses et gonflées – et qui s'avèrent être mon vrai talon d'Achille – se fendent en un sourire qu'elle réprime aussitôt.

– Merci.

J'attrape le bas de son t-shirt et elle se tend.

– Qu'y a-t-il ?

– Putain ! *Drew.*

Elle ferme les yeux et appuie les mains sur ma poitrine jusqu'à ce que je recule.

C'est alors que j'entends de la musique dans l'entrée. Je n'ai pas le temps de lui demander ce qui se passe, elle a déjà filé dans cette direction.

À contrecœur j'enfile un jean et j'essaie de me faire une raison, ce n'est pas encore maintenant que je la verrai nue. Quand je la rejoins dans le salon, elle et Drew sont déjà face à face, les bras croisés et les corps tendus dans une position quasi identique, leurs deux visages froncés dans la même expression de colère. Cela me ferait rire si je ne craignais pas de prendre un coup.

– Je ne vois pas pourquoi c'est si important d'aller au lycée, dit Drew. Toi, tu as laissé tomber avant la fin et tu t'en sors très bien.

– *Très bien ?* rétorque Cally. Parce que tu trouves que ma situation financière va *très bien* ?

– Ce serait le cas si tu étais restée avec Brandon. Avant, il t'achetait plein de trucs et il s'occupait de toi. Je ne vois pas où est le mal.

Cally serre les poings, et son corps est tendu comme un arc.

– C'est ça ton projet de vie ? Tu veux trouver un mec qui va s'occuper de toi ?

– C'est mieux que ce que maman faisait avec ses clients. Mieux que ce que tu fais, d'après ce qui se dit à l'école.

Au moment où ces mots pénètrent la conscience de Cally, je vois son visage changer. En baissant les épaules, elle se laisse tomber dans le canapé et se penche en avant, les coudes sur les genoux, la tête dans les mains.

Le visage de Drew s'allonge, son amertume faisant place au regret.

– Je ne les crois pas. Je sais que tu ne… je suis juste…

Elle tourne les yeux vers moi, comme si j'avais le pouvoir de retirer ce qu'elle vient de dire, à sa place.

Cally lève la tête.

– Drew, file dans ta chambre, je t'en prie.

Il y a tellement de non-dits entre elles. Des vieilles promesses que l'affrontement a fait resurgir.

– Excuse-moi, murmure Drew avant de passer devant moi en courant et de se précipiter en haut.

Je vais m'asseoir à côté de Cally sur le canapé. Elle me prend spontanément la main

– Je n'aurais pas dû les faire venir ici. J'aurais dû obliger mon père à m'en confier la garde. J'aurais pu le convaincre de le faire. On aurait trouvé… un moyen.

– Elle est à un âge difficile. Cela va s'arranger. Elle a juste besoin d'un peu de temps.

Cally hoche la tête en se mordant les lèvres.

– Elle est furieuse parce qu'elle voulait aller dormir chez sa nouvelle amie ce week-end. Je lui ai dit que j'avais besoin d'elle pour faire des travaux chez mon père.

– Tu fais des travaux chez ton père ce week-end ?

– Le service de dératisation a terminé, alors, oui. Nous n'allons pas rester ici jusqu'à la fin des temps.

Elles pourraient. Cela ne me dérangerait pas.

Elle hausse les épaules.

– De toute façon, mon père s'ennuie d'elles.

– Qu'est-ce que vous allez faire comme travaux ?

– Pas tout ce que je voudrais, malheureusement. Tout est si cher. Mais on peut faire un peu de peinture et nettoyer à fond. Ne t'en fais pas, nous n'allons pas te déranger beaucoup plus longtemps.

Elle se lève en secouant la tête :

– Je dois reconduire cette petite idiote au lycée avant mon premier rendez-vous.

– Cally, je m'écrie quand elle arrive au bas des marches. Vous ne me dérangez pas du tout.

Je t'en prie, reste.

– À part quand tu es dans ta salle de bains, dit-elle en réprimant un sourire. Je suis désolée pour ce qui s'est passé.

Un grondement que je ne reconnais pas s'échappe de ma poitrine.

– Pas moi.

CHAPITRE 16

CALLY

Quand je sors de la douche, la maison est calme et silencieuse. Les devoirs sont finis, le repas débarrassé, la télévision éteinte. Les rires provenant de la chambre des filles se sont tus.

J'enfile mon peignoir et enroule une serviette autour de mes cheveux avant de regagner ma chambre, mais à mi-chemin je m'immobilise devant les marches. Il est là, en bas. En train de bricoler ses photos sur son portable, ou assis dans le salon, les pieds sur la table basse, à corriger les copies de ses étudiants. À moins qu'il ne prenne une douche lui aussi. Je ferme les yeux en le revoyant sous le jet, les muscles tendus tandis qu'il se caresse.

Il est peut-être couché. En train de penser à moi, à ma bouche sur lui ce matin. Peut-être sait-il que je pense à lui.

À pas feutrés je rejoins ma chambre et je referme la porte sans bruit derrière moi – pour être tranquille ou pour mettre un obstacle de plus entre nous ?

À plusieurs reprises, ces derniers soirs, je me suis retrouvée en bas après que les filles s'étaient endormies, espérant tomber sur William dans la cuisine. J'adore le regard baladeur qu'il pose sur moi chaque fois que nous sommes dans la même pièce, comme s'il essayait de m'apprendre par cœur, et j'ai besoin de ces moments, je les recherche.

Je pourrais m'habiller en vitesse et descendre le retrouver, mais je n'en ferai rien. Pas ce soir. Pas avec les filles dans la maison, alors que je suis si près de céder à la tentation. Chaque jour qui passe, je me rends un peu plus compte que la question n'est pas *si* je vais céder à l'attirance qui existe entre nous, mais *quand* je vais le faire.

Mon téléphone vibre sur la table de nuit, en le prenant je vois le numéro de William s'afficher sur l'écran.

– Salut, toi, dis-je dans un murmure.

– C'était bien, ta douche ?

– Merveilleuse. Brûlante. Longue. La pression de l'eau parfaite. Indispensable.

Son murmure approbateur court sur les ondes et se fraie un chemin en vibrant à travers tout mon corps, pour venir s'installer entre mes jambes.

– Tu aurais pu la prendre en bas. Ma douche te plairait.

– Mais après, je ne pourrais plus prendre de douche nulle part ailleurs.

Je souris en me laissant tomber sur le lit.

– J'ai passé un bon moment avec toi et les filles ce soir. Je suis content que tu sois là, dit-il avec une intonation terriblement séduisante.

Je suis contente d'être là.

– Je te suis tellement reconnaissante pour tout ce que tu fais. Je ne pourrai jamais assez te remercier.

– Tout le plaisir est pour moi.

Le silence s'installe entre nous. Ce n'est pas un vide qui remplacerait notre conversation. Non, c'est un silence lourd de signification, chargé d'attirance et de désirs inassouvis. De fantasmes. De souvenirs. De secrets inavoués.

– Tu te rappelles nos coups de fil juste après ton départ ?

– Oui, je m'en souviens.

– Ferme ta porte à clé, Cally.

– Pour que je ne puisse pas sortir ou que tu ne puisses pas entrer ?

Tout en posant la question je tourne le verrou sous la poignée de la porte.

– Ne t'inquiète pas, je ne monterai pas.

– Ah bon ?

Pourquoi suis-je déçue ?

– Non, ma chérie. Tes sœurs sont là-haut, et quand je te pénétrerai enfin, je veux t'entendre crier.

Mes genoux flageolent et je m'enfonce dans mon lit.

– Le verrou, c'est pour que tu ne sois pas interrompue pendant que je t'écouterai te caresser.

– William.

Son nom sort de mes lèvres comme une supplique.

– J'ai déposé quelque chose pour toi sur la commode.

– Du vin, dis-je dans un souffle en me levant pour aller me servir un verre.

– Du vin de fraises, corrige-t-il. J'ai choisi une bouteille avec une capsule qui se dévisse.

– La classe, dis-je en gloussant.

J'en bois une gorgée. Le goût et l'arôme concourent à piéger mes sens pour me transporter dans le passé. Le quai derrière l'entrepôt désaffecté sur Main Street. Le clair de lune qui se reflète sur l'eau. La langue de William qui fait des cercles autour de mon nombril…

– Est-ce que tu es nue ?

Ses mots, ajoutés à mon attente, font courir un frisson tout le long de ma colonne vertébrale.

– Je suis en peignoir. Je crois que c'est celui que ton « amie » Meredith portait l'autre jour.

– Tu es très jalouse ?

– Un petit peu, quand même, dis-je en souriant. Je devrais peut-être t'envoyer plus de textos salaces. Je ne veux pas que ton téléphone s'imagine qu'elle est meilleure que moi à ce petit jeu-là.

– Tu devrais peut-être, en effet.

Je pourrais. J'aime bien l'idée de lui envoyer un message cochon en plein milieu d'un cours.

– Que faisons-nous ?

Je parle de cette relation, de *nous*. Mais il dit :

– Je ne sais pas. Commençons par ce peignoir et on verra bien ce qui se passera.

Sa voix est devenue plus grave, plus rauque.

– Détache-le pour moi, Cally.

J'obéis, les mains tremblant légèrement. Je laisse la ceinture tomber sur le côté et je pose la main sur le bas de mon ventre.

– Et toi ? Qu'est-ce que tu as sur toi ?

– Un boxer.

Je me passe la langue sur les lèvres. Je lui dirais bien de l'enlever, mais ça me plaît de l'imaginer nu avec seulement un boxer.

– Depuis le jour où je suis venue m'installer chez toi, je me demande dans quelle tenue tu dors.

– Franchement, je n'ai pas beaucoup dormi. Je n'arrête pas de t'imaginer te glissant dans ces draps, ton corps allongé sur ce même lit où je te caressais autrefois.

Ma respiration s'accélère.

– Comment pourrais-je résister quand tu me dis des choses comme ça ?

– Ne résiste pas.

– Il y a tellement de raisons pour lesquelles nous ne devrions pas faire ça.

Mais je sais que nous allons le faire. J'ai rendu les armes au moment où j'ai tourné le verrou :

– J'ai peur de te faire souffrir de nouveau.

Il a une seconde d'hésitation.

– C'est un risque que je suis prêt à courir, Cal. C'est mon choix, d'accord ?

Puis, sans me laisser le temps de répondre, il poursuit :

– Es-tu nue sous ce peignoir ?

– Oui.

Il pousse un grognement.

– C'est toi qui as l'avantage, donc.

– Comment ça ?

– Tu m'as vu nu sous la douche. Et tellement de temps a passé depuis que j'ai vu ton corps nu. J'ai envie de voir ces rondeurs que j'ai caressées au restaurant.

Je me retourne sur le lit et me passe la main sur le ventre.

– Caresse-toi les seins pour moi. Caresse-les comme je le ferais. Je veux t'entendre jouer avec tes tétons.

Une vague de désir déferle sur moi tandis que je porte les mains à mes seins, pour les prendre dans mes paumes tout en en excitant les pointes entre mes doigts.

– Bon Dieu, grogne-t-il. J'adore entendre ta respiration quand tu es excitée. Tu es si réactive, putain. C'est tellement bandant.

– Ce n'est pas…

J'hésite, embarrassée de le dire mais désireuse qu'il le sache, qu'il comprenne.

– Ce n'est pas toujours comme ça. C'est seulement avec toi. Personne d'autre ne me fait cet effet. Personne d'autre ne pourrait m'exciter aussi vite.

– À quel point es-tu excitée ? Glisse ta main entre tes jambes et dis-moi.

Ma respiration s'accélère tandis que je glisse une main le long de mon ventre jusqu'au point ultra-sensible entre mes cuisses. Tout mon corps vibre d'excitation. Brûle de désir. Lorsque mes doigts rencontrent la moiteur entre mes cuisses, je gémis parce que ma main n'est qu'un piètre substitut à la sienne, le silence de la chambre vide qu'un prix de consolation minable, alors que je meurs d'envie de sentir le poids de son corps sur moi, et son souffle dans mon oreille.

– Je n'y arrive pas, dis-je en chuchotant. C'est *toi* que je veux.

Il gémit doucement.

– C'est bon de te l'entendre dire.

Je secoue la tête en retirant ma main. C'est trop. À la limite du supportable.

– Will, je dois te laisser.

Et je raccroche.

***

WILLIAM

C'était quoi, ça, bordel ?

Je regarde mon portable, sans comprendre pourquoi elle a mis fin à notre appel. *Putain.*

Je ferme les yeux en rejetant la tête sur l'oreiller.

Mais je sais bien que je ne vais pas beaucoup dormir cette nuit encore. Cally est trop présente dans mon esprit. Je la vois, là-haut, écartant les jambes à ma demande. J'entends son doux ronronnement, à peine audible, à l'instant où elle va jouir. Je vois sans arrêt ses lèvres qui ont l'air si douces avant que je l'embrasse, et tellement gonflées après.

Au premier coup frappé à ma porte, je crois que c'est mon imagination. Mais il se répète et j'entends une voix qui murmure mon nom tout bas.

– William ?

Quand j'ouvre la porte, je n'en crois pas mes yeux. Cally se tient devant moi, vêtue simplement d'un peignoir en éponge blanc.

– Cally.

Elle se contente de me regarder de ses grands yeux bruns de biche. Et, tout à coup, ses mains sont dans mes cheveux et sa bouche sur la mienne. Nom de Dieu ! Ses lèvres sont incroyablement douces, et sa bouche est si sucrée que je ne sais plus où j'en suis.

Entourant son visage de mes mains, je lui rends son baiser sans hésiter. Je mordille sa lèvre inférieure, et elle a ce petit miaulement de chaton qui me rend dingue. Du pouce, je dessine la ligne de sa mâchoire jusqu'à ce qu'elle ouvre les lèvres sous mon baiser, parce que je dois entrer. J'ai besoin de la goûter, de l'explorer.

Elle est à moi.

– Tu es sûre ?

– Je te promets d'être silencieuse.

Elle passe son pouce sur mes lèvres et je dois résister à l'envie de le prendre entre mes lèvres et de le sucer, pour voir ses yeux si expressifs s'enflammer de désir.

– S'il te plaît, dit-elle doucement. S'il te plaît, William. J'en ai besoin. J'ai besoin que quelqu'un de bien me caresse, s'il te plaît.

Je la prends par la taille et l'attire contre moi. Je glisse une main sous son peignoir et je passe mon pouce sur son nombril.

– Je ne suis pas quelqu'un de bien, Cally. J'ai foiré tellement de choses.

– Si, souffle-t-elle. Si bien que tu ne t'en rends même pas compte.

J'ouvre brusquement son peignoir et j'écrase ma bouche sur elle. C'est un avertissement. Je veux qu'elle sache que cette fois je ne vais pas la laisser partir sans me battre. Mais elle ne se dérobe pas. Elle gémit en balançant les hanches. Elle répond à mon désir brutal en me tirant les cheveux et en me mordant les lèvres.

Du pied, je referme la porte et je la plaque contre, comme s'il fallait une surface rigide pour contenir cette faim dangereuse qui m'anime. Quand je pose la bouche sur son cou pour sucer sa peau tendre, elle retient sa respiration et se presse contre moi avec ardeur.

Une nouvelle vague de désir me traverse brutalement et, tout à coup, j'ai besoin de voir ses yeux, de voir le plaisir sur son visage pendant que je la caresse.

Je recule, elle m'observe. Ses lèvres sont rouges et gonflées, ses paupières alourdies par le désir.

Je passe la main sur sa poitrine. Quand j'effleure ses seins, elle ferme les yeux et s'arc-boute sous ma caresse.

– Ce que tu es belle, dis-je d'une voix rauque d'excitation, enrouée par le désir désespéré qui ne m'a pas quitté depuis qu'elle m'a observé me caresser sous la douche. Bordel. Je suis perdu.

Je penche la tête sur son sein, je l'humecte de la langue. Je le prends dans la paume de ma main et j'aspire son téton. Elle pousse un cri dans mon cou et plante ses ongles dans mon épaule tandis que je suce et que je mords, alternant douceur et brutalité. Je suis peut-être trop brutal, mais je ne peux pas résister à ses gémissements, et je veux désespérément la faire mienne, la marquer de mon sceau.

Elle se balance contre ma cuisse. Je fais glisser les mains le long de ses jambes et je la soulève par les genoux, la coinçant contre la porte jusqu'à ce que ma queue se loge juste entre ses cuisses, ne laissant entre nous que le fin tissu de mon boxer. Elle croise les jambes autour de ma taille et me serre contre elle.

– Nom de Dieu, Cally, tu es trempée, je le sens à travers mon boxer.

– Qu'attends-tu pour l'enlever ?

Elle passe les doigts dans mes cheveux et attire ma bouche contre la sienne.

Je grogne en pressant les doigts sur ses hanches.

– Est-ce que tu sais seulement à quel point j'ai pensé à ton corps délicieux ? Sais-tu seulement comme ça me rendait dingue de te savoir endormie là-haut, si près de moi et pourtant hors d'atteinte ?

Je fais glisser le peignoir de ses épaules et je le laisse tomber sur le sol.

– Tu es si belle, c'est dingue.

Je baisse la tête et pose ma bouche ouverte sur ses seins. L'un après l'autre, j'en aspire les bouts dressés, je les mordille jusqu'à ce qu'elle crie et se tende encore plus contre moi.

– William, gémit-elle. S'il te plaît.

Je relève la tête, et mes doigts poursuivant ce que ma bouche a commencé, je presse son téton rose à la forme parfaite.

– Quoi, bébé ? Que veux-tu que je fasse ?

Elle frissonne et presse son sein contre ma main.

– S'il te plaît, peux-tu ?

Je veux qu'elle le dise, j'ai besoin d'entendre les mots de sa bouche, mais je ne résiste pas à l'envie de sentir encore son goût dans ma bouche, et je baisse de nouveau la tête vers son sein pour faire rouler ce téton sur ma langue.

– Seigneur, tu as si bon goût.

Elle emmêle ses doigts dans mes cheveux et tire, et quand je referme les lèvres sur elle pour sucer, le cri qu'elle pousse suffit presque à me faire jouir.

– William, gémit-elle d'un ton plaintif .

J'adore sa façon de dire mon nom en entier.

– Pénètre-moi, s'il te plaît.

J'en ai le souffle coupé. Enfin. Les mots que j'attendais. Mais je ne suis pas prêt.

En passant les mains sous ses fesses pour la porter, je pivote sur moi-même et je vais vers le lit à grandes enjambées. Je la fais glisser lentement contre moi pour l'asseoir sur le lit. Je lui saisis les hanches et je tire son bassin en avant jusqu'à ce qu'elle soit allongée, appuyée sur les coudes, les hanches au bord du lit. Alors je couvre son corps de baisers en partant des clavicules. Je passe entre ses seins, je descends le long de son ventre. J'effleure sa hanche de mes dents et me fraie un chemin sur son estomac. Je m'arrête au nombril, et je tourne autour de son piercing avec ma langue, puis je suce sa chair tendre.

Elle bascule son pelvis et je pose la main sur son sexe chaud et mouillé.

– Bon sang, tu es merveilleuse, je murmure.

Elle retient sa respiration en sentant ma main sur elle.

Je repositionne ses pieds sur le lit pour que ses genoux plient. Ainsi elle est offerte à ma vue. Alors je m'accroupis et je la regarde.

Elle tend la main vers moi.

– Qu'est-ce que tu fais ?

Un sourire flotte sur mes lèvres, et j'appuie doucement sur l'intérieur de ses cuisses jusqu'à ce que ses jambes s'écartent complètement et qu'elle soit entièrement exposée à mon regard.

– William, murmure-t-elle tandis que je caresse du bout du doigt son sexe gonflé si sensible.

Elle serre les jambes, mais je les écarte de nouveau et je baisse la tête pour la goûter.

Elle s'arc-boute contre moi en poussant des petits cris, et le son de ses gémissements, la sensation de ses doigts emmêlés dans mes cheveux, son goût sur ma langue finissent par rendre douloureuse la pression de ma queue dans mon short.

Mais je veux prendre mon temps. De la langue je fais des petits cercles sur son clitoris, je la sens qui tremble sous moi.

Je relève la tête et la regarde droit dans les yeux.

– Ne te retiens pas, Cally. Laisse-moi te faire jouir.

Je la pénètre avec deux doigts. Je la sens palpiter. Elle est si près, bordel. Je prends son clitoris entre mes lèvres et je le suce tout en couvrant sa bouche de ma main libre. Son sexe tremble sous ma bouche, palpite autour de mes doigts, et son cri s'étouffe contre ma main.

CHAPITRE 17

CALLY

– Bon Dieu, ce que tu peux être belle quand tu jouis.

Sans me quitter des yeux, il remonte le long de mon corps, tout en gardant une main entre mes jambes. J'ai les membres en coton, le corps totalement détendu, mais la chaleur de son regard suffit à rallumer la flamme en moi.

C'est comme ça. Tout à coup. Je veux que ça recommence.

William se couche sur moi et je croise les jambes autour de ses hanches. Dans ce mouvement, mon clitoris se presse sur sa grosse queue dressée à travers le fin coton de son short. Ce simple contact suffit à m'arracher un gémissement de plaisir, mêlé de désir et de nostalgie.

– J'ai fait tellement d'erreurs quand tu es sortie de ma vie. Quand tu es partie, j'ai perdu plus que ma petite amie. Je me suis perdu moi-même.

Du pouce, il dessine le contour de mes lèvres, et la tendresse que je lis dans ses yeux me bouleverse.

– Reste avec moi, Cally. Tu es ma boussole. Mon étoile du berger.

Ma gorge se serre et des larmes se pressent sous mes paupières.

– Je t'aime, dit-il dans un murmure.

Il pose un baiser au coin de ma bouche, sur mon oreille, et enfin sur mes joues où ses lèvres essuient mes larmes chaudes.

– Je t'aime depuis toujours.

Je secoue la tête, il faut qu'il comprenne.

– Ce n'est pas moi que tu aimes, tu aimes la fille que j'étais autrefois.

– Tu ne te rends pas compte à quel point tu es extraordinaire *aujourd'hui,* murmure-t-il en me regardant droit dans les yeux. Tout ce que tu fais pour tes sœurs et ton père… avoir laissé tomber ta vie du jour au lendemain ? Peu de gens de ton âge feraient ça. Tu travailles sans arrêt et tu te plies en quatre pour eux. Je n'ai pas besoin de mes souvenirs pour être fou amoureux de toi, Cally. Il me suffit de te connaître.

Mon cœur est à la fois comblé et brisé car je n'ai pas le droit de lui dire la même chose. J'ai tellement souvent dit *je t'aime* depuis que j'ai quitté William, à chaque fois je mentais. Je ne veux pas souiller ces mots en les prononçant.

– Fais-moi l'amour, William.

Un éclair passe sur son visage. Je n'ai pas choisi ces mots au hasard, et cela ne lui a pas échappé. Mais c'est ça. C'est ce qui va se passer entre Will et moi. Certaines personnes ont des rapports sexuels. D'autres baisent. Mais avec Will, que ce soit rapide ou lent, tendre ou brutal, après toutes ces années d'attente, je sais que je vais faire l'amour. Et c'est ce dont j'ai besoin maintenant. Plus que tout.

En moins de temps qu'il n'en faut pour le dire, il est debout à côté du lit, il vire son short et enfile une capote prise dans sa table de nuit. Je déglutis avec difficulté à la vue son sexe – long et épais, et un peu intimidant.

Il se rallonge sur le lit, la tête sur l'oreiller et me fait signe de venir. Je place un genou de chaque côté de ses hanches pour le chevaucher. Il me guide jusqu'à être exactement en place pour me pénétrer.

Je ferme les yeux, anticipant le plaisir mêlé de douleur que la taille de son membre va me procurer.

– Regarde-moi, m'ordonne-t-il en enfonçant ses doigts dans mes hanches.

J'ouvre les yeux et je le regarde avec intensité tandis qu'il me pénètre lentement. Mon corps doit se distendre pour le laisser entrer, mais il est patient et me laisse le temps de m'ajuster à sa taille. Dès qu'il est en moi, je suis tout près de jouir. Il m'écartèle et s'enfonce profondément, et ses yeux ne quittent pas les miens quand je commence à me mouvoir sur lui, initiant un rythme à nos deux corps alors qu'il se glisse profondément en moi, encore et encore. La pression monte en moi et mon corps se tend.

Il me tire en avant et m'empoigne les fesses. Quand sa bouche se referme sur un de mes tétons en tirant dessus, je vole en éclats, il resserre son emprise sur mes hanches et donne trois violents coups de boutoir avant de jouir en même temps que moi.

***

CALLY

– Pourquoi avoir résisté à ça si longtemps ?

Nous sommes allongés dans son lit, nus. La douce brise du ventilateur au plafond sèche nos corps en sueur. Après être allé dans la salle de bains pour jeter le préservatif, il est revenu se coucher et m'a prise dans ses bras.

– Je voulais peut-être te forcer à me supplier.

Il grogne.

– Si j'avais pensé que cela marcherait, je l'aurais fait.

Mais brusquement je n'ai plus envie de plaisanter. Il a droit à une vraie réponse.

– Parce que je vais repartir. Le fait de te quitter la première fois a failli me tuer. Je ne sais pas si je survivrai à une deuxième séparation.

En crochetant mon genou de son pied, il nous fait rouler pour se retrouver au-dessus de moi, les mains encadrant mon visage.

– Eh bien, ne repars pas. Tu as un boulot ici. Une maison. Pourquoi es-tu si pressée de retourner là-bas ?

Mon cœur se serre. Je voudrais accepter ce qu'il m'offre. Je voudrais redevenir la fille qui croit en des lendemains qui chantent. Je voudrais de nouveau être confiante et croire que rien n'arrive sans raison.

Mais je ne suis plus la fille que j'étais, et Will ne mérite pas que je fasse semblant de l'être.

– Ce n'est pas si simple.

– Ça peut l'être. Y a-t-il vraiment quelque chose là-bas que tu dois absolument retrouver, ou bien est-ce pour fuir quelque chose qui se trouve ici ?

J'ai la gorge si serrée que je peux à peine parler. Je ne peux pas supporter mes propres mensonges lorsqu'il me regarde avec autant d'amour.

– Reste, dit-il en posant un baiser au coin de mes lèvres. Il n'y a rien ici que tu doives fuir. Tu es à moi, quoi qu'il arrive.

Il m'embrasse de nouveau. Juste entre les seins cette fois. Juste sur mon cœur.

Il s'installe à côté de moi et me prend dans ses bras pour dormir.

– Salut Cally, murmure-t-il et, une seconde plus tard, je sens contre mon cou sa respiration régulière, alors qu'il se détend dans son sommeil.

Allongée contre lui, complètement éveillée, je regrette que les choses ne soient pas aussi simples qu'il le croit.

***

WILLIAM

La Belle au bois dormant est dans mon lit.

Les rayons du soleil matinal qui pénètrent par la fenêtre de ma chambre dansent sur le visage de Cally, et je ne peux me résoudre à la quitter. Pourtant je dois ouvrir la galerie dans un quart d'heure. Quelque chose chez cette femme fait disparaître toute la laideur des deux années qui viennent de s'écouler. L'erreur de mes fiançailles avec Maggie, et l'erreur encore plus grande de celles avec Krystal. J'ai horreur de me voir comme un cas typique de névrose. Le cliché du mec qui a perdu sa famille quand il était enfant et qui a passé sa vie à vouloir en créer une autre.

Mais avec Maggie, comme avec Krystal, j'étais obsédé par ce qui *serait*. Je pensais à assurer l'avenir – la famille, les enfants – je courais après une plénitude qui m'échappait toujours.

Ça n'a jamais été comme ça avec Cally. Même quand j'avais dix-huit ans. Et c'est toujours vrai maintenant. Cally m'enracine dans le moment présent, dans le « ici et maintenant ». Avec elle, le seul fait d'*exister* est si parfait que j'oublie toutes mes angoisses concernant le lendemain.

Ses longs cils noirs palpitent sur ses joues et, en gémissant doucement, elle roule sur le côté et se blottit contre moi. Elle s'est endormie dans mes bras hier soir après que je lui ai fait l'amour une deuxième fois. Je l'ai regardée dormir pendant un moment, me rappelent qu'elle était là pour de vrai, que je ne rêvais pas. J'allais me rendormir lorsqu'elle s'est mise à parler dans son sommeil.

« Je suis désolée » sont les seuls mots que j'ai pu saisir au sein d'un long murmure. *« Je suis désolée. Je suis tellement désolée. »*

Elle rêvait, mais j'ai eu l'impression que ces mots s'adressaient à moi, et cela m'a rendu triste de penser qu'elle ressentait tant de culpabilité. Mais désolée pour quoi ? Pour m'avoir posé un lapin autrefois ? Pour m'avoir laissé tomber par texto et s'être rendue inaccessible du jour au lendemain sans explication ? Pour être tombée dans les bras d'un autre type à peine un mois après m'avoir quitté ? À moins qu'il n'y ait autre chose ? Quelque chose que je ne sais pas ? Quelque chose que je ne voudrais pas savoir ?

En tout cas, cela ne change rien à mes sentiments. Ici, dans mon lit, avec le soleil du matin qui nous réchauffe, je suis plus certain que jamais que seule Cally compte pour moi.

– Humm, murmure-t-elle contre ma poitrine. Il faut que je me lève pour emmener les filles à l'école.

Je lui caresse les cheveux et les repousse derrière son oreille.

– C'est déjà fait.

Elle se redresse d'un bond et regarde le réveil.

– Merde. Je suis désolée.

– Ne t'en fais pas. Elles ont préféré te laisser dormir.

Je l'attrape par les hanches et la force à se rallonger dans le lit à côté de moi.

– Et moi, je voulais te garder dans mon lit le plus longtemps possible.

Elle roule sur elle-même et vient se serrer contre moi.

– Il y a un temps fou que je n'ai pas dormi comme ça..

– Il faudrait que tu dormes dans mon lit plus souvent.

– Ah bon ! Alors, comme ça, tu vas prendre mes insomnies comme prétexte pour faire ce que tu veux de moi ?

– Quand il s'agit d'avoir ton corps nu contre moi le plus souvent possible, je n'ai aucun scrupule.

– Tu sens bon, dit-elle en posant les lèvres sur ma poitrine. Elle me lèche : Et en plus tu as bon goût.

Je l'attrape par les mains et la fais rouler sous moi, si bien qu'elle est coincée, les mains au-dessus de la tête. Son regard est brûlant lorsqu'il croise le mien.

Je l'embrasse dans le cou, savourant l'idée que je laisse ma marque sur sa peau avec mes joues mal rasées.

– Quand repars-tu pour Vegas ?

Il faut que je le lui demande pour bien me rappeler qu'elle ne va pas faire partie de ma vie pour toujours, qu'elle en a décidé autrement.

– Je ne sais pas.

Elle lève les yeux vers moi, et tous ses doutes se lisent sur son visage.

– Je ne suis pas fan des relations à distance.

– Moi non plus. Mais je crois qu'elles ne sont pas impossibles. Si c'est vraiment nécessaire.

Elle se mord la lèvre inférieure.

– Ce n'est peut-être pas nécessaire.

– Qu'est-ce que tu veux dire ?

Je n'ose pas espérer.

– Je veux dire que j'avais l'intention de retourner à Las Vegas parce que je n'avais pas le choix, c'était nécessairement l'étape suivante. Mais…

Elle me regarde, hésitante. Prudente.

– Je veux dire que je vais envisager d'autres options.

Une vague déferle en moi, menaçant de me submerger. J'enfouis mon visage dans son cou et je la serre fort dans mes bras.

Je pose une série de baisers de son cou jusqu'à son oreille. Je prends son lobe entre mes dents et le mordille jusqu'à ce qu'elle pousse un petit cri. Je suis dans un rêve. Plus question d'aller à la galerie aujourd'hui. Je vais passer la journée entière dans mon lit, avec Cally.

– Il faut que je passe un coup de fil, je murmure

Je lâche une de ses mains, attrape mon téléphone sur la table de nuit et compose le numéro de Maggie.

Elle décroche au bout de quatre sonneries.

– Allô ?

On dirait que je la réveille. Tant pis, bordel !

– J'ai besoin que tu ouvres la galerie à ma place aujourd'hui.

Cally me caresse le dos de sa main libre en souriant.

– J'ai des projets avec Asher, répond Maggie.

Cally passe la main entre nous et effleure la pointe de ma queue du bout des doigts. Je pousse un grognement.

– Annule.

Je raccroche et je jette mon téléphone à travers la chambre.

Cally glousse sous moi.

– Quelle autorité !

Je reprends sa main baladeuse et la replace fermement au-dessus de sa tête.

– C'est *moi* le patron.

– Tu fais ça très bien.

– Tu aimes qu'on te donne des ordres ?

– Pas particulièrement. Mais quand ça vient de toi, c'est plutôt excitant.

Elle fait une petite grimace et frotte contre ma bite sa chatte chaude et humide. Elle n'a même pas besoin du recours de ses mains pour me faire perdre la tête.

– Putain, Cally. Tu vas me tuer.

Elle réitère le mouvement, en avançant les hanches. Je suis à deux doigts de la pénétrer.

– Ne me fais pas attendre.

– Il faut que j'attrape une capote.

Je serre les dents et je change de position pour éloigner un peu ma bite de sa chaleur mouillée. Je n'ai jamais eu autant envie de pénétrer une femme sans préservatif que maintenant. J'imagine déjà ce que je ressentirai en me glissant en elle, peau contre peau.

– Mon bilan sanguin est clean, murmure-t-elle. Je n'ai pas eu de rapports depuis quatre ans. Et pour le reste, il y a toujours la pilule.

Je m'immobilise en scrutant son visage. Je n'ai pas peur de la mettre enceinte. Ce ne sera malheureusement jamais un sujet d'inquiétude pour moi.

– Tu es sûre ?

Elle acquiesce en se mordant la lèvre.

Au moment où je m'apprête à me glisser en elle, elle m'arrête en posant les mains sur mes épaules.

– Qu'y a-t-il ?

L'idée d'être en elle sans cette barrière est terriblement excitante, mais je suis prêt à arrêter si elle a changé d'avis.

– Je voulais que tu sois le premier. Je regrette que tu ne l'aies pas été.

Bon sang.

– Cela n'a plus d'importance, maintenant.

Elle me caresse la joue du bout des doigts et hoche la tête.

– Ce qui est fait est fait. Je sais. Mais cette fois ? Je n'ai jamais eu de relations non protégées avec un homme. J'ai toujours fait attention. Alors, cette fois… c'est une première.

Je prends son visage entre mes mains et j'écrase ma bouche sur la sienne, en espérant lui faire ressentir tout l'amour douloureux et magnifique que j'éprouve pour elle à cet instant.

– C'est merveilleux, dis-je dans un souffle.

Puis je la pénètre lentement, nos regards rivés l'un à l'autre et nos corps unis dans une intimité totale. Peau contre peau.

***

CALLY

« *Reste. Tu n'as pas de raison de fuir. Tu es à moi. Quoi qu'il arrive.* »

Depuis que William m'a murmuré ça à l'oreille hier matin je ne pense plus à autre chose. Je réfléchis. Je pourrais peut-être rester. Ma vie, ça pourrait être ça. Mes journées passées avec, de l'autre côté du couloir, cet homme qui fait battre mon cœur plus vite, mes nuits dans son lit, avec ses mains sur moi. Une telle chance serait-elle possible ? Voudra-t-il encore tout ça avec moi une fois qu'il connaîtra la vérité ?

Cette pensée me ronge. J'aurais dû lui dire la vérité avant de coucher avec lui. Il y avait droit. Mais j'ai tellement peur qu'il ne me regarde plus de la même façon quand il saura, je ne suis pas prête à affronter ce regard.

– Buvez beaucoup d'eau, dis-je à ma cliente.

Je me force à m'extraire de ma rêverie et je lui tends une bouteille d'eau.

– Et pas de sport aujourd'hui. Laissez vos muscles au repos.

La femme prend la bouteille et me glisse un billet de vingt dollars. Ce pourboire qui s'ajoute aux soixante-dix dollars qu'elle a payés pour le massage constitue un excellent départ pour la journée.

– Je reviendrai, promet-elle. Ne quittez pas la ville tout de suite, sinon je vais devoir aller à Las Vegas pour mes massages.

– J'envisage de m'installer définitivement à New Hope, il faut simplement que je règle quelques détails.

– Ce serait super. Vous devriez vraiment le faire. Je vais vous envoyer une foule de clientes.

– Ce serait génial.

Je la raccompagne jusqu'à la porte et décide de faire un tour à la galerie pour une petite pause entre deux clientes.

Maggie est en pleine discussion avec une jeune femme, à l'arrière de la galerie, mais William n'est pas dans les parages. J'ai du mal à surmonter ma déception. Je commence à m'habituer à le voir, à entendre son rire, à sentir son regard sur moi quand je passe dans la pièce. Mais je me raisonne. Je le verrai ce soir. Je dois bien être capable de me passer de lui quelques heures.

– Cally ?

Une voix familière me fait sursauter. Je me retourne et mon sourire s'envole.

– Je t'ai retrouvée.

Les yeux noisette, les épaules larges, son épaisse chevelure brune parsemée de suffisamment de fils argentés pour lui donner l'air distingué, Brandon McHugh est toujours aussi séduisant que le jour où il a entrepris de me conquérir.

Mon estomac se noue et mon cœur se met à battre tellement fort que mes jambes cèdent sous moi.

– Salut Brandon.

Il me détaille de la tête aux pieds, ma queue de cheval, ma blouse verte, mes baskets.

– Tu travailles ? dit-il avec un sourire qui ne masque pas sa réprobation.

– Comme tu vois.

Brandon n'aime pas que ses femmes travaillent. Comment, dans ce cas, pourraient-elles être à sa disposition ? Si elles travaillent, elles ne dépendent pas de lui. Bien sûr, je n'ai jamais osé lui dire une chose pareille. Cela fait quatre ans que je me suis affranchie de sa domination, et c'est à peine si j'ose le *penser*.

– Bon Dieu, ce que tu m'as manqué !

– Je…

J'essaie de me contraindre à prononcer les mots qu'il veut entendre : *toi aussi tu m'as manqué.* Il veut m'entendre dire que je l'aime, qu'il m'a brisé le cœur quand il a commencé à folâtrer avec Quinn, qu'il me manque et que j'ai désespérément besoin de lui. Mais ce qui m'agite n'a rien à voir avec de l'amour ou du désespoir. C'est tout simplement de la peur.

Je ne me suis pas préparée à ça. Je ne m'attendais pas à voir mes deux univers entrer en collision – mon univers de Las Vegas venant insidieusement infecter mon univers de New Hope. Je ne veux pas de lui ici.

Brandon fronce les sourcils en me prenant la main.

– Tu trembles. Qu'est-ce qui t'arrive ?

Je me rends compte avec horreur qu'en effet je tremble comme une feuille. *Comment m'as-tu retrouvée ?* Il est vrai je n'ai rien fait pour me cacher. Je ne l'ai pas jugé nécessaire. Il n'était revenu à Vegas que depuis un mois environ quand ma mère est morte. J'ai cru qu'il s'était fait à l'idée que j'avais tourné la page. J'ai surtout cru que *lui* avait déjà tourné la page. Est-ce que c'était si stupide de ma part ?

– Que fais-tu ici ?

Ses yeux se plissent et il m'adresse son sourire innocent.

– Je suis venu te chercher.

CHAPITRE 18

WILLIAM

Cally est en bas, dans le showroom de la galerie, elle parle avec un homme qui sent le fric à plein nez. Je les regarde depuis la mezzanine, dévoré par la jalousie, ce qui est absurde parce qu'elle ne fait rien de répréhensible. D'ailleurs, elle est toujours en tenue de travail. Il pourrait tout à fait être un client, pour ce que j'en sais. Mais il y a chez lui, dans la façon dont il se tient à côté d'elle et dont il lui touche la main, comme une allure de propriétaire.

Après ce qui s'est passé ce matin, je me suis dit que j'allais la lâcher un peu. Je suis trop tenté de la toucher lorsque nous sommes ensemble, trop tenté de la supplier de rester chez moi après le départ des filles, de rester à New Hope jusqu'à la fin des temps. De rester avec moi pour toujours. Elle a besoin de temps pour prendre ces décisions en toute liberté. Elle n'a pas besoin que je lui mette la pression.

Sans prendre le temps de réfléchir, je dévale les escaliers dans sa direction, bien décidé à me mettre entre elle et cet inconnu.

– Bonjour, dis-je la main tendue. William Bailey. Je suis le propriétaire et le directeur de cette galerie. Je peux vous aider ?

Au moment où l'homme se tourne vers moi, je le reconnais avec un choc dont la violence me déstabilise, et je recule d'un pas. Il lâche la main de Cally pour serrer la mienne d'une poigne ferme et assurée.

– Brandon McHugh.

– Enchanté, Brandon, je réussis à dire, les dents serrées.

Je connais ce visage, ces yeux. Est-ce vraiment lui ? Il y a sept ans – mais je ne l'oublierai jamais – j'ai vu ses mains posées sur ma copine. C'est bien lui. Et maintenant il est ici.

– Est-ce que je peux faire quelque chose pour vous ? Je crois que Cally est attendue en haut.

– Ça marche bien, ton boulot ? demande Brandon, en reposant la main sur son épaule avec toujours cet air de propriétaire.

– Oui, répond vivement Cally. Très bien.

Puis, se tournant vers moi, elle ajoute :

– Brandon arrive de Las Vegas. Il était seulement…

– … venu pour essayer de trouver une œuvre d'art pour mon appartement de New York, achève-t-il pour elle.

Ils échangent un regard qui me fait m'interroger sur la nature de leur relation. Je n'ai jamais dit à

Cally que j'étais allé à Vegas cet été-là. Quand je l'avais vue avec Brandon, une main posée sur sa cuisse sous la table, j'avais supposé qu'ils sortaient ensemble malgré la différence d'âge, ce qui m'avait semblé inconvenant, pour ne pas dire illégal. Avais-je raison ? Étaient-ils en couple ? Elle, avec ses seize ans, et lui la trentaine bien sonnée ? Et que sont-ils l'un pour l'autre, aujourd'hui ?

– Suivez-moi, je vais vous montrer certaines de nos plus belles pièces.

– Je dois vraiment y aller, dit Cally à Brandon, d'une voix plus douce, presque hésitante, qui ne ressemble pas à sa voix habituelle. On se verra plus tard.

– Je l'espère, dit-il en la regardant avec tellement d'insistance que j'ai bien envie de lui mettre mon poing dans la figure. Je l'espère vraiment.

Cally se précipite en haut et je fais mon possible pour masquer ma jalousie et la colère que je retiens depuis si longtemps. Je ne vais pas céder à mes instincts d'homme des cavernes. Du moins pas tant que je n'ai pas une bonne raison de le faire. Au lieu de cela, je le dirige vers les œuvres les plus chères que nous exposons dans la galerie.

Comme je suis un con revanchard, je laisse entendre qu'il n'a pas les moyens de s'offrir ce magnifique vase en mosaïque de verre que Maggie a mis à quatorze cents dollars, pour rigoler. Et, comme à l'évidence, il prend ça pour une sorte de défi et l'achète, avec en plus une aquarelle surévaluée d'un clair de lune se reflétant dans la rivière, à New Hope. Je le fais passer à la caisse avec un sourire et je reste imperturbable quand il paie en cash.

Je ne recommence à respirer normalement qu'après son départ. Mais une foule de questions m'assaillent concernant la raison de sa visite et sa relation avec Cally. Ce matin, elle m'a dit qu'elle songeait à rester. La venue de cet homme risque-t-elle de remettre ses projets en question ?

***

CALLY

– Tu es venue, dit-il d'un air surpris en ouvrant la porte de sa chambre d'hôtel.

Il me fait entrer en me regardant de la tête aux pieds. Tout l'argent que j'ai gagné cette semaine est passé dans une robe noire et des hauts talons, achetés spécialement pour cette entrevue, car je n'ai pas osé me présenter dans une tenue qui lui aurait déplu. Brandon est persuadé que mon apparence est destinée à son plaisir exclusif et il s'attend à ce que je m'habille en fonction de ça. Après m'avoir examinée sous toutes les coutures, il me regarde dans les yeux et je vois qu'il approuve mon choix. Premier obstacle, surmonté.

Inutile de lui demander comment il peut s'offrir une chambre dans cet hôtel de luxe, dans le centre d'Indianapolis. Je suis sûre qu'il a des réserves de cash à l'abri, quelque part. De plus, il prendrait ça pour une insulte. Brandon ne tolère que ce qu'il y a de mieux, normal donc qu'il soit dans la suite présidentielle, au dernier étage. Autrefois, il m'emmenait dans ce genre d'hôtel à travers tout le pays, quand il était en voyage d'affaires. Il prétendait être un joailler international. Ses affaires avaient certainement une portée internationale, mais ce ne sont pas les bijoux qui inquiétaient les Fédéraux quand ils l'ont rattrapé, il y a quatre ans.

– Champagne ? propose-t-il.

Son valet de chambre me tend une coupe avant que j'aie eu le temps de répondre.

Je n'ai pas arrêté de trembler de toute la journée. Je n'avais jamais imaginé qu'il prendrait la peine de venir à ma recherche. J'ai vingt-trois ans maintenant après tout, ce qui pour Brandon est comme si j'en avais cinquante. Déjà avant de se faire arrêter et jeter en prison, il commençait à lasser de moi et cherchait des filles plus jeunes pour satisfaire ses désirs.

J'ai profité de son incarcération pour prendre le large. Les agents fédéraux avaient gelé tous ses avoirs, alors, même si je l'avais voulu, je n'aurais pas pu continuer à mener la grande vie. Donc j'ai pris un appartement avec des colocs qui fument du hash et j'ai bazardé la plupart des bijoux et des vêtements de couturiers que Brandon m'avait offerts. Quand j'ai découvert qu'une autre fille lui avait rendu visite en prison, j'ai eu un excellent prétexte pour mettre des distances et m’éloigner de lui. Je n’étais pas réellement jalouse, mais je me suis montrée un peu trop collante, j’ai fait semblant d’être blessée et ça a marché. Brandon aime trop courir les filles pour supporter une femme qui s’accroche. C’est ainsi que je l’ai manipulé. Il le fallait. On ne *quitte* pas Brandon Mc Hugh.

Quand il a été libéré de prison, je lui ai dit que j’avais tourné la page. Il l’a bien pris sur le moment et j’ai cru qu’il me laisserait partir. Mais le fait qu’il soit venu à New Hope prouve qu’il n’a jamais eu la moindre intention de me laisser vivre ma vie sans lui.

J’aurais dû m’en douter.

Je m’assois dans le canapé en face de lui, en essayant de calmer le tremblement de mes mains. Il faut que j’arrive à le convaincre de rentrer à Vegas et de me laisser finir ce que j’ai à faire à New Hope, mais je dois faire attention à ne pas le contrarier.

Je suis tentée de boire une gorgée de champagne pour me donner du courage, mais au moment où je porte la coupe à mes lèvres, je me ravise. Brandon est tout à fait capable d’avoir mis une drogue dans mon verre pour faire de moi ce qu’il veut. Je repose ma coupe de champagne sur la table basse entre nous.

– Tu travailles trop, me dit-il en m’examinant. Tu manques de sommeil. Les cernes sous tes yeux ne te mettent pas en valeur.

– C'est peut-être tout simplement que je vieillis, dis-je en faisant une moue comme si je voulais être rassurée.

– Tu es toujours belle, mais tu parais fatiguée. On ne peut rien me cacher, ma chérie.

Je hausse les épaules. *Travail* a toujours été un mot obscène pour lui – surtout en ce qui me concerne. Il n'a même pas voulu entendre parler de me laisser terminer le lycée. Je change de sujet.

– Qu'est-ce qui t'a décidé à venir ?

– Tu sais bien que je ne peux pas me passer de ce qui m'appartient.

Je frissonne en reconnaissant le ton déterminé d'un homme qui obtient toujours ce qu'il veut.

– C'était une surprise de te voir.

Je me penche vers lui avec un sourire forcé et j'ajoute :

– Une agréable surprise.

– Notre vol ne part que demain, dit-il. Cela te laisse le temps de faire tes bagages.

Je ne pars pas avec toi.

Ce n'est pas le manque de courage mais la présence d'esprit qui me retient de dire ça. À la place, je lance :

– Tu veux vraiment me faire marcher avec ça alors que j'ai déjà promis aux filles que je passerai Noël avec elles ?

– Et alors ? Oublie ta promesse. Je te renverrai avec tant de cadeaux pour ces petites pestes qu'elles seront ravies que tu repartes chez moi pour en avoir d'autres.

Il vient s'asseoir à côté de moi et prend mon visage entre ses mains.

– J'ai bien plus besoin de toi qu'elles.

Quand il pose ses lèvres sur les miennes, je ne fais rien pour me dégager. Je pose la main sur son épaule musclée et je le laisse m'embrasser. Quand sa langue effleure mes lèvres, j'ouvre les miennes, sachant que cette intrusion me coûtera moins que les conséquences d'un refus.

Quand il recule, son regard est voilé et sa respiration, saccadée.

– Ces lèvres m'ont manqué. Quatre ans, c'est trop long.

– Ça ne semblait pas être un problème pour toi quand tu étais avec Quinn, dis-je l'air bougon.

Je déteste jouer cette comédie, mais je n'ai pas le choix.

Il me prend le visage dans sa grande main.

– Oublie-la. Je suis là pour toi, maintenant.

– Laisse-moi un peu de temps, dis-je dans un murmure, en lui caressant la joue du pouce. S'il te plaît, Brandon.

Avant qu'il ne soit arrêté et condamné, j'étais devenue très forte pour le manipuler. Son obsession de moi était devenue son point faible. Mais j'ai été trop sûre de moi. Je n'aurais jamais dû avoir la faiblesse de croire qu'il me laisserait tranquille.

– Reste avec moi, ce soir, grogne-t-il. Il y a trop longtemps que je n'ai pas baisé ce petit corps si sexy.

Je me penche vers lui et pose un baiser sur ses lèvres, puis je me repositionne de façon à le chevaucher, et il se penche en arrière. Mon corps répugne à accepter ses baisers, mais je me penche en avant. C'est seulement quand il a remonté ma robe jusqu'à ma taille et que ses mains atteignent sa ceinture que je recule.

– Est-ce que je peux te demander quelque chose ? je murmure.

– Bien sûr.

– Voudrais-tu prendre une chambre dans cet hôtel où nous étions la première fois ? Tu te souviens ? Celui avec la vue sur les montagnes ? Je veux que nos retrouvailles soient spéciales.

Ses mains s'immobilisent.

– Elles le seront.

Je me mords la lèvre en détournant le regard.

– C'est certain, mais là je suis… je suis indisposée, dis-je. Ce qui est faux.

Il grogne et me repousse.

– Pourquoi ne l'as-tu pas dit plus tôt ?

Je me rassois sur les coussins à côté de lui, baisse la tête et le regarde entre mes cils.

– J'imagine que j'avais trop envie de te toucher. Il n'y a pas si longtemps, je croyais que tout était fini entre nous.

Il m'attrape le poignet et le serre.

– Ce ne sera *jamais* fini entre nous. Tu ne peux pas te débarrasser de moi.

– Tu m’as laissée pendant quatre ans, dis-je en tentant une moue. Et puis il y a eu Quinn. Je croyais que c’était *elle* qui comptait pour toi désormais.

Il m’attire violemment vers lui, il a les doigts brûlants.

– Qu’est-ce que je peux faire pour te le prouver ? Ce n’était qu’une passade. Tu es la seule que j’ai toujours voulue comme point d’ancrage dans ma vie.

Point d’ancrage. Les termes sont choisis.

– Donne-moi deux mois avec les filles. Après je rentrerai et tout pourra recommencer comme avant.

Je pose ma main sur la sienne qui serre toujours mon poignet.

– Tu peux rester avec moi, si tu veux.

Ma proposition est risquée, mais c’est un risque que je dois courir.

– Je ne peux pas, grogne-t-il.

Je discerne quelque chose qui ressemble à de la colère dans ses yeux.

– Ce putain d’officier de probation m’interdit de quitter le Nevada. Je dois rentrer avant qu’il ne s’aperçoive que je suis parti.

– On rattrapera le temps perdu après mon retour, je te le promets.

– Reste ma gentille petite fille. J’aurais horreur de devoir te remplacer.

Ce serait trop beau.

Il insiste pour que son chauffeur me ramène à New Hope, je lui demande de me déposer chez mon père. Je ne peux pas courir le risque que Brandon découvre que j'habite chez William.

J'ai deux mois de répit. Mais je ne retournerai pas à Vegas après. Je ne veux pas reprendre ma vie avec Brandon. Il ne faut pas non plus qu'il me trouve ici quand il reviendra me chercher. Si je ne veux pas être forcée de retourner vivre avec lui, je vais devoir me cacher.

CHAPITRE 19

WILLIAM

Il n'est pas loin de minuit quand Cally rentre à la maison. Elle avait prévenu les filles qu'elle rentrerait tard et elles ont dîné avec leur père. Drew s'est chargée de veiller à ce que tous les rituels du coucher de Gabby soient respectés. Mais moi, je n'avais pas eu l'information et j'ai attendu dans le noir, dans le salon, les yeux rivés sur la porte, comme si j'allais la faire venir plus vite. J'espère sans y croire qu'elle a passé la soirée avec Lizzy et Hanna, mais je sais bien que je me leurre.

Elle porte des hauts talons et une courte robe noire qui met en valeur ses longues jambes. Elle va droit à la cuisine, comme si je n'étais pas là.

Je la trouve près de l'évier en train de s'asperger le visage, je la fais pivoter sur elle-même et, glissant une main dans ses cheveux, je presse ma bouche sur la sienne. Elle pousse un petit cri et pose les mains sur ma poitrine en ouvrant ses lèvres sous les miennes.

Son baiser est terriblement suave, tellement chargé de quelque chose qui ressemble à de l'amour.

J'ai besoin de la sentir tout près. Je lui empoigne les fesses et l'attire violemment contre moi. Mais cela ne suffit pas à satisfaire ce désir qui bout en moi, alors je remonte sa robe jusqu'à la taille et je la soulève sur le plan de travail. Elle écarte les jambes et me tire vers elle par la chemise. Je détache ma bouche de la sienne pour descendre dans son cou. Comme elle passe la main dans mes cheveux, un gémissement de protestation très sexy s'échappe de ses lèvres.

Encore plus près, m'ordonne une pulsion primaire. Plus rien n'existe que nos deux corps. Rien, hormis ce désir impérieux de la posséder. De réclamer mon dû. De la *garder*. C'est bien cela qui est à l'origine de mon désir – la peur qu'elle ne me quitte de nouveau.

J'essaie de reprendre ma respiration et de ralentir. Je dessine ses lèvres du pouce puis je passe la main légèrement tout le long de son cou, avant d'emmêler mes doigts dans ses cheveux.

Elle penche la tête sur le côté pour offrir son cou à mes baisers et, tout en l'embrassant et en la mordillant je trouve la fermeture de sa robe que je fais glisser sur ses épaules. Puis je dégrafe son soutien-gorge, je le retire et le lance à travers la cuisine.

Ses seins sont lourds, ses pointes déjà dressées. J'en prends un dans ma main et titille son téton. De l'autre main, je glisse tout le long de son dos et je plonge les doigts sous la ceinture de sa culotte.

Sa respiration est saccadée à mon oreille et elle me tire par les cheveux pour m'attirer plus près. En poussant un gémissement, elle croise ses jambes autour de moi. Ses talons aiguilles se plantent dans mon dos.

– Sois à moi, Cally. Tu m'appartiens.

Elle s'immobilise dans mes bras et me repousse.

– Qu'as-tu dit ?

– J'ai besoin de savoir que tu es à moi. Ce connard à la galerie. Il est venu te chercher. J'en suis sûr.

Tout son corps se raidit.

– Comment le sais-tu ?

– Tu veux dire en dehors du fait qu'il était à deux doigts de la sortir de son pantalon et de te pisser dessus pour marquer son territoire ?

Je prends son pouce entre mes dents et je le mords doucement avant de le lâcher. Puis je prends le lobe de son oreille et je lui fais subir le même sort jusqu'à ce qu'elle se presse de nouveau contre moi.

– Tu étais avec lui, ce soir, je me trompe ?

– Ne jouons pas à ça, William, murmure-t-elle. Pas maintenant.

Elle ne nie pas et cela me déchire, mais j'ai réellement trop envie d'elle.

– Oublie le passé. Oublie l'avenir. Tu es ici en ce moment, et ce qui se passe entre nous est inévitable. Tu es à *moi*.

Je prends la pointe de son sein entre mes doigts et je la pince jusqu'à ce qu'elle pousse un cri étouffé, tout en roulant des hanches contre moi.

– Dis que tu es à moi.

– Non, souffle-t-elle brusquement.

Elle repousse mes mains brutalement.

– Non, je ne suis pas à toi.

Je recule en titubant.

– Dois-je comprendre que tu lui appartiens ? Après ce qui s'est passé entre nous la nuit dernière ?

La tristesse que je lis dans ses yeux me vrille le cœur.

– Je n'appartiens à personne. Je suis un être humain. Je ne suis pas un objet qu'on possède.

Elle retire ses chaussures et descend du plan de travail d'un bond. En rajustant sa robe, elle ramasse son soutien-gorge sur le sol et se dirige vers l'escalier. Je l'arrête.

– Cally ?

Elle baisse la tête mais ne se retourne pas.

– Je suis désolée, mais je ne peux pas te dire ce que tu veux entendre.

***

WILLIAM

Sept ans plus tôt

Samedi, en fin de matinée, l'aéroport d'Indianapolis bruisse de monde, et je fais les cent pas en attendant Cally à l'arrivée des bagages, trop nerveux pour rester assis.

L'avion en provenance de Las Vegas a atterri il y a vingt minutes, je ne l'ai pas encore vue, mais je refuse d'envisager le pire.

J'ai loué un petit bungalow pour après le bal, et j'ai déjà tout préparé, les pétales de roses, les bougies et le vin de fraises. Nous allons passer la nuit ensemble. Pour la première fois.

Mais ce n'est pas le sexe que j'attends avec le plus d'impatience. C'est de la tenir dans mes bras, de sentir le parfum de ses cheveux, d'avoir la certitude que je ne l'ai pas perdue.

Les gens autour de moi accueillent leurs proches, et je m'efforce d'éloigner cette sensation de déception qui m'envahit. Une mère laisse tomber son sac et tombe à genoux pour saisir une petite fille dans ses bras. Une jeune femme aux yeux brillants se jette au cou de son petit ami, percé et tatoué. Je m'écarte pour prendre du champ et je scrute la foule à la recherche de son visage.

L'agitation autour du tapis roulant des bagages diminue et les passagers s'éloignent les uns après les autres. Mon cœur se pétrifie dans ma poitrine et mon estomac se noue tandis que je regarde fixement le tapis roulant qui tourne à vide.

Tous les bagages ont disparu. Cally n'est nulle part.

D'une main mal assurée, je sors mon téléphone de ma poche et compose son numéro brusquement. Il sonne une fois puis je tombe sur sa boîte vocale.

Je réessaye. Cette fois, je tombe directement sur la boîte vocale.

Je m'apprête à essayer une troisième fois quand un message s'affiche sur mon écran.

J'ai eu un contretemps.
Désolée, je ne peux pas venir.

Je m'effondre sur un banc en me prenant la tête dans les mains. C'est fini. J'ai refusé de voir les signes parce que je ne voulais pas y croire, mais je suis bien forcé de l'admettre. Je l'ai perdue.

Comment pourrais-je lui rendre sa liberté alors qu'elle occupe encore toute la place dans mon cœur ?

***

CALLY

Aujourd'hui

– Tu n'as qu'à te dire que nous participons à une de ces émissions de télé où l'on rénove des maisons, tu sais celles que maman adorait regarder.

– Tu veux dire qu'on va voir arriver des animateurs sexy ? demande Drew, en traînant la jambe sur le chemin au bord de la rivière.

Elle n'est pas encore complètement réveillée, mais je me suis levée tôt après une nuit d'angoisse où j'ai très peu dormi, et je n'ai pas eu la patience de lui laisser faire la grasse matinée.

– Je vais avoir besoin d'un environnement acceptable pour pouvoir travailler si tôt un samedi matin, reprend-elle.

– Pas d'animateurs sexy, j'en ai peur. Mais le mec du service de dératisation a promis qu'il n'y aurait pas de rats non plus. Ça compense.

Il fait un temps merveilleux et je suis bien décidée à ne pas laisser ma rupture avec William, hier soir, gâcher ma journée. Cela devait arriver, tôt ou tard. C'est mieux comme ça.

Tout en me retournant dans mon lit, la nuit dernière, j'ai pris la mesure de tout ce que j'ai à faire avant de partir. Tout d'abord, je dois habituer les filles à se passer de moi. J'ai pris trop de choses en charge depuis trop longtemps. Elles sont assez grandes pour lessiver les murs et passer l'aspirateur et il est temps que je les fasse bouger. Après tout, elles vont vivre dans ce bungalow, et je ne serai pas là pour m'en occuper. Je ne serai probablement même pas en mesure de prendre le risque de revenir pour vérifier que tout va bien.

Je ne veux pas trop y penser.

– Je ferais mieux de choisir la couleur de la peinture pour notre chambre, grommelle Drew.

– J'ai envie d'abattre une cloison, dit Gabby.

– Il n'en est pas question. J'aurais bien trop peur que la maison s'écroule.

Nous quittons le chemin pour entrer dans les bois vers la maison de mon père.

– C'est qui tout ce monde ? demande Drew.

Je suis son regard et je manque de trébucher. Plusieurs voitures sont garées dans l'allée qui mène à la maison. D'ici, je distingue William et deux types que je reconnais vaguement. En approchant, je vois Lizzy et Hanna appuyée sur la Dodge Charger de Lizzy et derrière elles…

Drew me serre le bras et se fige sur place.

– Oh… Mon… Dieu…

Je le vois en même temps qu'elle. Asher Logan, grimpé à l'arrière d'un gros pick-up noir, tend des fournitures aux autres.

Drew semble être sur le point de tourner de l'œil.

Je me mords les lèvres pour ne pas éclater de rire.

– Que disais-tu au sujet d'un environnement acceptable ?

– Qu'est-ce qu'il est beau ! murmure Gabby.

Je lève les yeux au ciel.

– Sérieux ? Toi aussi ?

Mais, soudain, je m'aperçois que ce n'est pas d'Asher qu'elle parle. Elle a les yeux fixés sur un des copains de Will, le grand brun aux épaules larges et au sourire ravageur. Celui qui plaît à Hanna. Max.

– Allons-y les filles, dis-je en me lançant dans l'arène. Règle numéro un, ne jamais leur laisser voir qu'on bave devant eux.

– Surprise ! crie Lizzy quand elle nous voit arriver.

Je me plante devant elle, les mains sur les hanches.

– Il y a une teuf ici et personne ne m'a rien dit ?

– C'est la fête de la rénovation, dit Lizzy.

Elle saute sur place en faisant bondir ses boucles.

À côté de moi, Drew fait la grimace.

– Ça devrait être interdit d'être aussi survolté avant neuf heures du matin.

Mes yeux croisent le regard de Will. Je sais, sans avoir besoin de le lui demander, que c'est lui qui est à l'origine de tout ça. Il se contente de me faire un clin d'œil comme s'il ne s'était rien passé dans la cuisine hier soir. *Ce mec est juste parfait.*

– Vous n'étiez pas obligés de faire ça.

Les mecs haussent les épaules.

– On doit bien ça à Will. En même temps, on est contents de rendre service.

– Ok, tout le monde, annonce Will. La benne à ordures sera là incessamment. On commence par la moquette et le lino de la cuisine. Après ça, on s'occupera des murs, comme ça on pourra installer le nouveau revêtement de sol cet après-midi.

– Le nouveau sol ? dis-je dans un souffle.

Les autres se dirigent tous déjà vers la maison et moi, je reste plantée là, à regarder Will comme une idiote.

– Un nouveau revêtement de sol, dit-il prudemment sans me quitter des yeux. Et deux ou trois éléments de mobilier.

Je reste bouche bée. Je sais que je devrais ressentir… quelque chose. N'importe quoi, mais pas cette espèce de détachement perplexe, comme si je me retrouvais brutalement transportée dans la vie de quelqu'un d'autre.

– Mais… comment ?

– Hé ! Bailey, crie Max depuis le porche de la maison, où doit-on mettre les meubles ?

– J'arrive !

Will me fait un clin d'œil et disparaît dans la maison.

Deux heures plus tard, la vieille moquette et le lino ont disparu, Sam et Asher sont sur le toit en train de réparer les fuites, et Max et William ont attaqué les planches pourries de la terrasse, qu'ils remplacent par des planches neuves. Le soleil est haut dans le ciel et ses rayons passent à travers les arbres, réchauffant cette journée d'automne. William enlève sa chemise et la jette par terre, offrant son torse à ma vue au moment où je colle du scotch sur les vitres pour peindre les fenêtres.

À mes côtés, Drew s'éclaircit la gorge et me donne un coup de coude.

– Règle numéro un, ne jamais leur laisser voir qu'on bave devant eux !

À midi, je ne sais plus si j'ai envie d'engueuler William ou de lui baiser les pieds. Tout d'abord, le camion est arrivé avec le revêtement de sol, puis un autre camion a apporté une nouvelle cuisinière et un frigo, puis un troisième a livré des meubles neufs pour le salon et des lits en mezzanine pour les filles avec des bureaux qui viennent en dessous.

C'est trop, et s'il n'y avait que moi, je n'accepterais pas tout ça. S'il n'y avait que moi, je serais en colère. Mais Gabby et Drew sautent d'excitation, et au lieu d'être en colère, je suis tout simplement… reconnaissante. Je suis reconnaissante envers William de faire ça pour elles. Je lui suis reconnaissante parce que, pour une fois, tout ne repose pas sur mes épaules. Malgré tout, il y a quelque chose de dérangeant dans cet assaut de générosité. Quelque chose qui ne me plaît pas.

– Jusqu'à quel point me détestes-tu en ce moment ? demande William dans mon dos.

Je me retourne lentement. Il est tout en sueur après avoir arraché la moquette et il me dévisage d'un air un peu inquiet, mais jamais de ma vie je n'ai trouvé quelqu'un aussi attirant.

Je l'attrape par la main et l'entraîne sur le côté de la maison où nous pourrons parler en échappant aux regards indiscrets.

– Merci d'avoir organisé tout ça.

Il passe les doigts dans les miens.

– Il n'y a pas de quoi.

Je m'oblige à lui poser la question qui me taraude de plus en plus à mesure que les cadeaux se succèdent.

– Tu es bien conscient que cela ne change rien entre nous, d'accord ?

Son sourire s'évanouit.

– Que veux-tu dire ?

– Tu ne peux pas m'acheter, William. J'apprécie tout ce que tu fais pour nous, mais je ne suis pas à vendre.

– Je n'ai jamais pensé ça.

Il serre les dents et sa mâchoire se contracte. Il passe la main dans ses cheveux bouclés et regarde la cime des arbres comme pour se contrôler, mais ses yeux lancent des éclairs quand il les repose sur moi.

– Tu crois vraiment que c'est pour ça que je l'ai fait ? Tu crois que c'est pour ça que je t'ai fait un prix pour le studio et que je vous ai proposé, à toi et à tes sœurs, de venir habiter chez moi ? Tu crois que j'essaye de *t'acheter* ? Putain, pour quel espèce de salaud me prends-tu ?

– Non ! Bien sûr que…

Mais je ne peux pas nier que c'est exactement ce dont je viens de l'accuser. C'est exactement ce qui me fait peur.

– Hier soir, tu m'as accusé de te traiter comme un objet que l'on possède, mais je n'ai *jamais* pensé à toi de cette façon. Un objet qu'on possède, on le contrôle, on en fait ce qu'on veut.

Il m'attire vers lui jusqu'à ce que mon corps soit tout contre le sien et sa bouche contre mon oreille.

– Je ne veux pas te contrôler. Je veux que tu sois à moi. Tu ne vois pas la différence ?

Mon cœur bat la chamade, cognant douloureusement dans ma poitrine, comme s'il voulait échapper à cette conversation.

– Pour beaucoup de mecs, il n'y en a pas.

Il n'y en avait pas pour Brandon.

– Je veux ton cœur. Ça ne m'intéresse pas de l'acheter ou de le contrôler. Je veux que tu me le donnes librement. Parce que toi tu possèdes déjà le mien. Depuis toujours. Et pour toujours.

– Et mon corps ?

Je n'ai pas pu m'en empêcher. Il faut que je sache :

– Pour certains hommes, être à eux signifie porter les vêtements qu'ils choisissent, exprimer les opinions qu'ils m'imposent et les laisser me baiser comme ils veulent me baiser.

Une de ses mains me prend par la taille et il attire mon corps contre le sien, en me plantant les doigts dans la hanche.

– Je ne veux pas te dire comment t'habiller. Que tu portes une jupe sexy ou ta tenue de travail, la seule chose que je souhaite, c'est te *dés*habiller. Et je ne veux pas posséder ton esprit, je veux l'explorer.

Il m'effleure l'oreille de ses lèvres en parlant. Le désir se répand comme un courant électrique le long de ma colonne vertébrale.

– Mais, moi aussi, je veux que tu me laisses te baiser comme je veux te baiser. Mais seulement parce que je suis à toi, au même titre que tu es à moi, et qu'à chaque fois que je te touche, j'ai l'impression que j'ai été mis sur cette Terre pour te faire jouir.

Sa bouche s'ouvre sur la mienne. Je m'accroche à lui, je plante mes ongles dans ses épaules, mes jambes flageolent. Il me colle contre le mur de la maison et soudain, je voudrais que tous les autres disparaissent, pour que je puisse lui faire tenir la promesse que je lis dans ses yeux.

– Tu es à moi, Cally, murmure-t-il, et je me contrefous que ça fasse trop macho et possessif pour toi, parce que quand il s'agit de toi, je suis vraiment comme ça.

CHAPITRE 20

WILLIAM

J'ai passé une journée de merde ! Premièrement, je désire tellement Cally que c'en devient douloureux. Ensuite, malgré notre petite mise au point chez son père, elle m'a évité après que les filles ont été couchées, hier soir. Et finalement, même quand elle me met en colère, je suis plus heureux que je ne l'ai été depuis des années.

Mais c'est surtout une journée merdique parce que Cally et ses sœurs retournent chez leur père ce soir, et que même si je sais que je la verrai presque tous les jours à la galerie, le seul fait de la laisser partir, d'une façon générale, contrarie tous mes désirs.

En rentrant chez moi, après le travail, je suis assailli par une odeur d'ail et de basilic. Je n'ai pas fait deux pas que je vois apparaître Drew vêtue d'une chemise blanche sur un pantalon noir, une serviette de table en lin sur le bras.

– Monsieur est servi, par ici je vous prie, dit-elle en me montrant la salle à manger.

– Qu'est-ce qui se passe, Drew ?

J'entre dans la salle à manger où Gabby, habillée comme sa sœur, tire une chaise et me fait signe de m'asseoir.

La table est dressée pour deux personnes, des bougies allumées au centre de la table font danser des ombres sur les murs. Un plat de spaghettis, une salade et du pain à l'ail sont servis, et une bouteille de vin est posée dans un seau à glace en inox. Je la soulève, c'est du vin de fraises.

– C'est une idée de Cally ?

Drew sourit et secoue la tête.

– Non, elle n'est pas encore rentrée.

Elle sort son téléphone de sa poche et regarde l'heure.

– Elle ne va pas tarder.

– Elle est au courant ?

– C'est une surprise, dit Gabby en souriant. Pour te remercier de ton accueil.

Un élan de tendresse pour elles deux soulève ma poitrine.

– Et le vin de fraises ?

De toutes les bouteilles disponibles dans la cave, je suis curieux de savoir comment elles ont su que c'était celle-là qu'il fallait choisir pour Cally et moi.

– C'est celui que Cally préfère, dit Drew en haussant les épaules. Elle ne boit pas souvent, mais quand elle boit, c'est ce qu'elle prend.

Bon sang. Je déglutis :

– Merci.

On entend la porte d'entrée.

– Drew ? Gabby ?

Drew se précipite pour l'accueillir, et Gabby se contente de me sourire.

– Par ici, dit Drew en faisant entrer Cally dans la salle à manger. Votre dîner vous attend.

Cally reste bouche bée et elle ouvre de grands yeux en me voyant assis à la table dressée pour deux.

– C'est toi qui as préparé ça ?

Je secoue la tête.

– Ce sont tes sœurs qui ont tout organisé.

Gabby tire la chaise en face de la mienne.

– Je t'en prie, prends un siège.

Cally s'exécute et observe, fascinée, les filles remplir nos assiettes et nos verres.

– Bon appétit, dit Drew en posant une clochette en argent sur la table :

– N'hésitez pas à sonner si vous avez besoin de quelque chose. Nous serons dans le salon, pour regarder un film.

– Si vous ne nous appelez pas, vous aurez toute l'intimité que vous voudrez, ajoute Gabby en hochant la tête.

Sur ce, les deux filles quittent la pièce.

Cally passe les doigts sur sur son verre de vin.

– Du vin de fraises ? dit-elle avec un hochement de tête étonné.

– Drew a dit que c'est celui que tu préfères.

Elle me sourit en prenant une gorgée de vin.

– Elle a raison.

– Rien n'a changé.

Elle se raidit.

– Au contraire, tout a changé.

Je n'ai pas envie de discuter. Pas ce soir. Alors je change de sujet de conversation.

– Est-ce que les filles sont impatientes de dormir dans leurs nouveaux lits ?

– C'est sûr. Et mon père est prêt à les accueillir. Elles lui manquent. Et je crois qu'il leur manque aussi. Il a prévu de les emmener au Musée des Enfants à Indianapolis et Drew n'a même pas protesté.

Elle sourit.

– Je t'ai dit qu'il avait trouvé un deuxième boulot ?

– C'est vrai ? C'est super !

– Apparemment, son obsession pour tout ce qui est spirituel a fini par payer. Il a obtenu un poste de conférencier au Centre. Ce n'est pas très bien payé, mais ce sera d'un grand secours en attendant son boulot d'assistant à la fac, au deuxième semestre. Ça, plus son poste de chercheur à temps partiel, je crois que je vais finalement me sentir à moitié rassurée sur sa capacité à entretenir les filles.

Soudain son téléphone se met à sonner. Elle le sort de sa poche et regarde l'écran. Une ombre passe sur son visage. De l'inquiétude ? De l'angoisse ?

– Cela ne t'ennuie pas que je réponde ?

– Je t’en prie.

Elle sort de la pièce pour répondre, mais j’entends ce qu’elle dit.

– Allo… Tant mieux… Tu me manques aussi… Je sais… Non, je ne peux pas t’en parler maintenant… Je suis en réunion… Je te le promets… Toi aussi.

Elle reprend sa place en évitant mon regard.

– C’était Brandon ?

Elle se fige, la fourchette en l’air, puis elle la repose avant de répondre.

– Oui.

Je n’essaie pas de prétendre n’avoir pas écouté.

– Il te manque.

– C’est… compliqué.

Elle secoue la tête :

– Et d’abord, comment es-tu au courant pour nous ? Que t’a-t-il dit quand il est venu à la galerie ?

Je prends une longue gorgée de vin avant de répondre. Elle n’est pas au courant de mon voyage à Las Vegas pour venir la chercher après qu’elle m’avait largué.

– Alors c’est pour lui que tu m’as quitté, dis-je en pesant mes mots.

Elle fronce les sourcils.

– Je ne t’ai pas quitté pour un autre homme. Je… Attends. Qu’est-ce qui te fait croire ça ? Que t’a-t-il dit ?

– Je suis allé à Vegas il y a sept ans. Cet été-là. Je suis venu et j’ai retrouvé ta trace. Ta voisine m’a dit que tu étais dans un restaurant chic, alors j'ai pris un taxi et, effectivement, tu étais là-bas. Tu portais une robe élégante – et tu buvais du vin avec un type riche, plus âgé. C'était Brandon.

– Tu es venu à Vegas ?

– Ma petite amie avait disparu de la surface de la Terre, dis-je doucement. Je n'ai pas accepté que ce texto soit les derniers mots entre nous.

– Je n'en savais rien.

– Tu parlais de Brandon hier. C'est lui qui te disait comment t'habiller, quoi penser et… comment baiser ? dis-je en baissant la voix.

Elle joue avec sa nourriture dans son assiette et évite mon regard. J'ajoute :

– Tout a changé depuis son passage.

– La visite de Brandon n'a fait que me rappeler que ma vie n'est pas aussi simple qu'à l'époque où je vivais ici quand j'étais ado.

– Rien ne t'oblige à être avec un mec comme lui. Tu mérites mieux.

– Je t'en prie. Ne jouons pas à ce petit jeu.

Je prends une grande inspiration avant de lui poser la question que j'évite depuis un moment.

– Est-ce que tu l'aimes encore ?

Cally relève la tête et me regarde droit dans les yeux.

– Si c'était le cas, persisterais-tu à dire que je suis à *toi* ?

– Non.

Mon cœur se serre et je ne comprends pas sa question qui ne cadre pas avec le désespoir que je lis sur son visage.

– Si tu l'aimais, s'il était celui que tu veux…

J'avale ma salive :

– Je veux que tu sois à moi. Je ne vais pas dire le contraire. Mais tu ne peux pas appartenir à quelqu'un à qui tu ne te donnes pas.

Elle reste bouche bée et son regard s'adoucit.

– C'est tout à ton honneur de penser ça, William Bailey.

Nous continuons notre repas en silence pendant quelques minutes, bien qu'il serait plus exact de dire que nous ne mangeons pas beaucoup l'un et l'autre. Quand je n'y tiens plus, je tends la main à travers la table, je prends sa main dans la mienne et je serre. Nous achevons notre repas et nous portons les assiettes dans la cuisine avant d'aller rejoindre les filles au salon.

– Alors ça y est, vous êtes fous amoureux et déjà prêts à faire des bébés ? demande Drew d'un ton blasé, depuis le canapé.

Cally saisit un coussin et lui en donne un coup sur la tête.

– Idiote. Prends tes affaires. On y va.

On entend un coup de klaxon devant la maison et Drew et Gabby se lèvent d'un bond et attrapent leurs sacs.

– C'est papa, s'écrie Drew, en courant vers la porte d'entrée. Soyez sages tous les deux.

Le claquement de la porte résonne dans toute la maison et nous nous retrouvons seuls.

– Je ferais mieux de partir, murmure Cally en regardant ses pieds.

– Juste un dernier verre, je te le promets. Ça me désole de gâcher une bonne bouteille de vin.

Il reste trop de non-dits, ce soir.

– Si tu me prends par les sentiments. Tu me rejoins dans le patio ?

Je prends la bouteille de vin et je la retrouve en train de regarder les étoiles.

– J'aurais dû me douter que tu regarderais tes étoiles.

Elle me sourit tristement.

– C'est tellement beau. Je crois qu'elles m'ont plus manqué que je ne le croyais.

– Tu fais toujours des vœux en les regardant ?

Je m'assois dans le fauteuil à côté d'elle et je lui tends un verre de vin.

– Merci.

Elle prend le verre mais ne boit pas :

– Il y a longtemps que je n'en ai pas fait.

– Pourquoi ?

– Ce sont des enfantillages, je suppose.

– Ce n'est pas ce que tu disais à l'époque.

Elle me regarde d'un air las.

– Je ne suis *plus* celle que j'étais avant.

Je serre les mâchoires.

– Il n'y a pas que toi qui aies changé. Tu n'es pas la seule à avoir dû prendre des décisions difficiles.

– Tu parles ! C'est toi, qui viens de remeubler toute notre maison, qui dis ça ?

Elle croise les bras et regarde ailleurs.

Cela me rend furax.

– L'argent ne fait pas tout. Je sais que tu as toujours pensé le contraire, mais tu n'imagines pas ce que ça a été pour moi de grandir sans mes parents, tu n'as pas idée de ce que je donnerais pour savoir ce que c'est que de les avoir avec moi.

– Peut-être que l'argent ne fait pas tout, mais ça aide, dit-elle doucement. Tu avais de l'argent, ça veut dire que tu n'as pas eu à prendre autant de décisions difficiles que moi. Quant à mes parents ? D'accord, ils n'étaient pas morts, mais…

Elle se lève brusquement :

– Bon sang. Je n'ai pas envie de parler de ça.

Je la rattrape près de la porte-fenêtre et j'appuie la main sur la vitre pour l'empêcher de l'ouvrir. Je serre les dents de frustration. La peur de la perdre me noue l'estomac. Tout ce que nous n'avons pas dit me rend malade, mais j'ai trop peur des réponses pour exiger la vérité.

– Tu n'as pas envie de parler de quoi, exactement ?

Elle se tourne alors vers moi, coincée entre la fenêtre et moi qui la bloque avec une main de chaque côté.

– Je n'ai pas envie de jouer à *qui a eu l'enfance la plus malheureuse.*

– Ce n'était pas non plus ce que je cherchais à faire. Tu te fermes chaque fois que le passé revient sur le tapis, comme si j'étais incapable de comprendre ce qu'a été ta vie après ton départ d'ici.

– Parce que toi tu parles de ce qu'a été la tienne, peut-être ? dit-elle, sarcastique.

– Tu n'as qu'à me le demander.

– Maggie et toi vous étiez ensemble.

Ce n'est pas une question.

– Brièvement.

Je n'ai pas envie d'aborder le sujet. Pas avec Cally. Mais si c'est la condition pour qu'elle me parle d'elle, alors allons-y.

– Elle tient toujours à toi. Elle a peur que je te fasse souffrir. De nouveau.

– Je suis un grand garçon. Je n'ai pas besoin que Maggie me protège.

– Pourtant, c'est ce qu'elle fait.

Elle porte lentement la main à mon visage, et je demeure parfaitement immobile, résistant au désir de poser un baiser sur sa paume. Résistant au désir de l'embrasser jusqu'à ce que nous oubliions tous les deux cette conversation et que nous ne pensions plus à autre chose qu'à nos deux corps.

– Et ensuite, tu as épousé Krystal, sa sœur.

Il ne lui a pas fallu longtemps pour être au courant. Mais à quoi s'attendre d'autre ? On est à New Hope. Tout se sait ici. Et peut-être même au-delà. Je ne serais pas surpris qu'elle ait appris la rumeur avant même de revenir à New Hope.

– Krystal et moi n'avons jamais été officiellement mariés.

Même s'il faut dire qu'on a été trop près de l'être pour que je ne sois pas embarrassé. C'est stupide de ma part.

– Cela semblait être la bonne décision, à l'époque. Mais ça n'a pas marché, et c'est mieux ainsi.

– Mais tout le monde est si protecteur avec toi. Pour eux ce n'est pas toi, le méchant dans l'histoire.

– Je me suis planté. Mais elles m'ont pardonné.

Ses yeux se baladent sur ma bouche avant de remonter pour croiser les miens.

– Avec laquelle des deux as-tu merdé ?

Je serre les poings pour résister à la tentation de la toucher.

– Avec les deux.

– Ouais, tu ne me caches rien, c'est ça ?

– Seigneur ? C'est ça que tu veux ? Tu veux savoir où j'ai merdé ? Tu me racontes si je te raconte ? C'est ça ? Qu'essaies-tu si désespérément de me cacher ?

– Nous avons tous nos parts d'ombre que nous ne voulons dévoiler à personne.

Je me passe une main dans les cheveux en me détournant. Parce qu'elle a raison. Et je ne peux pas lui avouer mon plus grand échec en la regardant droit dans les yeux.

– Après mon départ pour l'université, Maggie… a eu besoin de moi.

– La pauvre petite fille riche a eu besoin de toi ? Je vois le genre.

– Ce n'est pas à moi de te raconter pourquoi, mais ce je peux te dire, c'est que *moi,* j'ai merdé. Elle est venue me voir, elle avait besoin d'aide et moi, je l'ai remise dans un bus et l'ai renvoyée chez elle.

– Tu n'avais pas à te sentir responsable d'elle. Tu étais étudiant, tu n'étais encore qu'un gamin toi-même.

Et j'étais accro à une fille qui m'a largué pour une espèce de riche connard qui avait au moins quinze ans de plus que moi. Je baisse la tête.

– Ce n'est pas la question. Elle était terrorisée, et je l'ai renvoyée tout droit dans l'arène.

– Quelle arène ? dit-elle en secouant la tête. Je ne vois pas ce qu'il pouvait y avoir de si grave. La femme de ménage n'avait pas suffisamment bien rangé sa chambre ? Elle n'avait pas assez de garçons à ses pieds ?

Elle essaye de me faire sortir de mes gonds, mais je ne mords pas à l'hameçon.

– Tu ne comprends rien. Tu n'es pas la seule qui ait dû faire des choix merdiques, et moi non plus. Quand j'ai compris ce que j'avais fait sans le vouloir, je n'ai pas pu me pardonner. Je me suis mis dans la tête de la protéger et quand je suis rentré après mon diplôme, cette obsession s'est transformée.

– Tu es tombé amoureux d'elle.

Je hausse les épaules.

– Je l'aimais. Ça ne veut pas dire que c'était une relation saine.

– Et Krystal ?

– Krystal a ramassé les morceaux quand Maggie m'a quitté. Elle m'aimait et elle voulait les mêmes choses que moi. Elle m'a fait oublier que j'avais perdu Maggie.

– Et toi, tu l'aimais ?

– Bien sûr. Je ne lui aurais pas passé la bague au doigt si ce n'était pas le cas.

– Mais Maggie venait juste de te quitter. Pauvre chéri au cœur brisé, il ne t'a fallu que quelques secondes pour tomber amoureux de sa sœur. Tu t'es remis aussi facilement de notre séparation ?

Quand je me retourne, elle a la main sur la bouche. Le regret se lit sur son visage.

– Je n'aurais pas dû dire ça.

– Parce que tu connais déjà la réponse.

– Je ne suis pas si différente de Maggie, murmure-t-elle. Tu as toujours voulu me sauver. Me réparer, moi et ma famille en morceaux. Bon Dieu, regarde-nous en ce moment. Tu voles à mon secours, une fois de plus.

– Je le fais parce que je peux le faire, et parce que je veux le faire. Où est le mal ?

– Je veux autre chose.

Elle peut avoir plus. Elle peut avoir tout ce qu'elle veut. N'importe quoi.

– Tout ce que tu veux.

Elle lève la tête pour regarder à nouveau ses étoiles.

– Je ne veux pas qu'on vienne à mon secours. Je connais. Je suis déjà passée par là. J'ai déjà éprouvé le dégoût de soi-même que cela procure.

– Dis-moi ce que tu veux.

– Je veux un homme qui soit autant sauvé par mon amour que moi par le sien.

Elle hausse les épaules :

– Un jour. Mais je n'en ai pas *besoin*. Tout ce dont j'ai besoin pour l'instant, c'est d'aider mes sœurs et de passer à autre chose.

– J'en ai assez que tu évites toujours d'aborder ton passé.

Je ne m'attends pas vraiment à ce qu'elle me révèle quoi que ce soit, alors je suis surpris quand elle se met à parler.

– L'histoire d'amour entre ma mère et le Vicodin est devenue une véritable obsession. Elle était trop défoncée même pour continuer à faire des pipes à vingt dollars.

Je sursaute.

– Cally…

– On avait des bons de nourriture, mais elle les vendait pour s'acheter ses médocs. Cent dollars censés nous permettre d'acheter à dîner pour mes sœurs et moi se transformaient en une poignée de précieux cachetons pour elle.

Les larmes lui montent aux yeux et elle détourne le regard.

– Un mois après notre arrivée à Vegas, j'ai dû trouver un boulot, puis deux boulots, mais ça ne suffisait jamais. Et quand je t'avais au téléphone, tu me racontais tes préparatifs pour aller à l'université, tu parlais de choisir la voiture que ta grand-mère allait t'offrir quand tu aurais terminé le lycée. Tu vivais dans un univers totalement différent du mien et je ne l'ai pas supporté.

Je la prends par l'épaule et la force à se tourner vers moi.

– Tu aurais dû m'en parler. J'aurais pu t'aider. J'aurais pu…

– Quoi ? dit-elle en partant d'un rire froid et creux, complètement dénué d'humour.

Elle me repousse et je recule en baissant les bras :

– Qu'est-ce que tu aurais pu faire ? M'envoyer de l'argent ? Et encore m'envoyer de l'argent ? Un garçon de dix-huit ans face à la responsabilité d'entretenir une famille de quatre personnes ? Ma mère aurait bouffé tout ton héritage avant même que tu n'aies achevé tes études.

– Je me contrefous de cet argent. Je t'aurais tout donné sans hésiter.

– Je t'aimais, murmure-t-elle. Je t'aimais assez pour te rendre ta liberté. C'est la vérité. D'ici peu, je vais être obligée de recommencer, et ce sera encore la vérité, même si tu ne peux pas l'admettre.

Je la prends dans mes bras et la serre fort contre moi, trop fort, tellement je suis terrifié à l'idée de ce qui va se passer si je la lâche.

– Ne repars pas. J'ai besoin que tu recommences à croire. J'ai besoin que tu sois courageuse. Si tu ne me lâches pas, je ne te lâcherai pas.

Elle s'accroche à moi, ses mains entourant mes biceps tandis qu'elle se hisse sur la pointe des pieds pour poser un baiser sur ma bouche. Je la serre fort, en mettant tout ce que je peux dans ce baiser jusqu'à ce que son corps se libère de toute tension.

– Je ne peux pas rester, souffle-t-elle. Profitons du moment présent. Il ne peut pas durer toujours. Je t'en prie, ne me demande pas quelque chose que je ne peux pas te donner.

Je ne réponds pas. Je refuse de penser à ce pour quoi elle va me quitter – ou pour qui. Je la soulève du sol et je l'emporte dans mon lit. Je la déshabille lentement et je caresse tout son corps des mains et des lèvres. Quand je la pénètre, elle s'accroche à moi et pousse un cri de plaisir dans mon cou. Je la fais jouir, encore et encore, prenant tout ce qu'elle m'offre de son corps, puisque je ne peux pas avoir son cœur.

CHAPITRE 21

CALLY

Depuis le début du mois, les feuilles ont changé de couleur, les journées se sont rafraîchies et je sens que la fin de mon séjour à New Hope s'approche à grands pas. Chaque jour supplémentaire passé me fait craindre un peu plus le retour de Brandon. Il m'a promis de me laisser deux mois, mais comment se fier à la promesse d'un homme égoïste ? Si j'étais raisonnable, je partirais tout de suite.

Depuis que les filles et moi sommes retournées chez mon père, la vie est trompeusement agréable. Avec William nous allons assister à des matchs de football et encourager l'équipe de son université, puis il me ramène chez lui et il me fait l'amour. Je ne cesse de lui répéter que notre histoire est sans lendemain, mais je vois bien qu'il croit pouvoir me faire changer d'avis.

Mon père s'est installé dans son rôle de père de famille responsable de ses filles, et bien que l'argent ne coule pas à flots, j'ai quand même pu en mettre un peu de côté pour ma nouvelle vie.

Thanksgiving approche et, ce matin, William m'a dit qu'il voudrait que nous donnions un dîner chez lui pour nos amis et nos familles. Je vais devoir partir avant Thanksgiving, alors ses projets me remplissent de désespoir. Il s'est mépris sur ma réaction et s'est moqué de mes piètres talents de cuisinière, tant et si bien que nous avons fini par tellement rire tous les deux que mes craintes se sont dissipées. Et il a passé le reste de la matinée à me faire l'amour.

Tous les jours, je m'aperçois que je compte les heures qui me séparent du moment de rentrer à la maison, impatiente de retrouver William, pour savourer les quelques jours qui nous restent. Aujourd'hui ne fait pas exception.

Mais je dois d'abord finir avec ce client. C'est la troisième fois en trois semaines que Carl York vient se faire masser. Normalement, cela ne devrait pas me poser de problème. Mais le fait qu'il ait mentionné *au moins dix fois* que sa femme l'avait quitté et qu'il se sentait terriblement seul me met un peu mal à l'aise, pourtant, je ne m'attarde pas sur cette impression.

– C'est terminé.

Je repositionne les draps pour lui couvrir la poitrine.

– Prenez votre temps, je vous verrai dans la salle d'attente.

Il grogne.

– À quelle heure est votre prochain client ? J'aimerais prolonger de trente minutes.

– D'accord.

C'est une chose que je ne fais pas habituellement, à moins que le client n'ait prévenu avant le début de la séance, mais je suis libre et j'ai besoin de cet argent, ce serait stupide de refuser.

– Je peux vous accorder trente minutes supplémentaires. Y-a-t-il un point sur lequel vous voulez que j'insiste ?

Je n'ai pas le temps de dire ouf, le voilà qui saisit ma main et la presse, à travers le drap, sur son membre en érection.

– Juste là, bébé.

Je frappe du poing sur sa queue, puis je lui retourne la main et j'appuie.

– Garce ! crie-t-il.

Je lâche sa main en reculant, l'estomac révulsé.

– On va s'arrêter là, monsieur York. Mais si jamais vous tentez à nouveau quelque chose comme ça, je vous ferai un massage en profondeur sur les couilles. Vous m'avez comprise ?

Il roule sur le côté et remonte les genoux sur son estomac en gémissant. Ce sale con a eu ce qu'il méritait. Je préfère recommencer à me nourrir de sandwichs au beurre de cacahuètes et vivre avec des rats plutôt que de travailler avec un mec qui me traite comme ça.

Je m'apprête à sortir de la pièce, mais il m'arrête quand j'arrive à la porte.

– Inutile de jouer les vertus outragées. Je sais qui tu es. Je me suis renseigné. Tu veux faire croire que tu vaux mieux que ta mère, mais moi, je connais la vérité.

Je quitte la pièce en tremblant comme une feuille. Je ne veux pas me trouver là quand il s'en ira, alors je vais sur la mezzanine de la galerie. Maggie, qui tape sur son portable assise sur le canapé, me lance un regard inquiet.

– Tout va bien ?

Je me force à sourire.

– Ouais, ça va. C'est juste que…

J'ai juste le temps de courir au lavabo avant de vomir. Mon estomac est secoué de spasmes qui se répètent jusqu'à ce que je n'aie plus rien à vomir que de la bile.

– Ah ouais ! Tu tiens la forme, c'est sûr, marmonne Maggie.

Je l'entends qui se lève, mais je ne la regarde pas. Je ne veux pas qu'elle voie mon visage décomposé. Cela fait près de quatre ans que je fais des massages et jamais personne n'a tenté ce genre de chose. Mais aucun de mes clients ne connaissait mon passé. Aucun d'entre eux ne savait qu'il fut un temps où je vendais mon corps pour éviter que mes sœurs ne se retrouvent à la rue.

Je me rince la bouche et nettoie le lavabo, mais je laisse couler l'eau. Le bruit de l'eau me donne une illusion d'intimité dont j'ai besoin pour l'instant. Quand, enfin, je me retourne après avoir fermé le robinet, Maggie est appuyée contre le mur, les bras croisés.

– Carl York ? Sérieux, tu as laissé ce minable monter sur ta table de massage ?

J'affiche un sourire de circonstance.

– Il t'a fait bonne impression à toi aussi, on dirait. Il est encore là ?

– Non, il est parti, et il n'avait pas l'air content de toi. Que s'est-il passé ?

– Il voulait que je le branle. Il m'a mis la main de force sur sa queue, putain !

Maggie en a le souffle coupé.

– C'est une agression, Cally. Il faut appeler les flics. Tu dois porter plainte.

Je secoue la tête.

– Je ne peux pas me permettre de faire ça. Cela ruinerait mon boulot. Pas en ce moment. Pas au moment où je parviens à mettre autant d'argent de côté possible pour commencer une nouvelle vie.

– Au contraire. C'est exactement ce qu'il faut faire. Porter plainte quand un connard se permet ce genre de chose. Cela envoie un message clair sur le genre de travail que tu fais. Tu dois t'assurer que les gens ne croient pas que tu fais autre chose.

– Et pourquoi ça ?

Je lève la tête. Je sens monter en moi la colère que je contiens depuis un quart d'heure.

– Crois-tu que le spa à côté du campus s'assure que ses clients savent qu'ils ne sont pas là pour « donner du plaisir » ? Pourquoi en irait-il autrement pour moi ?

– Ne le prends pas comme ça.

– Je veux savoir. Pourquoi est-ce différent pour moi ? Parce que je suis pauvre, alors mon institut de massage est obligatoirement une couverture pour ma vraie activité qui est de faire des branlettes ? C'est ça que les gens pensent ? Ou peut-être pensent-ils que comme ma mère a cru que c'était ce qu'elle *devait* faire, je pense la même chose ?

Un voile de tristesse assombrit son regard.

– Ce n'est pas parce que ce que les gens pensent de toi est injuste qu'ils vont changer d'avis. Tu peux me croire. Je sais ce que c'est.

– Qu'est-ce que tu sais ? dis-je avec un rire sans joie. Tu es une *Thompson.* Tu as de l'argent et de l'influence. Tout le monde vous aime, vous, dans cette ville.

Son visage change et quelque chose vient remplacer la compassion dans son regard. Quelque chose de dur.

– Tout le monde se fichait bien que je sois une Thompson quand ils ont découvert que le shérif me sautait. J'avais quinze ans et il trompait sa femme. Avec moi. Le fait que je ne sois pas consentante n'était qu'un détail pour les gens du coin. Il a quitté la ville, et certains ont considéré comme tel ce qu'il avait fait – un homme qui avait de l'autorité sur moi, un homme beaucoup plus âgé qui abusait de cette autorité pour assouvir ses désirs pervers. Certains l'ont compris. Ils ont compris que j'étais une victime. Ils ont compris que même quand tu en pinces pour le meilleur ami de ton père et que tu portes des t-shirts moulants quand il est là, *non* c'est *non.*

Elle hausse les épaules.

– Mais les autres ? Les autres n'ont *jamais* compris ça. Tu étais loin quand la majeure partie de cette ville s'est détournée de moi à cause des fautes d'un adulte, mais c'est ce qui s'est passé, et je ne te permets pas de me dire que je ne *sais rien* simplement parce que ma famille a de l'argent.

La honte et la gêne me serrent la gorge. Non seulement je me montre aussi moralisatrice que les autres, mais en plus j'aurais dû savoir. C'est ce dont William parlait quand il m'a dit qu'il n'avait pas été là pour Maggie. C'est la partie de l'histoire qu'il ne m'a pas racontée.

– Seigneur, Maggie. Je ne me doutais pas.

Elle prend une grande inspiration et son expression se radoucit.

– Cela s'est arrangé, mais j'ai fait en sorte de les empêcher de décider qui je suis à ma place. Tu vas devoir faire la même chose. Ne laisse pas les jugements qu'ils portent sur ta mère influencer le regard que tu portes sur toi-même. Ta mère a fait certaines choses pour de l'argent, mais toi tu vaux mieux que ça.

Je bats des paupières en reculant jusqu'à me cogner l'épaule dans le mur.

– Ma mère a fait ce qu'elle devait faire. Je n'ai compris ça qu'au moment où je me suis trouvée réduite aux mêmes extrémités. Au moins elle n'était sous la coupe de personne quand elle s'est vendue.

– C'est possible, dit Maggie. Mais ce que ta mère a fait ou pas n'est pas ce qui importe. Certaines personnes se moquent de connaître la vérité. Elles croient ce qui les arrange. Surtout les connards du genre de Carl qui ne cherchent que des prétextes.

– Ne parle pas à William de ce qui s'est passé aujourd'hui.

Elle m'observe un moment en se mordillant la lèvre inférieure.

– Je ne suis pas sûre que tu aies raison.

– Je ne prendrai plus de rendez-vous avec Carl. Ça va aller. Je t'en prie.

Elle croise les bras, je lis la réprobation dans ses yeux.

– C'est comme tu veux, mais pense à ce que je t'ai dit, d'accord ?

Je ne sais pas ce que William ferait s'il apprenait ce qui s'est passé ce soir, mais je suis sûre que, tout comme Maggie, il voudrait que je porte plainte. Cependant, je ne peux parler à personne de ce que Carl a fait parce que j'ai bien trop peur qu'il raconte ce qu'il sait sur moi.

– Maggie, que fait Carl dans la vie ?

– C'est une espèce de détective privé, je crois. Il prend des photos de maris qui trompent leurs femmes, ce genre de trucs.

J'avale ma salive et je lui demande à contrecœur,

– As-tu la moindre idée de qui pourrait l'avoir engagé pour faire des recherches sur moi ?

Maggie fronce les sourcils.

– Qui pourrait faire une chose pareille ?

En fait, je connais déjà la réponse.

***

Tu veux faire croire que tu vaux mieux que ta mère, mais moi, je connais la vérité.

Si quelqu'un a engagé un détective privé pour se renseigner sur mon passé, William ne va pas tarder à découvrir ce que je n'ai pas eu le courage de lui dire. Je me suis fait prendre et je suis passée devant le juge des mineurs quand j'ai rencontré le deuxième homme à qui Anthony m'avait envoyée. Je n'en ai pas le moindre doute, c'est comme ça que Carl York a découvert la vérité à mon sujet. J'ai cru que rien ne serait inscrit sur mon casier judiciaire mais je n'ai pas eu cette chance. Quand, à dix-neuf ans, j'ai été arrêtée pour cambriolage, le tribunal a décidé d'instruire l'affaire et de ne pas prescrire ce délit. Après la condamnation de Brandon, j'ai essayé de récupérer un coffret de bijoux que j'avais laissé dans une de ses maisons. Seulement voilà, la maison ne lui appartenait plus et je me suis fait prendre.

Est-ce que j'avais l'intention de dire la vérité à William au sujet de mes premières années à Vegas ? Ou bien est-ce que j'espérais que mon passé allait tout simplement disparaître si je le souhaitais assez fort ?

Je sais ce qu'il me reste à faire et, en sortant de mon salon de massage, je vais droit à ma voiture. Il n'y a aucun doute dans mon esprit quant à l'identité de la personne qui a engagé Carl, et je veux m'assurer qu'elle me laisse dire la vérité à William avant qu'elle ne puisse le faire.

L'institut de beauté Vénus est un endroit chic où toutes les étudiantes de la fac se font coiffer et manucurer. L'endroit bourdonne comme une ruche ce vendredi soir, il n'y a pas un fauteuil de libre et il y a même plusieurs personnes dans la salle d'attente.

J'aperçois Meredith immédiatement en entrant dans le salon.

Quand elle me voit, elle croise les bras et s'approche de moi.

– Vous désirez quelque chose ?

Tous les regards se tournent vers nous.

– J'aimerais vous parler en privé.

Elle serre les dents et me regarde avec dégoût, comme si ma présence la révulsait.

– Très bien. Suivez-moi.

Nous traversons le salon. Les employées s'arrêtent de travailler pour nous suivre du regard tandis que je la suis dans son bureau. Je pourrais jurer que j'entends l'une d'elles marmonner *briseuse de ménages* derrière mon dos.

Meredith ferme la porte derrière moi.

– Que puis-je faire pour vous ?

Je fronce les sourcils en la voyant s'asseoir. Son visage est blême.

– Vous vous sentez bien ?

Elle fait un geste agacé.

– Tout va bien.

– Je …

J’aurais dû prendre le temps de réfléchir. Qu’est-ce que je vais dire ? Comment vais-je la convaincre de tenir sa langue ? Et si elle accepte d’attendre, aurai-je vraiment le courage de tout raconter moi-même à William ?

Avant que je trouve ce que je vais dire, elle me montre le fauteuil en face du sien.

– Voulez-vous vous asseoir ? Je désirais vous parler de toute façon, donc, en fait, ça tombe bien que vous soyez là.

Je déglutis. Bon Dieu, est-ce que j’arrive trop tard ?

– J’ai une proposition à vous faire.

– Une proposition ?

– Vingt mille.

Je croise les bras.

– Vingt mille quoi ?

– Dollars.

J’en ai le souffle coupé. Je la regarde en clignant des yeux.

– Vous me faites chanter ?

Mon cœur bat à se rompre.

– Quoi ? Comment pourrais-je vous faire chanter ?

– Je ne dispose pas d’une telle somme.

– Précisément. C’est pourquoi je vous l’offre. Vingt mille dollars. Considérez que c’est un petit cadeau que je vous fais. Je suis au courant pour la maison de votre père.

J’ai l’impression d’être tombée dans la mauvaise conversation. Je ne comprends rien à ce qu’elle dit.

Quoi qu'elle affirme à William, je sais qu'elle me déteste. Pourquoi voudrait-elle me donner de l'argent ?

– Qu'y a-t-il avec la maison de mon père ?

Elle hausse les sourcils.

– La saisie ? La vente aux enchères ? Comment ? Vous êtes trop occupée à baiser mon mec pour avoir le temps de lire votre courrier ? J'ai des amis à la banque. Votre père a dix-huit mois d'impayés sur son hypothèque. Ils lui ont laissé le temps de se retourner, mais le délai a expiré. La banque va procéder à la vente. Je suppose que vous vous en fichez. Vous allez simplement vous installer avec toute votre bande chez Will et continuer à lui pomper tout son fric, c'est ça ? Quelle classe !

Mon estomac se révulse douloureusement.

– La maison de mon père est saisie ?

Elle se penche vers moi en plissant les yeux.

– Vous n'êtes vraiment pas au courant ?

– Je n'en savais rien.

Elle n'est pas si loin de la vérité. J'ai été trop absorbée par mon propre conte de fées sans lendemain.

Dit-elle la vérité à propos de la maison ? Est-ce que mon père est au courant ? Est-ce qu'il me l'a caché ? Tout à coup, je repense au reste de ce qu'elle vient de me dire.

– Vous m'offrez vingt mille dollars pour sauver notre maison ?

Elle se met à rire.

– Ça y est ! Vous finissez par comprendre. Bravo !

– C'est quoi le piège ?

Elle baisse les yeux sur son bureau en tambourinant de ses doigts aux ongles parfaitement manucurés. Elle n'a pas la voix aussi assurée lorsqu'elle reprend.

– Je pense que vous le savez.

– William, dis-je doucement.

– Vous êtes revenue dans cette ville comme si vous ne l'aviez jamais quittée. Vous arrivez et vous rentrez directement dans sa vie, sans même penser que vous m'en chassez. Je vais vous donner vingt mille dollars. Cela vous permettra de conserver la maison de vos petites sœurs et ensuite de partir d'ici.

Elle croise les bras et se renfonce dans son fauteuil.

– À moins que vous ne vous contentiez de prendre l'argent et de ficher le camp, en mettant toute votre famille dans la merde comme vous avez fait avec Will en revenant. Je m'en fiche. La seule chose que je veux, c'est que vous partiez.

Mon monde se met à tourner à toute vitesse tandis qu'elle m'explique tout ce qu'elle a déjà arrangé – un compte à mon nom sur lequel elle va virer l'argent dès qu'elle sera sûre que j'ai rompu définitivement avec Will et que j'ai quitté la ville.

Quand elle a fini, je lui demande :

– Et si je n'accepte pas ?

En soupirant, elle secoue la tête.

– Ne soyez pas stupide, Cally. William va bien finir par revenir à la raison et par voir que vous n'êtes pas la fille avec laquelle il veut passer sa vie.

– Est-ce pour cela que vous avez engagé Carl York ? Pour que je n'aie pas le choix ? Pour que je sois obligée d'accepter votre argent ?

– Carl York ? Le détective privé ? Pourquoi est-ce que je l'aurais engagé ? La saisie est un dossier public.

J'ai l'impression d'avoir pris un coup au plexus solaire. Si ce n'est pas elle qui a engagé Carl, alors qui ?

– Réfléchissez-y, dit-elle. C'est beaucoup d'argent.

– M'acheter pour me faire partir ne vous ramènera pas William. Il n'est pas à vendre.

Je n'utilise pas ces mots par hasard. Je vais volontairement à la pêche pour voir si elle en sait plus qu'elle ne dit, pour voir si elle va dire : *Contrairement à vous*.

– C'est un risque que je suis prête à courir. Will et moi, ça marchait bien. Il me reviendra. Mais vous voulez savoir la vérité ?

Non, je ne veux pas savoir la vérité. Je veux me cacher dans des rêves fantasmés où il est question de souhaits et de destin. La vérité n'a jamais été bonne pour moi.

– Même s'il ne me revient pas – mais il le fera, ne nous leurrons pas –, cela en vaudrait la peine jusqu'au dernier centime, rien que pour que je ne sois plus obligée de le voir avec vous.

***

Facture d'électricité, facture de gaz, facture d'eau… J'ai les mains qui tremblent en triant le courrier qui s'empile sur le plan de travail, dans la cuisine chez mon père.

Je me fige sur place quand je le vois. Le logo de la banque de New Hope, au coin gauche de l'enveloppe. La lettre adressée à mon père explique comment la vente aux enchères va se dérouler et le montant qu'il doit payer avant vendredi prochain s'il veut garder sa maison.

Mon estomac se noue et mon cœur se serre. Je ne prends conscience de sa présence que lorsqu'il s'éclaircit la gorge.

– Je leur ai envoyé tout ce que je pouvais.

Des rides creusées par l'inquiétude plissent son front et, soudain, il paraît beaucoup plus vieux qu'il ne l'est en réalité.

– Si tu leur as envoyé de l'argent, pourquoi la maison est-elle saisie ?

Il me prend la lettre des mains et la tape nerveusement sur le plan de travail.

– J'avais déjà beaucoup de retard, je n'ai pas réussi à le rattraper assez vite.

Je ferme les yeux.

– Si tu m'en avais parlé, nous aurions pu réduire les pertes sur cette maison et vous auriez pu déménager, les filles et toi. Au lieu de cela, tu as jeté l'argent par les fenêtres, et maintenant, tu vas tout perdre.

– Je pensais que ça s'arrangerait.

Il y a tellement de tristesse dans ses yeux, cela me fend le cœur. Un des hommes les plus intelligents que je connaisse, pris au piège de ses illusions.

– Ça ne marche pas comme ça, papa. Les choses ne peuvent pas s'arranger toutes seules. Tout s'écroule et tout ton travail, tous les sacrifices que tu as faits, sont anéantis.

– Alors, cela veut peut-être dire que l'Univers sait que nous n'avons pas besoin de tout ça, dit-il doucement.

– Non !

Je pointe mon index vers son visage et tout mon corps se met à trembler de rage.

– L'Univers veut que tu règles tes propres problèmes. Et ce n'est pas quelque chose qui va s'arranger en faisant des vœux en regardant les étoiles. Le destin ne va pas fondre sur toi pour te sauver la mise.

– Il y a une raison à tout, Cally. Tu dois le croire.

– Le croire ? Ce que je crois, moi, c'est que toute cette histoire d'Univers n'est qu'un prétexte qui permet aux gens de ne pas assumer la responsabilité de leurs actes. Le monde que tu décris est un monde de rêve pour les hommes qui n'arrivent pas à assumer le fait qu'ils ont laissé tomber leur famille.

J'ai envie de l'insulter, de lui dire le fond de ma pensée. J'ai envie de lui hurler à la figure que pendant qu'il était en Inde à se dire que « rien n'arrive sans raison », j'étais à Vegas à me vendre au plus offrant.

Mais je me retiens. Je garde la vérité enfouie au fond de moi parce que même si j'ai vendu mon corps, je n'ai pas vendu mon cœur. Et mon cœur m'empêche de détruire mon père avec ce que j'ai fait.

– Tout ce que tu m'avais fait croire n'était qu'une illusion. J'ai cru à toutes ces conneries sur la magie et nous avons tout perdu.

Je veux bien lui épargner une partie de la vérité, mais il faut qu'il comprenne les conséquences de ses croyances.

– Lorsque nous sommes arrivées à La Vegas, j'ai cru que c'était de *ma faute* si nous avions une vie merdique. Je n'avais pas voulu partir et je l'avais fait savoir. Quand Gabby pleurait dans son lit le soir parce que son morceau de pain ne suffisait pas à la rassasier, je pensais que je ne *croyais* pas assez. Ne me sers pas tout ton arsenal de fadaises spirituelles pour expliquer que nous perdons la maison. Parce que c'est à *toi* que nous le devons.

Les yeux de mon père s'emplissent de larmes et je regrette le peu que je lui ai dit. C'est alors que, du coin de l'œil, je vois Drew sortir précipitamment de la pièce.

– Merde !

– Je ne me doutais de rien, dit mon père.

L'horreur que je lis sur son visage est telle que je m'en veux terriblement de ce que j'ai dit. J'aimerais pouvoir emballer la réalité terrifiante de nos débuts à Las Vegas et l'enfouir quelque part où elle ne viendrait plus faire souffrir personne.

– Bien sûr, dis-je dans un murmure.

Ma colère retombe aussi vite qu'elle est montée, et maintenant je me sens vide.

– Tu aurais dû… Si j'avais su… Ta mère disait…

– Ouais, moi aussi je regrette que tu ne l'aies pas su.

Je hausse les épaules maladroitement.

– Le passé est le passé. Et nous avons survécu.

– Ta mère ne m'a jamais dit que ça allait aussi mal.

Elle était trop défoncée. Mais je ne le dis pas.

– Il faut que je parle à Drew.

Je laisse mon père digérer le choc et je retrouve Drew seule dans sa chambre, assise dans un coin, les genoux remontés sous le menton.

– Tu as tout fait pour que je finisse par aimer cette bicoque, et maintenant on va la perdre aussi, marmonne-t-elle.

– Je suis désolée, Drew. Je vais trouver un moyen d'arranger ça. Je te le promets.

– Appelle Brandon, dit-elle. Appelle-le et dis-lui que nous avons besoin d'argent pour la maison. Il t'en donnera.

Je ferme les yeux. J'ai volontairement caché à Drew une partie de la réalité de ma relation avec Brandon. Je n'aimerais pas qu'elle sache la vérité au sujet de sa grande sœur. Mais, en fin de compte, elle le voit comme il se voit lui-même, comme un chevalier en armure qui a surgi de nulle part pour empêcher ma famille de se retrouver à la rue.

– Nous ne pouvons pas demander ça à Brandon, dis-je prudemment. Je ne suis plus avec lui.

– Dans ce cas, tu as eu tort, vraiment tort, de nous faire venir ici, putain ! Gabby a fini par se comporter comme une fille normale et maintenant elle va se retrouver SDF.

Je déglutis, mais je n'arrive pas à faire passer la culpabilité et le regret qui se coincent dans ma gorge.

Elle hausse les épaules et tire sur la moquette avec ses doigts de pied.

– Est-ce que ça veut dire que nous allons devoir quitter New Hope ?

– Non, bien sûr que non, dis-je précipitamment. Vous restez. Il faut que je trouve un moyen pour la maison, mais vous, vous restez, absolument.

Elle me regarde droit dans les yeux.

– Et toi ?

– Moi, je ne peux pas, je murmure.

Et cela me brise le cœur.

CHAPITRE 22

CALLY

Je suis follement amoureuse de William Bailey, et cela fait un mal de chien.

Quand j'étais petite, je croyais que je tomberais amoureuse un jour. Je croyais qu'aimer serait aussi naturel que respirer. Je croyais que l'amour était inévitable et que ce serait comme d'être enveloppée dans une couverture chaude et douillette un jour d'automne.

J'avais raison sur tous les points, sauf le dernier. Je n'imaginais pas à quel point l'amour peut faire souffrir et j'ai l'impression que cet amour me fait souffrir depuis sept ans.

Cela fait quatre heures que je remplace William à la galerie pendant qu'il installe la nouvelle exposition pour le vernissage qui doit avoir lieu ce week-end. J'ai reluqué ses muscles saillants sous son t-shirt mais, quand il s'en apercevait, je prenais l'air de rien et je dissimulais mon excitation.

Chaque regard volé, chaque fois qu'il passe à côté de moi et s'arrête une fraction de seconde pour poser un baiser sur mes lèvres, pour me serrer la main ou me pincer les fesses, me remplit d'espoir et me brise le cœur tout à la fois.

Je ne lui ai rien dit de mon passé sordide. Pourtant, si quelqu'un a engagé Carl pour le découvrir, Will aura tôt fait d'être au courant, que je lui en parle ou pas. Je ne lui ai rien dit pour la maison de mon père non plus, et cela commence à devenir urgent aussi.

William accroche encore un tableau et se tourne vers moi en souriant, ses yeux bleus me mettent dans tous mes états et provoquent un élan de désir incontrôlé au creux de mon intimité.

– Ça va ?

– Oui, ça va. Très bien. Super.

Je bafouille comme une idiote incapable de formuler une phrase intelligente en sa présence.

Je suis comme ça depuis que j'ai appris cette histoire de saisie, hier. Parce que je n'ai pas d'autre choix que d'accepter l'argent de Meredith. Son offre est plutôt ironique étant donné que j'avais l'intention de partir de toute façon, mais n'empêche, cela me tue de devoir l'accepter. Si Will ne me déteste pas quand il apprendra ce que j'ai fait il y a sept ans, il me détestera d'avoir accepté le chantage de Meredith.

Il s'approche de moi et me soulève le menton pour observer mon visage. Mon cœur bat à se rompre dans ma poitrine, et tout mon être est déchiré entre ces sentiments contradictoires d'attirance et de rejet, de douleur et de plénitude, d'être obligée de quitter quelqu'un que l'on aime.

– Je crois que tu travailles trop.

– Je te promets que je vais bien.

La clochette de la porte d'entrée tinte quand Hanna et Lizzy pénètrent dans la galerie.

– Nous sommes venues enlever Cally, annonce Lizzy.

Hanna acquiesce.

– Elle travaille trop, nous allons l'emmener pour une soirée martini entre filles.

– Les filles…

– Nous ne tolèrerons aucun refus, dit Lizzy sans me laisser finir ma phrase.

– Je dois fermer à la place de Will, pour qu'il finisse d'installer l'exposition.

– Arrête, tu ne penses qu'au travail. *Vis* un peu, dit Lizzy.

– Aide-nous à la convaincre, Will, dit Hanna. Elle n'arrête pas de travailler. Ce n'est pas bon pour sa santé.

Will m'observe, et je baisse la tête sous son regard appréciateur.

– C'est vrai, dit-il, tu as besoin d'un break. Et puis c'est calme aujourd'hui. Je gère. Pas de problème.

– Je t'avais promis de rester et…

Il balaye mon objection d'un geste de la main.

– Ça ne fait rien. Les jumelles ont raison. Ce n'est pas sain de travailler tout le temps. Tu vas faire un burn-out.

Il m'attire contre lui et approche ses lèvres de mon oreille.

– Tu pourrais aussi accepter ma proposition de t'échapper avec moi pour un week-end. Tu annules tous tes rendez-vous, et on passe le week-end au lit dans notre chambre d'hôtel ?

Mon estomac se noue parce que, si j'accepte l'argent de Meredith, le week-end prochain je serai repartie. Je me tourne vers les jumelles.

– D'accord, je viens prendre un verre.

Lizzy m'attrape le bras et me tire vers la porte.

– Sortons-la vite d'ici avant qu'elle ne change d'avis.

– Au revoir, dis-je faiblement par-dessus mon épaule en partant.

– Salut, répond William.

– Salut, dis-je dans un murmure.

Lizzy me pousse dehors en levant les yeux au ciel.

– C'est à vomir.

Lizzy m'entraîne vers sa Dodge Charger, garée juste devant la porte. Elle ouvre la portière et me pousse dans la voiture.

– Bon sang, tu ne plaisantais pas, c'est un enlèvement en règle.

– Ça va ? me demande Hanna depuis le siège arrière. Lizzy ne connaît pas sa force. Elle peut être brutale.

– Elle va bien, s'écrie Lizzy en claquant ma portière.

Elle fait le tour de la voiture et monte de son côté.

– Margaritas chez Brady ou martinis au Wire ? demande-t-elle en mettant le contact.

– Martinis, dit Hanna.

Lizzy prend la direction du Wire, et je me sens presque soulagée qu'elles soient venues me chercher. Cela pourrait bien être la dernière occasion que j'aurai de leur dire au revoir.

– Tu ne voudrais pas arrêter de penser tout le temps, demande Lizzy. Tu es assise là, mais les rouages de ton cerveau n'arrêtent pas de tourner. Du coup, j'ai l'impression que le mien est un muscle passif totalement inapte.

Hanna me met une petite tape sur l'épaule.

– C'est gentil d'être venue avec nous. Tu nous as manqué.

Quelque chose se serre dans ma poitrine.

– Vous aussi, vous m'avez manqué, les filles.

Lizzy me décoche un petit sourire empreint de tristesse avant de reporter les yeux sur la route, et je sens qu'il y a quelque chose qu'elles ne me disent pas.

***

Au Wire, il n'y a apparemment plus une seule table de libre, mais les filles se dirigent vers un box au fond. Je les suis et j'ai la surprise de voir Maggie qui nous attend.

– Je ne savais pas que tu serais là !

Je m'assois à côté d'elle et je prends la carte des cocktails.

Maggie échange un regard entendu avec ses sœurs qui ont pris place en face de nous.

Je repose la carte.

– Qu'est-ce qu'il y a ?

Les sœurs échangent un nouveau regard lourd de sens.

– Il faut qu'on parle, dit Lizzy.

– On boit d'abord, proteste Hanna.

Maggie acquiesce.

– Hanna a raison. Une vodka s'impose.

L'inquiétude me noue l'estomac tandis que nous attendons nos verres – une vodka Grey Goose avec des olives pour Maggie, des martinis au chocolat pour les jumelles et une vodka tonic pour moi.

– Le suspense a assez duré, dis-je après le départ de la serveuse. Qu'est-ce qui se passe ?

– Il y a une rumeur qui court, commence Hanna.

– Et on pense que tu devrais être mise au courant, termine Lizzy.

Je souris, mais je n'ai pas besoin d'un miroir pour savoir que mon sourire n'est pas très assuré. Le détective privé. La personne qui l'a engagé, quelle qu'elle soit, a raconté à tout le monde la vérité à mon sujet. J'espérais qu'elle ne sortirait pas avant mon départ. Je fais la grimace en pensant à mes sœurs. Non, en fait, j'espérais qu'elle ne sortirait *jamais*.

– De quoi s'agit-il ?

Les filles échangent un regard, une fois de plus. Lizzy s'éclaircit la voix.

– Meredith est enceinte.

– Tout le monde dit que l'enfant est de Will, poursuit Hanna, et… les dates correspondent.

J'avale une gorgée de vodka.

– Enceinte, dis-je dans un souffle.

Nom de Dieu. Ce n'est pas étonnant qu'elle veuille me faire quitter la ville.

– Elle n'a pas dit ouvertement qu'il est de Will, dit Lizzy en posant sa main sur la mienne.

– Mais elle n'a pas démenti non plus, ajoute Hanna.

– Les gens commencent à murmurer des choses à ton sujet, avoue Lizzy. On te traite de briseuse de ménage.

– Parce qu'il semble que les hommes de cette ville ne soient pas responsables de ce que font leurs queues, maugrée Maggie.

– On leur a dit ce qu'il en était, m'assure Hanna. Meredith peut raconter ce qu'elle veut, Will et elle *n'étaient pas* en couple quand tu es revenue.

– Nous ne croyons pas que Will soit au courant, dit Lizzy doucement. Mais tu devrais peut-être lui en parler avant qu'elle ne le fasse.

Maggie s'éclaircit la voix.

– Vous pouvez nous laisser parler en privé une minute, les Miss ?

Les jumelles s'extraient du box, nous laissant seules, Maggie et moi.

– Écoute, commence Maggie, je t'aime bien, et j'aime voir que Will est heureux quand il est avec toi, alors je vais te dire une chose que je ne dirai à personne d'autre. Il est impossible que Will soit le père.

J'ai la bouche sèche, je bois la moitié de mon verre d'un trait.

– Je suis pratiquement certaine qu'ils ont couché ensemble, dis-je. Même s'ils ont eu des rapports protégés, aucune méthode n'est sûre à cent pour cent.

Que disait Maggie au début où j'étais là ? Que tout ce que Will avait toujours voulu, c'était se marier et avoir des enfants ? Si je ne m'étais pas pointée, est-ce que Meredith et lui seraient en train de réaliser ce rêve, maintenant ?

Maggie me sourit d'un air triste et baisse les yeux sur son verre.

– Tu veux bien me faire confiance sur ce coup ? Meredith est peut-être enceinte, mais Will *n'est pas* le père.

Je hoche la tête lentement. Je suis sûre qu'elle essaie de me rassurer parce qu'elle voit la panique sur mon visage. Mais elle ne comprend pas que je ne peux pas donner à William ce que Meredith, elle, peut lui offrir. Et je l'aime assez pour le laisser avoir avec elle ce qu'il ne peut pas avoir avec moi.

– Tu veux bien m'excuser une minute ?

Je sors du box sans lui laisser le temps de répondre. Subitement il fait trop chaud ici et j'ai besoin de sortir prendre l'air. Mais avant que je n'atteigne la porte, quelqu'un m'attrape par le bras. Quand je lève les yeux, je me trouve nez à nez avec Meredith.

– Eh bien, qui est-ce que je vois ici ?

Je fais un pas en arrière. Merde. Je n'ai pas envie de l'affronter ce soir.

– Salut, Meredith.

J'essaie de la contourner, mais elle ne me lâche pas.

– J'ai eu une conversation très intéressante avec Carl York aujourd'hui.

Elle sourit franchement, comme si ce que Carl lui a dit sur moi était la meilleure nouvelle du monde.

– Je me demande ce que William connaît des vos aventures de *call girl* quand vous étiez à Las Vegas.

Je recule en trébuchant, je m'emmêle les pieds et mon dos heurte un plateau. Avant de comprendre ce qui se passe, j'entends un fracas de verre brisé et je suis couverte de bière. L'odeur me soulève l'estomac, mais je m'oblige à prendre de grandes inspirations, lentement.

– Je suis terriblement désolée, dis-je à la serveuse, trempée elle aussi, qui ouvre de grands yeux horrifiés.

– Ce n'est rien, maugrée-t-elle en se baissant pour ramasser les morceaux de verre.

Meredith secoue lentement la tête.

– Certaines personnes ne savent que créer des problèmes.

Je suis clouée sur place et avant que je ne réussisse à faire un pas, Lizzy se précipite en attrapant des serviettes en papier sur le bar.

– Je vais vous aider.

Elle me lance un regard inquiet avant de se baisser.

– Mon offre tient toujours, dit Meredith avant de tourner les talons.

Alors que j'aide les filles à nettoyer les dégâts, mon estomac se noue à l'idée que cette garce puisse avoir la vie dont je rêve. Une vie avec William. Porter ses enfants. Je vais m'éclipser et laisser Will faire son choix, mais maintenant je sais que je ne peux pas accepter son argent. Je ne suis plus à vendre.

Je trouve une excuse pour partir tôt, mais Maggie me suit à l'extérieur. Elle me prend par les épaules, le regard déterminé.

– La question n'est pas de savoir si tu as commis une faute ou pas. La vraie question, c'est comment tu la gères.

– Je…

Elle me serre les épaules.

– Tu comprends ce que je te dis ?

Je cligne des yeux en réalisant qu'elle a entendu ce que m'a dit Meredith. Maggie sait.

– Je ne peux pas *arranger* ça, dis-je dans un murmure, et horrifiée, je me rends compte que les larmes ruissellent sur mes joues. Je ne peux pas changer ce que j'ai fait.

– Tu expliques à Will ce qui s'est passé. Tu lui dis la vérité. Tu n'imagines pas ce que William Bailey est capable de pardonner.

CHAPITRE 23

WILLIAM

– Salut Bailey, c'est Carl York. On peut dire que vous n'êtes pas facile à joindre !

Je fronce les sourcils en entendant la voix dans mon téléphone. Je n'ai pas répondu à ses appels, en essayant d'oublier que je l'avais engagé. Mais Carl ne semble pas vouloir que je l'oublie.

– Que se passe-t-il, Carl ?

– J'ai les renseignements que vous m'avez demandés. Au sujet de ce Brandon McHugh.

Il pousse un long sifflement.

– Ça vaut le coup, vous pouvez me croire.

– Je n'en ai plus besoin.

Tout ce que j'ai besoin de savoir sur l'ex de Cally, elle peut me le dire elle-même.

– Je suis sûr que cela va vous intéresser. Faites-moi confiance.

Je ferme les yeux et je me masse les tempes. La galerie est fermée et je suis tout seul dans mon bureau pour mettre au point les derniers détails du vernissage de l'exposition qui ouvre ce week-end. Je n'ai pas envie de parler avec Carl. J'ai envie d'aller chercher Cally et de rentrer la mettre dans mon lit.

– Écoutez, dit Carl, ça vous regarde, mais vous m'avez payé d'avance. Autant avoir ce pour quoi vous avez payé, non ? Vous n'êtes pas obligé de vous décider maintenant. Je vous envoie tout ça par la poste. J'ai ajouté un petit supplément gratuit… J'ai fait une recherche spéciale sur Cally Fisher. Par curiosité. Entre-temps… moi, je ne la toucherais pas, même avec des pincettes…

Il ricane.

– Si vous voyez ce que je veux dire. Une chose est sûre, je ne suis pas près de lui redemander de me masser.

Je peux presque entendre les guillemets qu'il dessine dans l'air autour du mot *masser*. Je raccroche avant qu'il n'aille plus loin.

***

CALLY

Mon père va devoir se résoudre à perdre sa maison. Ma petite altercation avec Meredith ce soir a suffi à m'en convaincre. Ça craint, mais je ne vois pas d'autre solution. Le fait est que je ne serai pas là pour le sortir de cette situation, mais il est temps qu'il apprenne à prendre ses responsabilités.

Quand je me gare devant le bungalow, mon estomac se soulève et mon cœur se met à battre douloureusement dans ma poitrine.

Brandon McHugh est appuyé contre un 4x4 noir. Ses longues jambes croisées, il gratifie Drew de son sourire le plus charmeur.

La façon dont il la regarde me donne envie de lui couper les couilles avec un rasoir rouillé.

Je descends précipitamment de ma voiture.

– Drew, va mettre la table !

Elle fait la grimace.

– Je ne fais rien de mal.

– Fais ce que je te dis ! dis-je sur un ton qui n'admet pas de réplique.

Il la regarde entrer dans la maison. Ma sœur de quinze ans. Subitement, je rêve de posséder une arme tout en étant soulagée de ne pas en avoir. Il reporte son attention sur moi et observe mon jean et mon t-shirt en secouant la tête.

– Cally chérie, j'ai horreur de te voir fagotée comme ça.

– Je ne t'attendais pas si tôt, dis-je doucement. On avait dit deux mois.

– J'avais des affaires à régler à Indianapolis et à Chicago. Il semblerait que ton sursis soit arrivé à son terme. Tes sœurs sont installées et j'en ai marre de t'attendre.

Il est inutile de discuter. Je savais que cela pouvait arriver.

– D'accord.

Je regarde derrière moi pour m'assurer que les filles ne peuvent pas m'entendre.

– On part quand ?

Ses mâchoires se serrent.

– Le temps de régler mes affaires. Je reviendrai te chercher demain soir. Mais, d'ici-là, va t'acheter d'autres vêtements, bon Dieu ! Je ne veux pas te voir avec ces fripes, dit-il d'un ton méprisant. On dirait une *vieille*.

Je me force à sourire.

– Bien sûr.

– Pourquoi ne pas emmener tes sœurs avec nous ? Elles sont mignonnes. Je m'occuperais bien d'elles.

Mon estomac se serre.

– Impossible, dis-je fermement. Légalement, c'est mon père qui en a la garde.

Il sourit.

– Je plais à Drew.

– Il faut que j'aille préparer le dîner.

Et acheter un revolver. Il faut absolument que j'achète un revolver.

***

CALLY

Sept ans plus tôt

Le clair de lune m'appelle par la fenêtre de la chambre, et les étoiles me font des clins d'œil depuis le ciel sombre de minuit. La poussière d'étoile effleure le bout de mes doigts. Mes vœux flottent dans l'air comme des aigrettes de pissenlit, attendant que je les attrape. J'essaie de me concentrer pour en prendre une dans le creux de la main.

Il m'arrête avant que je ne saisisse mon vœu. Sa main sur mon bras, son sexe en érection contre mon dos.

Son souffle est chaud sur mon oreille, et je pense à William dans son smoking. Le bon, le beau William, qui m'attend à la descente de l'avion pour m'emmener au bal de fin d'année.

J'ai perdu ma virginité ce soir, exactement comme nous l'avions prévu, William et moi. Je portais une belle robe qui moulait mes courbes. J'ai bu du vin au cours du dîner dans un restaurant chic. J'ai dansé. Une soirée parfaitement orchestrée. Tout comme nous l'avions prévu, mais rien de ce que nous avions prévu.

Ma peau nue se couvre de chair de poule quand ses doigts courent au creux de mes reins.

– Je t'ai désirée à l'instant même où je t'ai vue pour la première fois. J'aurais payé n'importe quoi pour t'avoir.

Le fantasme se mêle à la réalité. Ses paroles sont chaudes contre mon cou, et je ferme les yeux en imaginant que c'est William qui me tient dans ses bras et qui me parle. Exactement comme cela devait se passer. La drogue rend les choses plus faciles, mais je m'abrite dans ce rêve de William et moi tandis que l'homme glisse sa main entre mes jambes. Je m'imagine que William me tient dans ses bras après le bal, me séduisant avec ses doigts jusqu'à ce que ni lui ni moi ne puissions plus résister, je m'imagine que c'est William qui se prépare à se glisser en moi encore une fois.

– *William,* dis-je dans un murmure.

L'homme me retourne – brusquement, brutalement, violemment. Il bloque mes mains de chaque côté de ma tête en serrant.

– Comment m'as-tu appelé ?

Je cligne des yeux, et ma rêverie s'envole dans la nuit.

– Comment est-ce que je m'appelle, chérie ? demande l'homme au-dessus de moi, d'un ton exigeant. Dis mon nom.

Désorientée, j'essaie de reprendre mes esprits. Je regarde droit dans les yeux, marron et perçants, l'homme qui a acheté et payé le droit de posséder mon corps. L'homme à qui j'appartiens maintenant.

– Dis-le.

– Brandon, dis-je dans un souffle. Brandon.

***

Aujourd'hui

Devant le bungalow d'Arlen Fisher, je trouve Brandon McHugh en train de fumer une cigarette, appuyé contre une cadillac Escalade rutilante. Je descends de ma moto et il me regarde de la tête aux pieds, d'un air indifférent.

À la suite de l'appel de Carl York, j'ai foncé au Wire pour essayer de trouver Cally, mais ses copines m'ont dit qu'elle était déjà rentrée. Comme un idiot, j'ai cru que c'était chez moi, mais elle n'y était pas.

– Je peux vous aider ? demande Brandon.

– Je suis venu voir Cally.

– Elle n'est pas disponible pour l'instant. Vous voulez que je lui dise que vous êtes passé ?

La voiture de Cally est garée juste devant moi, mais je n'ai pas envie de discuter. J'enfonce les poings dans mes poches et je lui lance un regard furieux.

– Que faites-vous là ?

– Je pourrais vous retourner la question.

– Moi ? Je suis son petit ami.

Il baisse le menton.

– Ah bon ? C'est amusant, parce que quand Cally et moi avons discuté de son retour à Las Vegas avec moi, elle n'a mentionné aucun *petit ami*.

Je prends ça comme un coup de poing à l'estomac, et je dois résister de toutes mes forces à mon réflexe de reculer.

– Je suis sûr que ce n'est pas la seule chose qu'elle ne vous ait pas dite.

– Vraiment ? ricane-t-il. J'ai un grand penchant pour l'ironie.

Je me retiens d'effacer ce sourire d'un coup de poing.

– Où est-elle ?

Il grogne et redresse la tête.

– Vous ne baisez pas ma copine, quand même ?

– C'est quoi, cette question ? Est-elle vraiment votre copine ? Pourquoi ne partez-vous pas ? Si elle voulait être avec vous, elle vivrait à Las Vegas.

Il rit de plus belle.

– Ma *femme* et moi étions justement en train de régler les détails de son retour.

Sa *femme*. Le mot est comme une gifle et je fonce vers lui, les poings serrés.

– Pardon ?

– Les petites sœurs de Cally m'ont montré tout ce que vous avez fait pour son père à l'intérieur de la maison, sans parler de l'extérieur. Bravo. Je dois dire que je vous comprends. Mais il faut reconnaître qu'elle sait y faire. À peine deux semaines après que n'étais plus là pour m'occuper d'elle, elle vous avait trouvé. J'imagine qu'elle sait ce que les hommes sont prêts à faire pour goûter à cette chatte.

Sans que je lui en donne l'ordre, mon poing part immédiatement. Et, bientôt, plus rien n'existe que ma colère et mes poings et une douleur aiguë qui irradie de l'endroit où son poing est entré en contact avec ma mâchoire. Ses poings me frappent par deux fois – un doublé sur ma joue et mon nez – avant que je parvienne à lui mettre mon swing dans la mâchoire. Ensuite, j'arrête de compter les coups que je reçois et ceux que je donne. Tout ce qui m'importe, c'est de descendre ce connard, et nous nous empoignons violemment. Soudain quelqu'un me tire en arrière.

Je respire bruyamment et ma vision se trouble. Quelque chose coule sur mon visage, je m'essuie le nez, j'ai la main couverte de sang.

Je distingue avec peine le père de Cally debout au-dessus de moi, et elle, quelques mètres plus loin, les mains sur les hanches. Et entre nous il y a ce connard. Son *mari*. Il se relève d'un bond en souriant comme si de rien n'était.

– Je ne tolèrerai aucune violence chez moi, gronde Arlen Fisher.

Ce n'est pas un homme très loquace et c'est probablement la phrase la plus longue que je l'aie jamais entendu prononcer. Je me demande s'il va dire quelque chose de plus ou menacer d'appeler la police, mais il se contente de hocher la tête, comme s'il n'avait pas le moindre doute que son ordre allait être suivi d'effet, puis il tourne les talons et rentre chez lui.

– C'est quoi, ce cirque ? demande Cally.

Je ne sais pas si elle s'adresse à moi, à lui ou à nous deux. Je m'en contrefiche. La seule chose que je veux, c'est foutre le camp d'ici, loin d'elle.

Je me relève péniblement. La douleur se fait immédiatement sentir, à des endroits où je ne me rappelle même pas avoir été touché. Mon côté, mon biceps gauche. Les jointures de mes doigts me font un mal de chien et tout le côté droit de mon visage est en feu.

Il lui met une claque sur les fesses et, alors que je viens de jurer de me barrer d'ici, je suis prêt à recommencer.

– Will, s'il te plaît, murmure-t-elle avant que je balance le poing, arrête…

Rien qu'un mot, murmuré très bas, mais empreint de tant de tristesse que je sais que je l'ai perdue. Il est venu la chercher et elle va repartir avec lui. C'est à cause de lui qu'elle m'a dit qu'elle ne pouvait pas rester. Qu'elle ne pouvait pas ou qu'elle ne voulait pas ?

Son père revient et me tend une serviette humide. Je le remercie d'un signe de tête et je tamponne mon nez sanguinolent tandis que Cally prend Brandon par le bras et le raccompagne à sa voiture.

– Je ne peux pas croire qu'elle soit avec un mec pareil.

Son père me regarde, étonné, et je me rends compte que j'ai parlé à voix haute.

– Il ne faut pas croire que les gens arrêtent de vivre leur vie simplement parce qu'on n'est pas là, dit-il doucement. Cally n'est plus la fille avec qui tu sortais il y a sept ans, et si tu continues à faire comme si elle l'était, vous allez souffrir tous les deux.

Je retiens ma respiration. Cally a essayé à plusieurs reprises de me prévenir et je n'ai pas voulu l'écouter, mais subitement, je me rends douloureusement compte qu'elle avait raison.

Je retourne jusqu'à ma moto. À chaque pas, une douleur fulgurante irradie dans mes côtes. Cally, debout près du 4x4, essuie le sang sur le visage de Brandon avec un gant de toilette. Quand elle s'aperçoit que je la regarde, elle recule et baisse les bras. Elle me dévisage d'un air triste.

– Ça va ? me demande-t-elle.

Quand j'enfourche ma moto, une douleur aiguë me transperce.

– À merveille, bordel !

Je mets le moteur en marche et je démarre. D'une part parce que je ne supporte pas l'idée qu'elle me voie comme ça. Et d'autre part parce que, pour la première fois, je comprends ce qu'elle n'a pas cessé de me répéter. Elle n'est plus la femme qu'elle était autrefois et nous ne pouvons plus avoir la relation que nous avions alors.

***

CALLY

– Bébé, tu me fais mal, je murmure.

William est parti, Brandon est furax et ma vie a volé en éclats.

Brandon me regarde avec rage.

– Espèce de petite pute. Tu baises avec ce connard.

Je secoue la tête.

– Non, dis-je dans un souffle. Ce n'est pas ce que tu crois.

Ma virginité et l'idée qu'il était le seul, représentaient tout pour Brandon. Je ne veux pas qu'il s'en prenne à Will. Je ne peux pas supporter l'idée qu'il lui fasse encore plus de mal.

– Tu as baisé avec lui et tu t'imagines que je vais te reprendre, que je vais m'occuper de toi ?

Ses mains posées sur mes épaules viennent entourer mon cou, et il les laisse là, attendant que je m'excuse. Mon père est dans la maison et je prie intérieurement pour qu'il nous observe et qu'il soit en mesure de me défendre si Brandon pète un câble.

– Je n'ai pas couché avec lui, dis-je en levant lentement les mains vers son visage. Je ne veux personne d'autre que toi.

Il faut que je parvienne à le calmer avant qu'il ne resserre la pression autour de mon cou.

– Ne me mens pas Cally. Pas à propos de ça.

– Je ne ferais jamais ça.

Le mensonge est risqué. Il lui suffirait de se renseigner en ville pour apprendre la vérité. J'ai été imprudente, trop décidée à profiter de chaque instant d'une vie que je savais devoir bientôt abandonner.

– Je t'ai *sauvée*, murmure-t-il, le visage soudain triste tandis que ses mains lâchent mon cou pour prendre les miennes. Tu étais à deux doigts de te retrouver à la rue et je t'ai sauvée.

C'est son histoire préférée. Il me tient dans ses bras le soir et réécrit nos débuts sordides avec les accents d'une réalité faussée. Comme s'il n'avait pas payé à Anthony des dizaines de milliers de dollars pour avoir le privilège de me déflorer. Comme s'il ne m'avait pas forcée à l'épouser pour pouvoir prendre le contrôle total de ma vie.

– J'ai aidé ta famille. Et c'est comme ça que tu me remercies ? Tu n'es même pas venue me voir en prison.

– Je croyais que tu ne voulais pas me voir. Tu étais avec elle.

Ce n'est pas vrai et je vois bien qu'il n'est plus dupe de ce mensonge. Il ne l'a peut-être jamais été.

– Je me disais que je te retrouverais dès ma sortie, mais tu as essayé de m'effacer de ta vie comme si je ne t'avais pas *sauvée*.

Il a les yeux pleins de larmes. De vraies larmes, qui brillent.

– Tu m'as blessé, grogne-t-il en remettant ses mains autour de mon cou. Je pensais que tu aurais de nouveau besoin de moi après l'overdose de ta mère. J'étais tellement sûr que cela te ferait revenir vers moi.

– Brandon, dis-je dans un souffle alors que ses mains resserrent leur étau. Tu me fais mal.

Il recule en titubant, les poings serrés.

– Je n'arrive pas à te regarder en ce moment.

Puis il monte dans sa voiture et démarre à fond en soulevant la poussière de l'allée.

Je ne sais pas depuis combien de temps je reste plantée là quand, tout à coup, je sens Gabby à côté de moi.

– Je ne l'aime pas, dit-elle. Il est venu à l'appartement le matin où maman est morte. Je ne l'ai jamais aimé.

Je me tourne vers elle, ébahie.

– Brandon est passé à l'appartement le jour où maman est morte ?

C'est là que ses mots me reviennent à l'esprit.

– *Je pensais que tu aurais de nouveau besoin de moi après l'overdose de ta mère. J'étais tellement sûr que cela te ferait revenir vers moi.*

Je n'ai jamais dit à Brandon que ma mère avait fait une overdose. Je lui ai dit que c'était une crise cardiaque. Comme je l'ai dit à tout le monde.

– *J'étais tellement sûr que cela te ferait revenir vers moi.*

Subitement, tout me paraît clair. Après des années, maman allait mieux, elle avait même un emploi stable. Et puis, tout à coup, une overdose médicamenteuse ? Et comment Brandon le savait-il ?

J'ai cru que je pourrais me sauver. Je pensais que je pouvais échapper à Brandon. Je pensais qu'il me suffirait de quitter New Hope pour protéger les gens que j'aime. Mais la seule façon de les protéger, c'est de donner à Brandon ce qu'il veut. Ils ne seront en sécurité que si je suis à lui ou s'il retourne en prison.

***

Toutes les lumières sont éteintes chez Will, mais je suis sûre qu'il est là. Où pourrait-il aller avec un visage aussi amoché ?

La porte est fermée à clé, mais il m'a donné une clé le mois dernier, quand j'habitais chez lui avec mes sœurs. Quand j'ai voulu la lui rendre, il a insisté pour que je la garde. Maintenant, je suis contente de l'avoir.

Les rayons du soleil couchant qui pénètrent par la fenêtre inondent le parquet à l'arrière de la maison. Je sais que je n'en ai pas fini avec Brandon. Il ne va pas tarder à revenir me chercher. Il était furieux. Vraiment mauvais. Et je n'ai pas beaucoup de temps. Surtout si je ne veux pas qu'il vienne s'en prendre à William de nouveau. Brandon m'a achetée il y a longtemps et, dans son esprit, je lui appartiens toujours.

Mais mon cœur appartient à William.

La cuisine et le salon sont vides. Contrairement à ce que je croyais, il ne se repose pas dans le canapé. J'emprunte le couloir qui mène à sa chambre, les rideaux sont tirés et la pièce est plongée dans l'obscurité. Dans la faible lumière provenant du couloir je l'aperçois, étendu sur la couverture, vêtu de son seul boxer.

J'entre dans la chambre sans bruit. Il respire régulièrement et je m'enhardis à m'approcher pour regarder son visage. Une de ses joues est deux fois plus volumineuse que l'autre, et il a un hématome qui va jusqu'à son œil tellement enflé qu'il ne peut probablement pas l'ouvrir. Sa lèvre est fendue.

Je poursuis mon examen de ses blessures et je vois que sa main est bandée et qu'il a un autre hématome sur les côtes.

– Qu'est-ce que tu fais là ?

Je sursaute en l'entendant. Il est éveillé mais immobile.

– Je suis juste venue voir comment tu vas, dis-je à vois basse, en m'asseyant sur le bord du lit à côté de lui. J'étais inquiète.

Il tend la main vers la table de nuit et allume la lampe.

– Tu avais vraiment l'air de t'inquiéter de mon sort quand tu pansais les plaies de ton *mari* !

Je ravale la douleur que ses propos provoquent en moi et je ne prends pas la peine de me défendre.

– Je voulais éviter qu'il recommence à te frapper.

– Je suis assez grand pour me défendre

Bien sûr, contre la plupart des mecs, mais Brandon est un pro de la bagarre. Dieu seul sait quelle nouvelle technique de combat il a apprise en prison. Le seul fait de le revoir mettre son poing dans la figure de Will me coupe la respiration de nouveau.

J'ai besoin de le toucher. Dans la pénombre, je cherche sa lèvre et je passe le bout de mes doigts sur sa blessure. Puis j'effleure sa joue enflée et son œil fermé.

– J'ai cru qu'il allait te tuer.

Il ne dit rien, mais me laisse continue à faire l'inventaire du reste de son visage du bout des doigts, des endroits indemnes comme des autres, sans se plaindre.

Quand mes mains ont fini leur examen et glissé dans ses cheveux, mes lèvres refont le chemin à l'envers. J'embrasse son œil fermé, sa joue, son menton. Il reste immobile.

Quand j'arrive à sa bouche et que je finis par poser mes lèvres sur ses lèvres douloureuses, il me saisit le poignet et m'immobilise. Soudain, mon exploration hésitante de ses blessures est remplacée par son exploration de ma bouche. Ses mains sont dans mes cheveux, et il me fait tomber sur le lit en roulant jusqu'à ce que je me retrouve sous lui.

La journée a été tellement horrible que je me laisse aller à profiter de ce moment comme d'une récompense pour avoir supporté tout ça. Ici, dans l'obscurité de sa chambre, avec son corps presque nu allongé sur le mien tout habillé, avec tout qui s'écroule entre nous, nous avons bien mérité ce baiser. C'est comme un présent secret auquel nous avons droit, l'un comme l'autre. Alors, j'ouvre la bouche sous son baiser et je frotte ma langue contre la sienne. Quand sa main, chaude et exigeante, remonte sous ma jupe, j'offre mon corps à sa caresse en refusant de penser que Brandon va venir me chercher et qu'embrasser William alors que je devrais lui dire adieu est sans doute la plus mauvaise idée que j'ai jamais eue.

J'ai besoin de le toucher. J'en ai plus besoin que de l'air que je respire. Mais quand je couvre son corps de mes caresses, son souffle s'échappe avec un sifflement et ses lèvres abandonnent les miennes.

– Je pars demain soir, dis-je dans un murmure.

– C'est lui qui t'y oblige ? Avant qu'il ne se pointe en ville, tu envisageais de rester. Il te force à partir, c'est ça ?

– C'est moi qui veux partir.

Mes paroles sont alourdies par le mensonge et j'ai du mal à les prononcer.

– Je suis désolée.

– Tu peux me le dire, si tu as peur. Je te protègerai.

Mais qui te protègera contre Brandon ? J'avale ma salive. Je ne sais pas ce qui va se passer demain et j'ai besoin que William me laisse partir.

– Pourquoi est-ce que j'aurais peur de mon propre mari ?

– Tu peux me dire la vérité, Cally.

Je dégage mes épaules.

– La vérité c'est que je pars, exactement comme je l'avais annoncé depuis le début.

La douleur que je lis dans ses yeux n'est pas que physique. J'ai blessé cet homme. Exactement comme je le redoutais.

CHAPITRE 24

WILLIAM

– Eh bien, va-t-en, alors.

Je roule sur le côté et m'assois sur le bord du lit, la tête dans les mains. Comme elle ne bouge pas, je gronde :

– Va retrouver ton mari, Cally.

Elle s'assoit et vient près de moi. Si près que cela me fait mal. Elle pose les coudes sur ses genoux, la tête dans les mains, et je me rends compte pour la première fois qu'elle a l'air épuisée. On dirait qu'elle n'a pas dormi depuis des jours, comme si elle était rongée par le chagrin et l'inquiétude et… autre chose encore.

Elle pousse un profond soupir.

– Meredith est enceinte. Tu le savais ?

– Qu'est ce que Meredith vient faire là-dedans ?

– Tout le monde dit que c'est de toi.

Je ne peux m'empêcher de rire. La même mauvaise plaisanterie qui me revient à la figure.

– Je peux te garantir que ce n'est pas de moi.

– Mais tu as couché avec elle avant mon retour. Cela se pourrait.

– Seulement…

Je secoue la tête et je me lève. À quoi bon parler de ça ?

– Et puis, crois ce que tu veux après tout. Cela n'a plus aucune espèce d'importance, putain !

– Si, c'est important, murmure-t-elle. C'est important parce qu'elle peut te donner la vie que tu désires. Le mariage, les enfants. Moi, je ne peux pas.

– En effet. Puisque tu es déjà mariée.

– Je regrette de n'avoir pas eu le courage de te dire la vérité au sujet de… mon passé. Mais j'ai été honnête avec toi à propos de ce que je pouvais ou ne pouvais pas t'offrir.

Je ne peux pas supporter cette conversation. J'aime assez Cally pour ne pas me contenter de ça.

– Tu n'as pas été *honnête* avec moi à propos du fait que tu étais mariée.

Elle respire de façon saccadée, mais je suis tellement blessé que sa douleur ne fait que m'exaspérer :

– Peu importe. J'en ai assez de cette conversation.

– J'ai été égoïste et je suis désolée.

Elle se tourne vers moi et passe la main sur mon visage. Une larme roule sur sa joue.

– Je te souhaite une vie formidable. Tu le *mérites*.

– Va-t-en, dis-je en grognant. Dépose ta clé sur la table de l'entrée en sortant.

Elle va vers la porte d'un pas hésitant.

– Au revoir, Cally.

***

CALLY

On est samedi soir. J'attends Brandon avec ma valise et un revolver acheté illégalement.

Si je dis à Brandon que je ne pars pas avec lui, il risque de me faire du mal, ou, encore pire, d'en faire à William, à mon père ou a une des filles. Mais je ne peux pas recommencer à être sa poupée et à vivre sous sa domination. Trois ans de cette vie ont été trois ans de trop. La pire des prisons, c'est celle qui prend l'apparence trompeuse d'un foyer.

Mon plan, c'est d'attendre d'être sûre que Brandon a de la drogue en sa possession et de le dénoncer à la police. Cela ne devrait pas prendre trop longtemps. Je sais que c'est ça, les « affaires » qui l'ont amené en ville. Le revolver, c'est le plan B. Un plan B merdique, mais c'est mieux que de ne pas en avoir du tout.

Mon téléphone se met à sonner. Je ne reconnais pas le numéro, mais je prends l'appel parce que j'attends Brandon d'une minute à l'autre et je commence à être nerveuse. S'il a tué ma mère, qu'est-ce qu'il va faire d'autre ?

– Allo ?

– Cally ?

– Drew ? Où es-tu ?

– À Indianapolis.

Elle chuchote et j'entends les larmes dans sa voix.

– Je suis au Grand Hôtel près du stade. Peux-tu venir me chercher ? S'il te plaît ?

Le monde autour de moi s'arrête de tourner. Elle m'avait dit qu'elle passait la nuit chez une amie.

– Que fais-tu là-bas ?

– J'ai peur. Je t'en supplie, viens me chercher.

Sa respiration est saccadée, entrecoupée de hoquets. Bon Dieu, elle pleure.

– S'il te plaît.

– Tu es avec Brandon ?

Même si j'espère qu'elle va dire non, je sais, avant qu'elle ne le dise, que si.

– Ne te fâche pas. Il a dit que si je venais avec lui, il me donnerait l'argent pour la maison de papa. Mais il me fait peur. Il m'a donné des vêtements. Une robe et des espèces de dessous minuscules, et il m'a obligée à les mettre.

Un autre sanglot.

– Il a dit qu'il me tuerait si j'appelais la police. Il est avec des gens dans la pièce à côté en ce moment. Il ne sait pas que je téléphone. Il n'arrête pas de m'appeler *Cally* et il refuse de me laisser partir. J'ai peur. Je t'en supplie, viens me chercher.

– J'arrive.

La peur me vrille l'estomac. Je ferme les yeux et j'attrape mon sac. Mon revolver est dedans. Je fais une prière pour n'avoir pas à m'en servir.

– Je fais le plus vite possible.

***

WILLIAM

Ce soir, c'est le vernissage de l'exposition d'automne et je ne suis vraiment pas d'humeur. On a ouvert les portes il y a une heure et j'ai passé le plus clair de ce temps dans mon bureau, pour dissimuler mon visage et ma mauvaise humeur aux regards des clients qui ne se doutent de rien.

On cogne à ma porte, je ne réponds pas et je me laisse aller dans mon fauteuil, les yeux fermés. Mais ce moment de solitude est interrompu par le bruit d'une clé dans la serrure. Ce ne peut être que Maggie. Personne d'autre n'a la clé de mon bureau.

Elle se glisse dans la pièce, vêtue d'une longue robe bustier, les cheveux relevés en une sorte de chignon sur la nuque. Au moment où elle me voit, elle reste bouche bée et ouvre de grands yeux.

– Nom de Dieu !

– Je sais. Ce costume m'avantage, non ?

Elle sourit et incline la tête pour inspecter les hématomes sur mon visage.

– Bien sûr, et une fois que je ne verrai plus le carnage qu'on a fait sur ton visage, je pourrai peut-être l'apprécier. Qu'est-ce qui t'est arrivé ?

– Je me suis coupé en me rasant.

Elle pose les mains sur ses hanches et plisse ses yeux verts si perçants.

– Est-ce que ça a quelque chose à voir avec Cally ?

– Elle n'est pas responsable de mon imbécillité.

– Qui est-ce qui t'a fait ça ?

– Tu peux mettre ça au crédit du sale con avec qui elle est mariée.

Son visage se fige et elle se laisse tomber dans un fauteuil.

– Elle est mariée ?

– Non seulement elle est mariée, mais en plus elle s'en va. Elle est même peut-être déjà partie. Je n'en sais foutrement rien.

Je me renfonce dans mon fauteuil. Des parties de mon corps dont j'ignorais jusqu'à l'existence me font mal et mon cœur me fait tellement souffrir que je voudrais me l'arracher de la poitrine :

– Je savais qu'elle avait des secrets, mais je n'avais jamais imaginé ça.

– Est-ce qu'elle t'a révélé ses autres secrets ?

– Quels autres secrets ? Elle est mariée, bordel. S'il y a quelque chose de pire que ça, je ne veux pas le savoir.

– La vérité est toujours plus compliquée qu'il n'y paraît, dit Maggie d'une voix douce. C'est peut-être vrai aussi pour son mariage.

Je secoue la tête.

– Elle parlait de rester, jusqu'à ce qu'il se pointe la première fois. À ce moment-là, tout a changé. Je pensais qu'elle avait peut-être peur de lui.

– Qu'est-ce qui te fait croire que ce n'est pas le cas ?

Je serre les dents en repensant à notre conversation.

– Je lui ai demandé. Je lui ai dit que je la protègerais.

Et mon orgueil en a pris encore plus pour son grade que ma tête. C'est lui qu'elle a choisi, plutôt que moi. Je devrais être habitué à cette merde, depuis le temps.

– Espèce d'idiot. Il t'a vraiment tapé fort sur le crâne ! Neuf fois sur dix, une femme qui a peur de son mari refuse de le reconnaître. Mais quand elle voit dans quel état ledit mari a mis le visage de son amant, tu peux être sûr que c'est dix fois sur dix. Elle essaie de te protéger.

J'entends un cri étouffé et quand je lève les yeux, je vois Meredith dans l'encoignure de la porte.

– Qiu t'a fait ça ? demande-t-elle d'un ton autoritaire.

Elle se précipite sur moi en faisant claquer ses talons sur le sol et vient doucement caresser mon visage.

– Tu n'as pas besoin de me le dire. Je sais que cela a un rapport avec cette fille. J'aimerais que tu cesses de la voir.

– Tu devrais voir l'autre mec, je grommelle.

Elle se tourne vers Maggie.

– Que lui est-il arrivé ?

– Je suis assis juste là, dis-je en grognant.

– Une bagarre dans un bar.

Meredith plisse les yeux.

– Dans un *bar* ?

Maggie hoche la tête sentencieusement.

– Je lui ai dit d'arrêter de traîner dans cette boîte de strip-tease, mais tu crois qu'il m'écouterait ? Rien à faire !

Je lui lance un regard furibard.

– Sérieux !

– Je ne crois pas une seconde que c'est arrivé dans une boîte de strip-tease, dit Meredith.

Maggie hausse les épaules.

– Dis la vérité à ta petite amie, Will. Dis lui que tu ne peux pas te passer de cette boîte de strip-tease !

– Pourriez-vous arrêter toutes les deux avec ça ?

Je pousse un profond soupir dans l'espoir de faire sortir une partie de ma frustration.

– Maggie, tu veux bien nous laisser ? Je dois parler à Meredith.

– Très bien, dit Maggie de mauvaise grâce. Je serai en bas, à faire *ton travail,* si tu me cherches. Mais pense à ce que je t'ai dit.

J'attends que Maggie referme la porte derrière elle avant de parler.

– J'ai entendu dire que des félicitations seraient à l'ordre du jour.

Les joues de Meredith s'empourprent et elle baisse les yeux.

– Merci.

– J'ai aussi entendu dire qu'il serait de moi.

– Je n'ai jamais dit ça. À personne.

– Mais tu n'as pas démenti.

– J'ai pensé que c'était mieux comme ça. Tu sais, au cas où on se réconcilierait.

– Non, mais tu t'entends ? Tu es complètement cinglée, ma pauvre fille.

Elle lève vers moi des yeux pleins de larmes.

– Je ne suis pas cinglée. Je suis amoureuse. Ta grand-mère m'a dit que tu ne pouvais pas avoir d'enfant. Elle m'a raconté pour l'accident au foot. Je savais à quel point tu désirais fonder une famille, alors j'ai pensé… j'ai pensé que si je pouvais te donner cela, alors peut-être que tu me choisirais, moi.

Elle se mord les lèvres et son front se plisse d'inquiétude. Elle est vraiment belle, et je sais qu'elle peut me donner toutes les choses que j'ai follement désirées pendant ces trois dernières années – une vie, une famille, de l'amour. Mais je ne me contente pas de désirer ces choses-là. Je les veux avec Cally.

– Je suis navré, dis-je. Ça ne marchera jamais, toi et moi.

– Parce que tu aimes Cally.

– Ouais.

Et c'est la vérité. Je l'aime toujours. Je la désire toujours. Je lui pardonnerais tout pour la tenir dans mes bras rien qu'une dernière fois.

– Eh bien, au moins tu sais qu'elle t'aime aussi.

– Qu'est-ce qui te fait dire ça ?

Elle contemple ses mains un moment avant de chercher mon regard des yeux.

– Je lui ai proposé vingt mille dollars pour qu'elle quitte la ville et qu'elle ne te revoie plus.

– Tu as fait quoi ?

– Je pensais qu'elle les prendrait. J'y ai vraiment cru. Mais non.

Elle secoue la tête.

– Je t'aime et je savais qu'elle avait besoin d'argent.

– Bon Dieu, Meredith, ce n'est pas de l'amour ! C'est de la manipulation. Tu ne parles pas sérieusement !

Elle met la main sur son cœur.

– Je ne *veux* pas que son père perde sa maison. J'ai pensé que c'était un bon compromis. Mais, apparemment, elle va te laisser payer *ça* aussi.

– Pourquoi son père perdrait-il sa maison ? De quoi parles-tu ?

– Elle ne t'a pas dit ? La maison d'Arlen Fisher est saisie. La banque va la vendre aux enchères.

– Merde !

Je prends ma tête dans les mains. Évidemment qu'elle ne m'a rien dit. Elle ne veut pas de mon argent.

– Je peux te poser une question sans que tu te mettes en colère ?

– Tu viens juste de me dire que tu as offert vingt mille dollars à la femme que j'aime pour qu'elle quitte la ville.

Elle hoche la tête.

– Ok. Je vois ce que tu veux dire. Alors je n'ai rien à perdre, d'accord ?

– Je ne veux pas parler de Cally avec toi.

Je repousse mon fauteuil et je me lève.

– Ce n'est pas à propos d'elle. Enfin, pas exactement.

Elle se lève aussi et vient tourner autour de moi jusqu'à ce que je la regarde.

– Tu dis que tu veux une famille et de la stabilité, mais as-tu remarqué que tu te lies toujours à des femmes dont tu sais pertinemment qu'elles ne peuvent pas, ou ne veulent pas, te donner ce que tu veux ?

Je recule.

– Je ne sais pas de quoi tu parles.

Elle lève un doigt.

– Premièrement, Maggie, qui ne t'a jamais aimé, du moins pas de la façon que tu mérites.

Elle lève un deuxième doigt.

– Deuxièmement, Krystal, qui aurait été parfaite pour le rôle – sauf que c'est la sœur de Maggie, donc c'était fichu dès le départ.

Elle lève trois doigts.

– Et pour finir, Cally ! Même si tu oublies son casier de délinquante juvénile, elle est mariée, et avec un homme qui a passé les quatre dernières années en prison. Rien que ça. Tu dis que tu cherches quelque chose de réel et, alors que moi je suis là, juste devant toi, c'est elle que tu choisis.

Je serre les mâchoires et cela réveille la douleur que les poings de Brandon m'ont infligée hier.

– Qu'attends-tu de moi, Meredith ?

Elle hausse les épaules.

– Je voudrais simplement que tu sois honnête avec toi-même. Je peux admettre que tu préfères rester seul. Tu n'as connu que ça – être seul et rêver d'autre chose. Cela te rassure. Mais tu pourrais au moins avoir la courtoisie de le reconnaître.

– Je ne veux pas être seul. Mais cela ne veut pas dire que je veux être avec toi.

Je soupire :

– Loin de moi l'idée de te faire du mal.

Soudain ce qu'elle vient de dire m'interpelle.

– Le mari de Cally a passé les quatre dernières années en prison ?

Seigneur. Quel âge avait-elle quand elle l'a épousé ?

– Tu n'as pas lu le dossier que Carl York a rassemblé pour toi ? Tout y est. L'opprobre sur son mari, leur certificat de mariage, son casier de délinquante juvénile qui mentionne ses aventures de call-girl.

Je n'étais pas préparé à entendre ça, et ça fait mal.

– Ses aventures de quoi ?

– Tu n'y as même pas jeté un coup d'œil alors ? Tu me préfères une ancienne *prostituée.* Tu comprends ce que je te dis ?

Sans répondre, je fouille dans la pile de papiers qui se trouve sur mon bureau jusqu'à ce que je trouve l'enveloppe en papier kraft que Carl York m'a envoyée et que je n'ai pas ouverte. Je la déchire vivement et passe rapidement sur les renseignements concernant Brandon Hugh, le casier de Cally, jusqu'à ce que je trouve la copie de leur certificat de mariage. La date, en caractères gras, me saute aux yeux.

– Elle n'avait que seize ans.

– Sa mère a dû être obligée de donner un consentement par écrit. Elle ne s'est apparemment pas renseignée sur lui avant de donner son autorisation.

Elle passe devant moi et cherche parmi les papiers avant de sortir celui qu'elle cherchait.

– Deux ans avant d'épouser Cally, il s'est fait arrêter en compagnie d'une prostituée mineure. On dirait qu'il les prend jeunes. Mince alors, c'est peut-être comme ça qu'ils se sont connus. Comme dans *Pretty Woman.*

Je me jette sur mes clés. Il faut que je la trouve. Je dois l'empêcher de partir. Les mots qu'elle m'a dits résonnent dans ma tête.

– Je t'aimais assez pour te quitter. C'est la vérité. Un de ces jours, bientôt, je vais devoir recommencer, et ce sera encore la vérité, même si tu refuses de l'entendre.

Ce n'est pas parce qu'elle aime Brandon qu'elle part avec lui. C'est parce qu'elle m'aime, moi.

– Son passé ne te dérange vraiment pas ? demande Meredith dans mon dos tandis que je me précipite vers la porte.

– Cela s'appelle l'amour inconditionnel, Meredith. Je te conseille d'essayer.

Maggie entre en trombe dans le bureau.

– Je viens de recevoir un appel de la prison du comté de Marion. Cally a été arrêtée, elle a tiré sur son mari.

CHAPITRE 25

CALLY

Hier soir, j'ai fait une chose que je voulais faire depuis sept ans. J'ai raconté mon histoire à la police. Toute mon histoire. Depuis l'addiction aux médicaments de ma mère, le prêt que j'ai accepté d'Anthony, comment j'ai rencontré et épousé Brandon Mc Hugh jusqu'à la raison pour laquelle je lui ai tiré dessus.

En fait, j'ai fait deux choses que je voulais faire depuis sept ans. J'ai raconté mon histoire à la police *et* j'ai tiré sur le salaud qui pensait que j'étais un objet qu'on pouvait acheter.

Franchement, une fois que j'ai eu tout raconté, je crois que les inspecteurs ont été étonnés que je ne lui aie pas carrément réglé son compte quand j'ai trouvé Drew dans sa chambre d'hôtel.

Brandon va retourner en prison. Il y avait déjà un mandat d'amener contre lui au Nevada, et en plus il détenait toutes sortes de drogues dans sa chambre d'hôtel. Je ne connais pas tous les détails. La seule chose qui compte, c'est que Drew soit saine et sauve et que j'aie réussi à me débarrasser de Brandon sans le tuer.

Quand la voiture de police me dépose chez mon père, le soleil se lève. La première chose que je fais, c'est de chercher Drew. Elle est assise sur le canapé, les bras croisés autour d'elle, et je me laisse tomber à côté d'elle avant de l'attirer contre moi.

Le silence est agréable et j'ai peur de le rompre. Quand la police est arrivée, ils nous ont prises à part pour nous interroger, donc je n'ai pas eu le temps de lui poser de questions.

À cet instant, dans ce moment de calme, je suis dans l'ignorance bienheureuse de ce qui lui est arrivé avant que j'arrive à l'hôtel. J'ai presque envie qu'elle ne me dise rien, comme si le fait de ne pas entendre la vérité pouvait la protéger. Mais cela ne marche que dans un sens et, ce soir, c'est Drew qui a besoin d'aide.

– Je vais te poser des questions et j'ai besoin que tu me dises la vérité.

– Tu vas être tellement furax contre moi ! dit-elle à voix basse.

Il fait sombre dans le salon, le soleil du matin commence seulement à pointer son nez devant la fenêtre. Je distingue à peine les traces de larmes qui brillent sur sa peau parfaitement lisse.

– Ce qui est fait est fait, Drew. Mais j'ai besoin de savoir certaines choses.

– D'accord.

Je prends ma respiration. J'ai l'impression que c'est la première fois depuis des jours. La peur me serre la poitrine. Même avec Drew assise près de moi – saine et sauve –, j'ai encore du mal à respirer.

– Est-ce qu'il t'a fait du mal ?

– Il m'a giflée. Et un peu secouée. Mais ça va.

Je ferme les yeux. Des questions se bousculent dans ma tête à cent à l'heure. *Pourquoi es-tu allée dans un hôtel avec lui ? Pourquoi m'as-tu menti ? Qu'est-ce qui t'est passé par la tête* ? Je les repousse toutes. Il faut faire le tri.

– Est-ce qu'il t'a violée ?

Elle se tourne vers moi vivement. Elle ouvre de grands yeux, ses lèvres peintes s'arrondissent de surprise, ses joues sont barbouillées de mascara. Elle a l'air si jeune. Comme une enfant prise en train de jouer avec le maquillage de sa mère.

– Il faut que je le sache, Drew.

Mais plus que cela, il faut qu'elle le dise. Je ne peux laisser un sombre secret ronger ma petite sœur, alors que je connais par expérience les dégâts que cela peut causer.

Elle se mordille la lèvre inférieure en tirant sur sa jupe trop courte. Je reconnais cette tenue, c'est celle que Brandon m'avait obligée à porter le premier soir où il a couché avec moi. Bon Dieu, il voulait recréer cette nuit-là avec Drew.

– Non, il ne m'a pas touchée. Il m'a embrassée. Il m'a un peu pelotée à travers mes vêtements. Mais je me suis mise à pleurer et cela l'a foutu en rogne. Il n'a pas eu le temps de faire autre chose.

Dieu soit loué. La tension se relâche dans ma poitrine et je parviens à respirer un peu plus librement.

– C'est bien. C'est tellement bien.

– J'ai eu si peur, Cally. Je sais que c'est ce qu'il avait en tête.

Ses paroles se perdent dans ses sanglots.

– Je me suis dit que je devais le faire, tu sais. Il a dit qu'il voulait nous aider. Me sauver, sauver la maison. Il suffisait que je sois…

Elle est interrompue par un sanglot :

– Il suffisait que je sois sa gentille petite fille. Mais je n'ai pas pu…

– Jamais !

Je me force à me détendre, à baisser la voix. Je pourrais lui hurler dessus. Je pourrais la réprimander. Lui dire à quel point c'était stupide. Et je le ferai peut-être un jour. Mais pas maintenant. Quand mon cœur est littéralement pulvérisé.

– Tu ne dois jamais te sacrifier comme ça. Tu vaux plus qu'une jolie robe. Plus que de la nourriture sur la table. Plus qu'une maison. Tu m'entends ? N'oublie jamais ce que tu vaux.

Cette conversation est si douloureuse que j'ai presque envie de lui demander qu'on arrête. Mais au lieu de cela, je tends le bras et je lui prends la main, j'entremêle nos doigts et je serre.

– Il y a des parties de toi-même que tu ne retrouveras jamais une fois que tu les auras vendues.

– Est-ce que tu vas avoir des ennuis ? Pour lui avoir tiré dessus ?

– Pas trop.

Je vais passer au tribunal, mais mon avocate pense que je ne devrais être condamnée qu'à quelques heures de travaux d'intérêt général pour possession illégale d'armes.

– J'aurais dû t'écouter. Tu m'avais dit de me tenir à distance de lui.

– Chut. C'est fini. Tu es en sécurité maintenant, dis-je en la serrant contre moi et en lui caressant les cheveux.

***

WILLIAM

Cally va partir. Je ne cesse de me répéter ces mots, comme pour réussir à finalement les intégrer.

Pour le moment elle est encore là, je l'entends aller et venir dans l'appartement au-dessus. Mais elle va partir.

J'éteins les lumières dans la galerie et je ferme la porte à clé. Quand je suis allé à Indianapolis hier soir, la police était en train de l'interroger et ils ne m'ont pas laissé la voir. Et chez son père ce matin, le coffre de sa voiture était ouvert et j'ai vu que des valises étaient déjà empilées à l'intérieur. J'ai essayé de ne pas paniquer, mais Maggie l'a entendue annuler tous ses rendez-vous de la semaine prochaine au téléphone, et je ne peux plus me cacher la vérité. *Elle s'en va.*

Il faut que je la voie avant son départ. Que je la touche. Que je la sente. Pour être sûr de ne jamais l'oublier.

Je la trouve dans sa salle de massage.

– Comment ça va ? dis-je d'une voix rauque, aussi amochée que mon cœur et mon corps.

– Ça va.

Elle me fait un petit sourire qui disparaît aussitôt quand je la pousse contre le mur.

– Eh bien, bonjour à toi aussi.

Je me colle contre elle et j'écarte ses jambes de mon genou pour qu'elle chevauche ma cuisse.

– Je suis tellement désolée, pour tout, murmure-t-elle en passant une main dans mes cheveux.

Je colle ma bouche ouverte sur son cou et je suce, indifférent à la marque que cela va laisser. Je ne songe qu'à faire disparaître la douleur lancinante qui me ronge depuis que Brandon l'a appelée sa femme. Je dois effacer l'horreur que j'ai éprouvée en lisant le dossier que Carl a réuni. Quand je pense qu'elle a dû vendre son corps, quand je pense à quel point sa situation devait être désespérée pour qu'elle en soit réduite à de telles extrémités, j'ai envie de flanquer mon poing dans la figure de quelqu'un. Je voudrais remettre ça avec Brandon.

J'attrape à deux mains le bas de son t-shirt et je le fais passer par-dessus sa tête, puis je descends son pantalon sur ses hanches sans ménagement.

– Oui, souffle-t-elle. Oui, j'ai envie de toi, s'il te plaît.

Mais je tombe à genoux et j'appuie ma bouche ouverte sur sa culotte à pois en coton, alors elle arrête complètement de parler.

Je passe ma langue sur sa culotte, tandis que mes mains remontent le long de ses cuisses et vont saisir chacune de ses fesses.

– Oh, mon Dieu.

Positionnant ma bouche directement sur son clitoris, je la suce à travers le coton de sa culotte. Les mains dans mes cheveux, elle tire et ses hanches se balancent instinctivement vers ma bouche.

Je lui saisis fermement les poignets et les maintiens sur les côtés tandis que je remonte en l'embrassant tout le long de son corps.

Elle a les yeux posés sur moi, sombres et voilés par le désir, et j'enserre ses mains dans les miennes au-dessus de sa tête.

Elle est vraiment superbe dans son soutien-gorge de dentelle rose et sa culotte à pois. Sa poitrine se soulève alors qu'elle essaie de reprendre son souffle, coupé par mon assaut.

Je ne peux pas résister à ces lèvres parfaites, alors je presse ma bouche sur la sienne, nos langues s'entremêlent et elle recommence à se balancer sur ma cuisse.

– Je vais te lâcher les mains, mais je veux que tu les gardes au-dessus de la tête.

Elle m'approuve d'un regard sombre qui s'embrume quand je fais sauter l'agrafe de son soutien-gorge. Je prends dans mes mains ses seins ronds et pleins et je baisse la tête pour prendre un téton dans ma bouche, je le titille de la langue, puis des dents. Elle pousse un petit cri et me tire les cheveux, m'obligeant à arrêter trop tôt.

– Mains au-dessus de la tête, je lui ordonne.

Un éclair brûlant passe dans ses yeux quand elle obéit, et je retourne à son cou, passant lentement les lèvres sur la zone sensible sous son oreille avant de descendre jusqu'à sa clavicule. Je passe la main à plat sur son ventre et j'écarte les doigts sur ses hanches, le pouce posé sur son nombril.

– Tourne-toi vers le mur, j'ordonne.

Elle obéit sans discuter et garde les mains au-dessus de la tête tandis que j'explore son dos nu des mains, puis de la bouche. Elle se laisse totalement faire et reste immobile tandis que je la caresse. Tout en déposant des baisers tout le long de sa colonne vertébrale, je descends sa culotte. Laissant une main sur sa hanche, je glisse l'autre entre ses jambes.

– Écarte les jambes pour moi.

Elle s'appuie contre le mur et fait ce que je lui demande, en se cambrant suffisamment pour révéler son sexe à mes yeux.

– *Bon sang*. Tu es si belle.

Je la prends dans ma main, en la titillant du bout des doigts tandis que je passe les dents sur une fesse, puis sur l'autre.

Elle gémit. Je glisse deux doigts en elle, et je les tourne jusqu'à ce que ses jambes flageolent et que ses genoux fléchissent. Quand elle est au bord de la jouissance, j'ouvre la bouche sur son point sensible juste au creux de ses reins et je suce jusqu'à ce qu'elle jouisse sur ma main.

***

CALLY

Je m'accroche au mur de toutes mes forces tandis que je récupère, mais j'ai à peine repris ma respiration que la bouche de Will revient contre mon oreille.

– Tourne-toi vers moi, chérie.

Je tourne sur mes jambes flageolantes et je me jette sur le bouton de son jean, impatiente de le déshabiller, de sentir sa peau contre la mienne. Je descends la fermeture et je le dégage de son boxer. Avant que je ne fasse descendre son jean sur ses hanches, il me soulève, me plaque contre le mur et me pénètre violemment, ivre de désir.

Je crie de plaisir sous sa poussée.

– C'est bien, bébé, murmure-t-il, je veux t'entendre.

De toute la force de ses bras, il me soutient et ses muscles saillent sous sa chemise. Il est frénétique, poussé par quelque chose qu'il ne me confie pas. Il appuie son visage dans le creux de mon cou et tout ce que je peux faire, c'est souhaiter qu'il trouve en moi ce qui lui manque.

Je le sens enfler en moi, si près de jouir, il grogne dans mon cou et me presse contre le mur de façon à passer une main entre nos deux corps. Il se retient, repoussant sa propre jouissance.

– Jouis encore pour moi, chérie. Laisse-moi te toucher.

Ses doigts sont fébriles contre moi, ses exigences murmurées, chaudes contre mon oreille. Il ne me faut pas longtemps pour jouir. Alors, seulement, il se laisse aller. Ses hanches sont secouées de soubresauts et il rejette la tête en arrière quand, finalement, il jouit en moi.

Après, il me porte dans la douche de l'appartement et me lave lentement et méticuleusement, posant de doux baisers aux endroits où sa bouche était si ardente quelques instants plus tôt.

Nous ne prenons pas la peine de rentrer chez lui ni même de nous rhabiller. Nous fermons les portes de l'appartement à clé et nous roulons en boule sur le sofa, en nous accrochant l'un à l'autre.

Je tourne dans ma tête ce que je devrais dire, mais les mots refusent de sortir de ma bouche. Je ne veux pas détruire la perfection de ce moment en expliquant mon passé sordide.

– Pourquoi l'as-tu fait ?

Il pose cette question si doucement que je ne suis pas certaine de l'avoir entendue.

– Quoi ?

Il déglutit avec tellement de difficulté que je l'entends.

– Est-ce que c'est vrai ? Tu t'es vraiment prostituée ?

Mon cœur bat à se rompre, mais je me concentre sur la douceur de sa peau sous ma joue, sur ses bras autour de ma taille.

– C'est la vérité.

– C'est pour cela que tu as rompu avec moi, c'est ça ? Ta mère était tellement défoncée qu'elle ne savait plus ce qu'elle faisait et tu as vendu ton corps pour pouvoir nourrir tes sœurs ?

Il dit cela d'un ton si calme, si rationnel – en totale opposition avec le chaos de douleur et d'espoir qui luttent dans ma poitrine. Comment peut-il être au courant et ne pas me détester ?

– J'ai merdé, je l'avoue. J'ai accepté un prêt d'un homme à qui je savais ne pas pouvoir faire confiance, et quand je n'ai pas pu le rembourser, il a menacé Gabby et Drew.

– Tu es devenue call-girl pour rembourser un emprunt ?

Je hoche la tête contre sa poitrine, puis je me redresse pour pouvoir le regarder en face. Ses yeux sont douloureux et je voudrais tellement pouvoir faire disparaître cette douleur.

– C'est comme ça que cet homme gagne sa vie. Il trouve des femmes qui ont des difficultés et il leur prête de l'argent pour les aider. Ensuite, il les oblige à « travailler » pour rembourser leur dette.

– Nom de Dieu, dit-il dans un souffle.

Il me serre fort contre lui et repositionne ma tête sur sa poitrine.

– Je ne peux pas l'imaginer. La simple idée que quelqu'un d'autre t'ait touchée me révulse mais, en plus, que des hommes aient payé pour ça…

Il est secoué d'un frisson et, me faisant asseoir, il se lève du sofa et se met à faire les cent pas.

– Bon Dieu, Cally, mais tu étais vierge, putain ! Il ne le savait pas ?

Je ferme les yeux. En voyant sa réaction, je me sens tout à la fois mieux et plus mal. Mieux parce que je ne suis plus seule. Plus mal parce que, maintenant, il souffre lui aussi.

– J'avais d'autant plus de valeur à ses yeux à partir du moment où il l'a découvert.

J'avale ma salive avec difficulté, je n'ai pas envie de partager cette histoire sordide avec lui, mais je sais que je dois continuer :

– J'ai fait des pipes à quelques-uns de ses clients privilégiés et ensuite il a fait monter les enchères et a offert ma virginité au plus offrant.

Je voudrais lui épargner la douleur que je lis sur son visage, mais je m'oblige à aller jusqu'au bout.

– C'est Brandon qui a remporté cet honneur.

Il s'arrête de déambuler et se passe la main sur le visage.

Je dois finir.

– Le fait de savoir que j'étais vierge n'a fait que renforcer l'obsession que Brandon éprouvait pour moi.

Une obsession qui a commencé à l'instant où je me suis enfuie de son appartement, trop terrifiée pour faire ce pourquoi je lui avais été envoyée.

– Mais tu m'as dit la vérité ? Tu as fait des analyses ? Tu es clean ?

– Bien sûr ! Je n'aurais pas pris le risque de te transmettre quelque chose.

– Ce n'est pas pour moi que je m'inquiète, Cally !

Il m'arrache au sofa et m'écrase contre sa poitrine.

– Tu es ce qui compte le plus au monde pour moi. Tu ne l'as pas encore compris ?

– Je te disais la vérité quand je t'ai dit que je n'étais sortie avec personne depuis quatre ans. C'est vrai. Brandon a payé pour ma virginité, mais l'homme qui m'avait prêté de l'argent espérait que je continuerais à travailler pour lui. Il m'a menacée de mort, il a menacé mes sœurs. Brandon a dit qu'il paierait ma dette afin qu'il me laisse tranquille, à condition que je l'épouse. Il a promis de s'occuper de moi et de me donner de l'argent pour entretenir ma famille, alors j'ai dit à ma mère que j'étais amoureuse de lui et je l'ai forcée à donner son consentement.

– Est-ce que les filles savaient tout cela ?

Je secoue la tête.

– Elles ne savaient pas pour le prêt, ni pour la prostitution, ni même pour le mariage. Ma mère et moi pensions que cela leur donnerait une idée fausse de l'âge auquel elles devraient se marier et nous avons décidé de ne rien leur dire. Brandon me donnait juste assez d'argent pour qu'elles ne se retrouvent pas à la rue, mais jamais suffisamment pour que je pense pouvoir m'échapper. Il a contrôlé le moindre détail de ma vie depuis le moment où il m'a achetée jusqu'à ce qu'il aille en prison il y a quatre ans.

Il me prend dans ses bras.

– Je regrette que tu ne m'aies rien dit.

– Je ne pouvais pas supporter l'idée que tu saches ce que j'avais fait.

Il pose un baiser sur mes cheveux.

– Je pense que je le savais. Je t'ai dit que j'imaginerais le pire. Lorsque j'ai vu ce regard dans tes yeux quand j'ai évoqué le passé, j'ai su que c'était encore pire que tout ce que j'avais imaginé.

– Je suis désolée de n'avoir pas réussi à te le dire. J'avais peur que tu me haïsses.

– Comment aurais-je pu te haïr pour quelque chose comme ça ?

Je hausse les épaules.

– J'ai fait un choix.

Il me prend par les épaules et recule jusqu'à ce que je le regarde droit dans les yeux.

– Un choix dicté par la peur n'en est pas un.

Je retourne me blottir contre lui. À travers les portes vitrées coulissantes, je distingue les étoiles dans l'obscurité du ciel. Je prends mon temps, j'en choisis une pour la première fois depuis sept ans et je réunis assez de courage pour oser faire un vœu.

– Je t'aime. Je n'ai jamais cessé de t'aimer.

– Je t'aime aussi. Pour toujours.

Il emmêle ses doigts dans mes cheveux en me tenant contre lui.

– Ne me quitte pas, Cally. Toi seule combles mes manques. Grâce à toi, j'ai un sentiment de plénitude. Je t'en prie, reste.

Je me penche en arrière et je fronce les sourcils.

– Où crois-tu que je vais aller ?

– Je t'ai vue charger ta voiture ce matin. Il y avait des valises dans ton coffre et tu as annulé tous tes rendez-vous.

– Seulement pour cinq jours. Asher Logan me prête sa maison sur le lac Michigan pour une semaine avec les filles. Drew a besoin d'un peu de temps avant de reprendre l'école.

Will me serre encore plus fort.

– Et après ? Tu vas rester ?

– Pour rien au monde je ne voudrais être ailleurs.

CHAPITRE 26

WILLIAM

Revoir Cally pour la première fois depuis une semaine me fait l'effet d'un coup de poing à l'estomac et, en même temps, j'ai l'impression de planer. Au milieu de la semaine j'ai craqué et j'ai demandé à Maggie de me donner son adresse, mais elle a refusé en m'assurant que ce que je pouvais faire de mieux pour Cally en ce moment, c'était de lui donner du temps.

Alors j'ai tenu bon pendant cinq jours et, à présent, elle est là devant moi, vêtue d'un t-shirt à manches longues, les mains enfoncées dans les poches de son jean. Le vent fait voler des mèches de cheveux sombres autour de son visage, elle est si belle que je ne peux pas résister à l'envie de caresser ses mèches folles.

– Que fais-tu ici ? demande-t-elle d'une voix douce.

– La banque procède à la vente aux enchères de la maison aujourd'hui, dis-je comme si elle n'était pas déjà au courant de ce fait douloureux.

Ses épaules se raidissent.

– Je sais que tu veux bien faire, mais parfois les gens ont besoin d'affronter les conséquences des décisions qu'ils ont prises. Pour mon père, cela signifie la perte de sa maison.

– Tu ne me laisseras pas l'acheter pour toi, si je comprends bien ?

– Non, murmure-t-elle.

– Et nous ? demande Lizzy dans mon dos.

Hanna et elle étaient à l'arrière de ma voiture. Apparemment, elles viennent de décider que le moment était venu de faire leur apparition.

– Quoi ? demande Cally. Mais vous n'avez pas assez d'argent pour acheter cette maison.

– Pas toutes seules, dit Lizzy, mais peut-être qu'avec l'aide de quelques amis ?

– On dit que c'est mieux d'investir quand on est jeune, dit Hanna d'un ton docte.

Je hoche la tête et, juste à ce moment-là, un énorme pick-up noir entre dans l'allée.

– Qu'est-ce qu'Asher Logan vient faire ici ?

– Il envisage peut-être d'investir dans l'immobilier lui aussi, dis-je. C'est une bonne affaire, juste à côté du fleuve, sans parler de sa valeur sentimentale. Lui et moi avons noué des liens grâce à ce toit, tu sais. Les liens entre mecs n'ont pas de prix.

C’est au tour de Max et Sam d’apparaître. Ils coupent à travers l’étendue d’herbe à côté du chemin de terre, en provenance de la piste pavée qui longe le fleuve.

– On en est, nous aussi, s’écrie Max. Ce ponton là-bas est le meilleur spot de pêche du coin.

Les yeux de Cally se remplissent de larmes.

– Je n’en reviens pas.

– Je participe aussi, dit Gabby dans son dos.

Cally se retourne et Gabby lui met une tirelire rose vif en forme de Minnie Mouse dans la main.

– Tu me l’as achetée quand tu nous as emmenées à Disneyland. Tu m’as dit d’économiser pour m’acheter quelque chose de magique. Je crois que cette maison fera tout à fait l’affaire.

Drew s’avance derrière elle, la mâchoire serrée et les yeux humides.

– Moi aussi, j’en suis, dit-elle en tendant à Cally une liasse de billets. Je mettais ça de côté pour un nouvel iPhone, mais je n’en ai pas besoin. Tous mes meilleurs amis sont ici, à New Hope.

Cally regarde la tirelire et la liasse de billets qu’elle tient dans les mains.

– Alors vous allez tous vous mettre ensemble pour racheter la maison de mon père ?

Je lève les mains.

– Pas moi.

Elle plisse le front.

– Pas toi ?

Je secoue la tête.

– Je ne veux pas que tu m'accuses d'essayer de t'acheter quand je te demanderai de sortir avec moi. Mais tous les autres, oui.

– Tant que tu seras dans cette ville, dit Hanna, tu n'auras jamais à affronter les difficultés seule.

– Je… je ne sais pas quoi dire.

– Tu peux leur dire que cela ne sera pas nécessaire, s'écrie Arlen.

La porte moustiquaire grince derrière lui tandis qu'il traverse la pelouse pour venir se joindre au groupe.

– Je suis allé à la banque ce matin et j'ai réglé le problème.

Cally reste bouche bée, mais je pense que je fais la même chose.

Arlen danse d'un pied sur l'autre, mal à l'aise sous tous ces regards.

– Pendant que vous étiez absentes la semaine dernière, j'ai vendu mes livres aux enchères, dit-il à ses filles.

– Les livres dédicacés ? dit Cally, les yeux ronds. Tu les as collectionnés d'aussi loin que je m'en souvienne.

Il hausse les épaules maladroitement.

– Mes filles sont plus importantes que des bouts de papier, fussent-ils dédicacés.

– Papa, murmure Cally.

En trois longues enjambées elle se jette sur lui, le prend dans ses bras et pose sa tête sur sa poitrine.

– Ça veut dire qu'Asher Logan ne sera pas copropriétaire d'une maison avec moi ? demande Drew. Alors ça, ça craint vraiment !

Asher sort quelque chose de son camion et va le porter à Drew.

– Tiens, fillette. Ça te va comme prix de consolation ?

Elle ouvre de grands yeux en lui prenant le CD des mains.

– Oh, mon Dieu ! C'est le dernier album ? Il ne doit sortir que dans plusieurs mois !

Il sourit.

– Merci d'être une fan aussi géniale.

– Euh, dit Lizzy. Ma mère m'avait dit qu'elle voulait me voir faire quelque chose de raisonnable de mon argent. J'imagine que je vais devoir trouver autre chose maintenant.

– Si on allait faire du shopping ? suggère Hanna.

– Ça, c'est une idée, dit Lizzy. Maggie, ton étalon et toi, vous pourriez nous ramener chez maman ?

Tout ce petit monde s'égaille dans la nature et les filles rentrent dans la maison avec leur père. Je me retrouve enfin seul avec Cally.

Je m'éclaircis la gorge.

– J'ai un différend à régler avec toi.

***

Je pivote sur moi-même au son de la voix de Will.

Ses yeux lancent des éclairs, il est presque menaçant tandis qu'il s'approche de moi à pas lents :

– Tu as essayé de te débarrasser de moi en me poussant dans les bras d'une autre femme.

Je baisse la tête et j'observe le bout de mes chaussures.

– Je ne désire que ton bonheur.

– Ouais, mais je me serais attendu à mieux, venant de toi. Meredith ? Elle est calculatrice, manipulatrice et, en fin de compte, plutôt garce.

Je rejette la tête en arrière et me mords les lèvres pour ne pas sourire.

– Je veux dire, c'est vrai qu'elle est belle, et tu as raison, je veux des enfants. C'est vrai. De plus, j'imagine que c'est une bonne chose que ma grand-mère l'apprécie, bien que – entre nous – je pense que mon attirance pour les filles à problèmes aide grand-mère à garder l'esprit alerte. Tu ne voudrais pas que ma grand-mère sombre dans la sénilité, quand même ?

– Non, dis-je en m'efforçant de garder mon sérieux, bien sûr que non.

– Et, de toute façon, Meredith est blonde. Je sais que c'est le must pour un tas de mecs, mais moi, je préfère vraiment les brunes.

– C’est important de savoir ce qu’on veut.

Il est si près de moi que je sens la chaleur qu’il dégage, je dois réprimer mon désir impérieux de me blottir dans cette chaleur.

– Si ton plan était de choisir pour moi la femme avec qui je passerai ma vie, tu t’es complètement plantée. Je pensais que tu me connaissais mieux que ça.

– Toutes mes excuses. Je pourrais peut-être faire une nouvelle tentative, si tu me donnais la liste de tes critères.

– Hum… voyons, je ne suis pas vraiment attiré par les filles qui me laisseraient contrôler leur esprit, j’aimerais une fille qui pense par elle-même.

– C’est important, en effet.

Il pose les mains sur mes hanches et rapproche sa bouche de mon oreille.

– Et je ne voudrais pas faire le difficile, mais il faut qu’elle soit extraordinaire. Tu vois le genre, une fille qui aime de tout son cœur et qui pense que je suis une bête de sexe.

Un frisson électrique me traverse le corps.

– Hum… et comment saurais-tu que c’est le cas ?

Il me mordille le lobe de l’oreille.

– Peut-être en l’entendant crier mon nom quand je la fais jouir.

Je déglutis. Difficilement.

– Je ne suis pas sûre de vouloir savoir quel bruit font les autres femmes quand tu les fais jouir.

Il recule et ses yeux se posent sur mes lèvres. Il n'est qu'à un souffle de moi. Je pourrais me hausser sur la pointe des pieds et goûter les siennes.

– Pourtant, tu m'as demandé ce que je voulais.

– L'enfant n'est vraiment pas de toi ?

– Je ne peux pas avoir d'enfants, Cally. Cet enfant n'est pas de moi.

Il prend mon visage entre ses mains :

– Donc je suppose que tu peux ajouter sur ta liste une femme qui pourrait accepter l'idée de vivre avec un homme qui ne peut pas lui faire d'enfants. Il faudrait qu'elle soit d'accord pour une insémination artificielle ou une adoption.

Les larmes me montent aux yeux.

– Je crois que je pourrais gérer ça.

– Et moi, je serais assez d'accord pour un bon massage.

– C'est quelque chose qu'on pourrait arranger.

– Je te veux, Cally.

Soudain sa bouche est sur la mienne et ses mains sont dans mes cheveux. Ce n'est pas le doux et aimant baiser donné par mon chéri du temps du lycée. Et je ne lui rends pas son baiser comme le ferait une jeune fille innocente avec son premier amour. C'est le baiser dur, punitif, exigeant, d'un homme qui prend finalement ce qu'il veut et d'une femme qui le lui donne.

J'ouvre la bouche sous la sienne, je gémis dans sa bouche et, en m'accrochant à son t-shirt, je me soumets à son baiser, au frottement de nos langues l'une contre l'autre, au mordillement de ses dents.

Quand nous rompons ce baiser, il appuie son front sur le mien et nous reprenons haleine en même temps.

– Le moment est venu de rentrer dans la maison pour annoncer la nouvelle à ton père.

– Quelle nouvelle ?

– Que ses filles ne vont pas toutes vivre avec lui. Que tu viens habiter chez moi. Il va aussi falloir que tu divorces de ce connard avec qui tu es mariée. Tu peux me traiter d'homme des cavernes si ça te chante, mais sache que je refuse de partager.

ÉPILOGUE

CALLY

Six mois plus tard

Quand je rentre de mon salon de massage, la maison est vide et plongée dans l'obscurité.

Mon téléphone vibre dans ma main et je lis le texto : va dans la chambre.

En réprimant un sourire, j'obéis à l'injonction de mon petit ami et je suis le couloir, mais quand j'arrive dans la chambre, William n'est pas là comme je l'espérais. À la place, je trouve une robe noire habillée étalée sur le lit. C'est une robe longue avec des rubans noués sur les épaules. Elle me rappelle vaguement quelque chose, mais je ne sais plus quoi.

Comme je m'y attendais, mon portable vibre de nouveau.

Habille-toi. Je viens te chercher
dans une demi-heure.

Qu'est-ce qu'il manigance ?

Je suis en train de me déshabiller quand je reçois un troisième message.

Mets ta culotte de soie noire
vannina vesperini,
celle avec les nœuds
sur les côtés.

Je réponds.

Voudrais-tu me dire
où tu m'emmènes ?

Pour gâcher la surprise ?

Je me douche rapidement avec le gel pour le corps au parfum fleuri qui le rend fou, puis je m'habille avec soin. Je mets un soin tout particulier à nouer ma culotte sur chaque hanche, en imaginant le moment où il la détachera. J'opte pour le soutien-gorge en dentelle noire qui lui trouble le regard quand il me contemple.

Le tissu fluide de la robe qui glisse sur ma peau me procure la sensation de me sentir belle.

Je me maquille légèrement, juste un peu de gloss sur les lèvres, un trait d'eye-liner et du mascara, et je n'attache pas mes cheveux pour qu'il puisse y emmêler ses doigts en m'embrassant.

Au moment où j'enfile mes chaussures, il m'envoie un autre message.

Je suis devant la porte. Es-tu prête ?

C'est idiot, mais le trac me noue l'estomac quand je franchis la porte.

William, en smoking, m'attend appuyé contre une limousine noire, les jambes croisées. Il tient une rose rouge à la main.

– Je croyais que tu ne voulais pas m'imposer ma façon de m'habiller ?

Il sourit.

– Je ne l'ai pas fait. C'est Drew qui a ressorti cette robe pour moi.

Je jette un coup d'œil à la robe que je porte et qui m'est familière. Je secoue la tête. Comment ai-je pu oublier ma propre robe de bal ?

– Où allons-nous ? je demande de nouveau.

Il me fait un clin d'œil et ouvre la portière en me prenant la main pour me faire monter dans la limousine.

– Tu le sauras bientôt.

Une fois assis à côté de moi, il me sert une coupe de champagne, je secoue la tête, impressionnée.

– Aurais-je oublié une occasion particulière ?

Il incline la tête et pose ses lèvres sur les miennes.

– Chaque jour de ma vie avec toi est une occasion particulière.

Je bois une gorgée de champagne, mais aussitôt il me prend la coupe des mains et la limousine s'arrête.

– Le trajet n'était pas long, je marmonne, un petit peu déçue de n'avoir pas pu en profiter plus longtemps.

– Ne fais pas la moue. La limousine est à nous pour toute la nuit.

Il me fait un clin d'œil en m'aidant à sortir sur le trottoir :

– Tout à l'heure, le chauffeur nous fera faire un tour pendant que nous flirterons.

Je regarde le bâtiment devant lequel nous sommes arrêtés, perplexe. Quelque chose m'échappe.

– Tu m'as amenée au lycée de New Hope ?

Il me tend son bras, je glisse mon bras dessous et je le laisse me conduire à l'intérieur par les lourdes portes du gymnase. Les portes battantes se referment derrière nous et j'ai du mal à croire ce que je vois. La pièce n'est éclairée que par des petites lampes clignotantes accrochées au plafond, et une lumière diffuse éclaire la piste de danse. Mes meilleures amies sont déjà là – Lizzy, Hanna et Maggie, vêtues de robes de bal –, elles dansent dans les bras de leurs cavaliers.

Je pivote sur moi-même et William me prend dans ses bras.

– Joyeux bal de fin d'année, me murmure-t-il à l'oreille.

Nous nous enlaçons et nous entamons une danse à l'endroit où nous sommes.

– J'avais pensé t'emmener au vrai bal de fin d'année, dit-il en me mettant les mains sur les fesses, mais je n'aurais pas pu te toucher comme ça. J'ai enfin mon bal de fin d'année avec ma petite amie et je n'avais pas envie de devoir bien me tenir.

Je souris.

– Non, ce n'était pas possible.

Je le sens qui m'attache quelque chose de froid autour du poignet.

– Des diamants ?

Je bouge la main et je les regarde scintiller dans la lumière.

– Des poussières d'étoiles, me corrige-t-il. Je veux que tu croies toujours que tu mérites tout ce que tu peux souhaiter. Tant que tu m'y autoriseras, j'exaucerai tes souhaits.

– C'est déjà fait, dis-je dans un murmure. Je t'aime tant, William Bailey. Tu es mon rêve devenu réalité, et je suis si reconnaissante de t'avoir retrouvé.

– Hum… alors est-ce que cela t'ennuie si je te les emprunte pour faire un vœu, moi aussi ?

Je souris.

– Quel vœu ?

– Je sais que tu m'as déjà donné plus que je ne mérite, mais je suis un de ces gosses de riches pourris-gâtés qui pensent qu'il doivent avoir tout ce qu'ils désirent.

– Tu n'es pas pourri-gâté. C'est quoi, ton souhait ?

Il me lâche et tire une boîte de sa poche.

– Je souhaite que tu deviennes ma femme, Cally Fisher.

Ma gorge se serre de larmes et de bonheur, alors j'acquiesce d'un signe de tête et je presse mes lèvres sur les siennes.

– Tu n'as pas à formuler de vœu pour m'avoir, William, je suis déjà à toi.

FIN

WISH I MAY – PLAYLIST

Gotye, Kimbra –
« Somebody That I Used to Know »
Kings of Leon – « Sex on Fire »
Passenger – « Let Her Go »
Ani DiFranco – « Sorry I Am »
Miley Cyrus – « Wrecking Ball »
Sara Bareilles – « Gravity »
The National – « Slipped »
Ani DiFranco – « Letter to a John »
Kodaline – « All I want »
William Fitzsimmons featuring Rosi Golan –
« You Still Hurt Me »
Katy Perry – « Roar »
One Republic – « Counting Stars »

Contact

J'adore avoir des nouvelles de mes lecteurs. Donc vous pouvez me retrouver sur ma page Facebook à facebook.com/lexiryanauthor, suivez moi sur Twitter à Twitter@writerlexiryan, envoyez-moi un e-mail à writerlexiryan@gmail.com ou retrouvez-moi sur mon site web : www.lexiryan.com

REMERCIEMENTS

Tout d'abord, je dois remercier mon mari. Sans lui, mes livres ne pourraient tout simplement pas voir le jour.

Brian, merci pour ton temps, tes encouragements et la patience avec laquelle tu m'as accompagnée pour ce roman comme pour les autres. Merci pour m'avoir envoyé travailler dans le « bureau satellite » quand les enfants refusaient de me laisser tranquille. Merci d'avoir été à l'écoute de mes interminables interrogations concernant l'intrigue, aux moments les plus inopportuns, et pour m'avoir prouvé jour après jour que le bonheur qui dure n'existe pas que dans mon imagination. Je vous aime follement, toi et ces horribles gosses.

Merci à mes amis et à ma famille, qui célèbrent mes succès comme s'ils étaient les leurs, qui m'acclament à chaque étape de mon travail et qui vantent mes livres auprès de tous les adultes qu'ils rencontrent. Je suis flattée par votre enthousiasme et heureuse d'avoir bâti une vie entourée de personnes aussi extraordinaires.

Merci à tous ceux qui m'ont conseillée et soutenue tout au long de l'histoire de William et Cally – plus spécialement Adrienne Hogan, Marilyn Brant, Violet Duke, Meggan Mulry, Annie Swanberg et Lauren Blakely. Vous êtes toutes géniales et j'ai beaucoup de chance de vous avoir pour amies.

Merci à l'équipe qui m'a aidée à finaliser ce livre et qui en a assuré la promotion. Sarh Hansen chez Okay Creation en a conçu la magnifique couverture, et si cela dépend de moi, elle en concevra encore beaucoup d'autres. Rhonda Helms, merci pour la pertinence de tes corrections, et merci à Sara Biren de Stubby PencilEditing pour avoir relu les épreuves. Un grand bravo à l'infatigable Jessica Estep de Ink Slinger PR pour le travail incroyable qu'elle fournit pour assurer ma promotion et celle de mes livres, et à tous les bloggers et critiques qui la secondent dans ce travail. Vous êtes tous fantastiques.

Merci à mon agent, Dan Mandel, pour permettre à mon livre de trouver ses lecteurs dans le monde entier – grâce à toi, mes rêves deviennent réalité.

Merci à tous mes amis écrivains sur Twitter, Facebook et dans les différents cercles littéraires auxquels j'appartiens, pour m'avoir soutenue et inspirée. Je dois dire que notre source d'eau fraîche est la plus fraîche de toutes.

Et, pour finir, merci à mes fans. À ceux qui ont lu *Unbreak Me* et m'ont écrit pour me supplier de donner à William des lendemains qui chantent. Savoir que vous aviez autant envie de le lire que moi de l’écrire était terriblement excitant. J’estime chacun de mes lecteurs. Je ne pourrais rien faire sans vous et je n’en aurais pas envie. Merci d’acheter mes livres et d’en parler à vos amis. Merci de m’avoir demandé d’en écrire d’autres. Vous êtes les meilleurs !

Lexi

NOTE DE L'AUTEUR

Certaines personnes considèrent que la prostitution est un délit sans victime – une transaction entre deux adultes consentants qui ne fait de mal à personne. Cependant, aux États-Unis, nous commençons à voir différemment ce qui se passe réellement au cours de ces transactions soi-disant « consensuelles » qui, dans certains cas, sont reclassifiées en trafic d'êtres humains. Les autorités ont découvert que, très souvent, les prostituées sont conduites de force à mener une vie qu'elles n'ont pas voulue, qu'on les manipule au moyen de l'addiction, de la pauvreté et de la peur. Il est beaucoup trop facile de refuser de voir les difficultés que rencontrent les prostituées et de se dire « c'est sa décision », mais comme William le dit à Cally, un choix dicté par la peur n'est pas un choix.

Hugo Roman

Romans parus et à paraître
dans la collection « Hugo New Romance » :

Du même auteur, Lexi Ryan :
Unbreak Me tome 1, *La fêlure*
Unbreak Me tome 2, *Si seulement...*
Unbeak Me tome 3, *Rêves volés*

De Christina Lauren :
Beautiful Bastard
Beautiful Stranger
Beautiful Bitch
Beautiful Sex Bomb
Beautiful Player
Beautiful Beginning
Beautiful Beloved
Beautiful Boss
Beautiful

De Emma Chase :
Love Game tome 1 [*Tangled*]
Love Game tome 2 [*Twisted*]
Love Game tome 3 *[Tamed*]
Love Game tome 4 [*Holy Frigging Matrimony*]

De S. C. Stephens :
Indécise tome 1 [*Thoughtless*]
Insatiable tome 2 [*Effortless*]
Intrépide tome 3 [*Reckless*]

De Katy Evans :
Fight for Love tome 1 : *Real*
Fight for Love tome 2 : *Mine*
Fight for Love tome 3 : *Remy*

Retrouvez l'actualité sur la série *Unbreak Me* (T.1 et T.2), les auteurs et les autres titres de la collection « New Romance », sur notre page Facebook : Hugo New Romance.

facebook.com/HugoNewRomance

www.hugopublishing.fr

Retrouvez l'univers Vannina Vesperini :
www.vanninavesperini.com/app/

Composition et mise en pages
Nord Compo à Villeneuve-d'Ascq